LE SOURIRE *du clair* de LUNE

À Élodie, à mes parents, à mon grand-père,
à ma famille et à mes amis.

« Tout est déterminé, le commencement comme la fin, par des forces sur lesquelles nous n'exerçons aucun contrôle. C'est déterminé tant pour l'insecte que pour l'étoile. Les humains, les légumes ou la poussière cosmique, nous dansons tous au son d'une musique mystérieuse, jouée au loin par un flûtiste invisible. »

Albert Einstein

Kerrassel, Morbihan, 1992

J'étais allongé sur mon lit lorsque la sonnette retentit. Je fus tout d'abord surpris. Je n'attendais personne. L'horloge du réveil indiquait vingt heures trente. Je me levai dans la pénombre et regardai par la fenêtre. Devant la porte, un homme brun, d'une quarantaine d'années tout au plus, attendait en costume impeccable. Son visage ne m'était pas familier. Un commercial sans doute. J'enfilai une veste à la hâte et marchai en direction de l'entrée. J'ouvris la porte et me retrouvai nez à nez avec l'individu souriant.

« Bonjour monsieur Vertune, dit l'homme avec un accent espagnol.

— Bonjour. Je peux vous aider ?

— Oui, répondit-il en me regardant droit dans les yeux.

— Je vous écoute…

— Je voulais vous dire merci.

— Comment ?

— Merci du fond du cœur », dit-il en fondant en larmes.

Nouvelle Lune

1

Il n'y a pas de hasard dans la vie. Ou plutôt si, il y en a un, celui de la vie justement. Un jour, mon père aperçut ma mère. Ou inversement, peu importe. Ils se découvrirent l'un l'autre et la magie opéra. Ce fut l'amour, du moins sur le papier qu'ils signèrent devant le maire du village. La théorie et la pratique sont parfois semblables à deux sœurs jumelles qui se détesteraient. Mon histoire, c'est avant tout celle de cette rencontre. Mais c'est également celle de ma naissance. Pour les optimistes, je suis venu au monde au début de l'été. Pour les pessimistes, fin juin. La canicule qui sévit cet été-là mit néanmoins tout le monde d'accord. Les anciens relatèrent des années durant à qui voulait l'entendre cet épisode dramatique pour leurs récoltes, avec l'amertume de ceux qui ont souffert, la rancune de ceux que la nature n'a pas épargnés. Au beau milieu de cette frénésie solaire, je naquis bientôt, jugeant le climat propice à la traversée utérine. La naissance est à la vie ce que le flacon est au parfum, ce que l'ennui est à l'imagination, des notions indissociables. Ma mère sentit ses premières contractions dans le jardin de sa ferme, tandis qu'elle se courbait sur le sol pour ramasser les légumes gorgés de soleil. Les congés maternité n'existaient pas encore. Les femmes, enceintes ou pas, pourvoyaient aux besoins de leur famille, sans qu'il ne fût jamais question de repos. À quatre pattes sur le sol, ma mère se tint le ventre, supputant que sa grossesse touchait à son terme. Elle fit appeler le médecin et le curé du village. Ceux-ci eurent à peine le temps de préparer leurs instruments, d'enfourcher leur bicyclette et de parcourir à toutes pédales les trois kilomètres les séparant de notre ferme. Mon père, alerté lui aussi, ne perçut là qu'une affaire ordinaire. Nulle excuse assez valable pour quitter le travail. Après tout, je n'étais que son quatrième enfant. Sans doute était-il écœuré de voir jaillir des cuisses de sa femme les têtes ensanglantées de ses futurs marmots. La nature à l'œuvre n'a de beauté que le sens qu'on lui donne, et, sur ce plan-là, mon père n'avait rien d'un artiste. Il préféra la solitude de son pré aux cris plaintifs de son fils. Son travail, c'était sa vie. Le reste n'était que futilités.

* * *

Le curé et le médecin arrivèrent en même temps. Ils appuyèrent leur bicyclette sur la clôture du jardin.

« Bonjour docteur, comment allez-vous aujourd'hui ? demanda le curé avec cette chaleur humaine qu'ont souvent les hommes de foi.

— Bien, merci, rétorqua froidement le médecin.

— On ne vous voit pas souvent à la messe le dimanche.

— C'est parce que je n'aime pas le goût des hosties.

— Si ce n'est que ça, vous n'êtes pas obligé de les avaler ! » plaisanta l'homme d'Église.

Le médecin, indigné par la répartie du curé, haussa les épaules. Le saint homme baissa la tête, déçu de n'avoir pu, une fois de plus, établir le dialogue. Malgré sa fidélité à la tradition catholique, toutes ses tentatives avaient été vaines. Sa foi en l'être humain ne faiblissait pas, bien au contraire, mais force était de constater que le médecin lui donnait du fil à retordre. Le prêtre se heurtait au manque d'ouverture d'esprit qu'ont parfois les hommes de science quant à la spiritualité, à cette intolérance à peine masquée qui semble faire d'eux des génies, détenteurs d'un secret millénaire dont la populace, trop ignare pour comprendre, n'a aucune espèce d'idée. Il retentait sa chance chaque fois qu'il l'apercevait, au cas où, mais toujours en vain. En vérité, l'un discernait dans la procréation un chef-d'œuvre de Dieu alors que l'autre, plus cartésien, n'y voyait qu'une évidence liée à la survie de l'espèce. Une différence majeure de point de vue. Je n'étais pas encore né que déjà, autour de moi, le paradoxe de la vie étirait ses racines. Rien de bon ne m'attendait dehors. Ou si bonté il y avait, il me faudrait cravacher dur pour la dénicher. Peut-être était-ce mon destin. Le *leitmotiv* de mon existence fut conditionné le jour où la lumière me déchira la rétine. Arrondir les angles. Lisser les conflits. Comprendre plutôt que sévir. Aimer plutôt que haïr. Le cordon ombilical à peine tranché, mon corps fut ballotté entre les instruments du médecin et l'eau bénite du curé.

« Laissez-moi le bénir, insista-t-il.

— Oui eh bien, attendez une seconde, que je m'assure que son cœur batte convenablement !

— Merci Seigneur, pour ce cadeau plein de grâce…

— Allez-vous vous taire à la fin, je n'entends absolument rien ! déclara le médecin exténué.

— Pardonnez-moi, mais je dois procéder aux rites traditionnels de mon Église.

— Au diable vos rites, laissez-moi faire mon travail ! » hurla l'autre en direction du curé qui blêmit à l'évocation d'un tel blasphème.

Il glissa son stéthoscope sur chaque partie de mon corps, palpa mes organes génitaux, examina mes pupilles, mes oreilles, mon cuir chevelu, mes doigts, mes pieds. Il testa mes terminaisons nerveuses avec ses instruments plus austères les uns que les autres. Son rituel se prolongea si longtemps que ma mère douta bientôt de son utilité. Elle se demanda si toute cette comédie n'était pas uniquement destinée à mettre hors de lui le curé, impatient de bénir mon corps de nouveau-né. Il acheva enfin son examen minutieux.

« Tout va bien, madame. Votre fils est en très bonne santé, déclara-t-il satisfait.

— Merci beaucoup.

— Il est à vous. Bénissez-le de toutes vos foutaises », lança-t-il avec mépris au curé qui se tenait juste derrière lui.

Ce dernier me saisit doucement et plongea ma tête dans l'eau bénite. Il prononça des paroles en latin avant de m'envelopper dans une serviette. Certains scientifiques affirment que le jour de notre naissance, le cerveau tire des conclusions sur toute cette mascarade étrange. Celles-ci conditionnent notre existence pour le restant de nos jours, comme si de gigantesques ficelles se dressaient au-dessus de nos têtes. Malheureusement, peu de gens se souviennent du jour de leur naissance. Les faits me furent relatés quelques années plus tard par l'un de mes frères aînés. Il me conta comment, dès l'instant où les deux hommes me saisirent, un flot ininterrompu de larmes ruissela sur mon visage poupon. Le désespoir me cueillait à la sortie du vagin, sournois, cynique. Mon étroit logis, niché au creux du ventre maternel, là où tout commence, là où rien n'a d'importance, là où tout n'est que silence et repos, me manquait déjà. Puis, lorsque le curé me déposa dans les bras de ma mère, mes larmes cessèrent, la source du désespoir se serait soudainement tarie. D'une certaine manière, je compris que ma génitrice était mon alliée, ma lumière dans l'obscurité. La présence d'une femme me procurait déjà une sensation agréable, différente de celle des hommes. Le vrai miracle de la naissance se produisit alors, pas celui au sens propre du terme, mécanique et ensanglanté, non, celui métaphorique, spirituel, fusion de deux êtres pour l'éternité. Un immense sourire zébra mon visage, en offrande à ma mère, à la fois émue et soulagée de se séparer d'une partie d'elle-même. À ce moment précis, dans les méandres de mon inconscient, une pièce de théâtre se joua, dont les protagonistes m'offrirent un spectacle lourd de conclusions. La première, se méfier des hommes et de leur soif de pouvoir maladive. La deuxième, quitte à souffrir, autant garder le sourire, ça ne mange pas de pain, comme on dit dans nos campagnes. La troisième, enfin, vivre intensément, ne jamais se réfugier derrière des prétextes auxquels on ne croit qu'à moitié. Une lueur apparut dès lors, scintillant dans mes pupilles comme une torche dans la nuit.

2

Ce jour-là, le 26 juin 1929, dans la chaleur de l'été, je m'offrais à la vie dans le plus simple appareil, celui de la nudité physique, intellectuelle et émotionnelle. Ma mère me prit dans ses bras et m'embrassa longuement. J'étais lové contre elle tel un petit animal fragile qui vient de naître, dépendant de ses soins et de ses caresses. Le curé observait la scène, un sourire attendri badigeonnait son visage. Le médecin, lui, rangeait ses instruments dans son nécessaire sans nous prêter attention. Il semblait pressé de quitter la pièce.

« Comment va s'appeler ce petit garçon ? demanda l'homme d'Église à ma mère.

— Paul, répondit-elle.

— C'est un joli prénom. Paul est le treizième apôtre de Jésus dans la tradition catholique. Il était considéré comme différent des autres, sensible, poète, rêveur, l'apôtre des Gentils. Votre fils porte bien son prénom. Je sens qu'il est différent lui aussi…

— Différent de quoi ? interrompit le médecin. Il a un cœur, deux jambes, deux bras, deux pieds, deux mains, une tête ! Rien n'est aussi banal qu'un nouveau-né, madame, sauf votre respect…

— Je ne parlais pas de son enveloppe charnelle, docteur, mais de ce qu'il y a à l'intérieur…

— À l'intérieur ? Il y a des boyaux, des viscères, des kilomètres de veines dans lesquelles s'écoule un liquide rougeâtre, des os qui le tiennent en place, des nerfs qui le font bouger, des muscles qui l'aideront à porter le blé dans les champs pour nourrir sa famille, des ligaments, des tendons qui s'abîmeront avec l'âge, des cellules remplies d'eau, beaucoup d'eau, que de l'eau partout, et puis une cervelle, qui lui donnera le sens des priorités, de la réalité, et non d'une fiction dont personne ne peut démontrer la véracité, voilà ce qu'il y a à l'intérieur de ce garçon, monsieur le curé ! Maintenant, excusez-moi, je dois m'en aller. J'ai d'autres patients qui attendent que je m'occupe de leur corps malade et ce n'est pas avec des foutaises que je vais soigner leurs maux. Au revoir, madame. Venez me trouver régulièrement afin que je vérifie la bonne santé de votre enfant.

— Au revoir docteur », déclara le curé désabusé, mais jamais rancunier.

Le médecin s'éloigna d'un pas pressé, son nécessaire pendu au bras. Quand il fut dans l'embrasure de la porte, il se figea et fit volte-face.

« Et je… Mes félicitations, Madame, c'est un beau bébé que vous avez là », hésita-t-il avant de disparaître.

Mon frère me rapporta le léger sourire qu'esquissa le curé avant de féliciter une fois de plus ma mère et de s'en aller lui aussi. Il longea le mur de la ferme, enfourcha sa bicyclette et actionna le mécanisme vétuste de son pédalier plein de rouille. Il s'éloigna lentement, fredonnant un cantique plein d'espoir, dont l'agréable mélodie se répandit dans le chemin comme une traînée d'humanité bien employée. Il disparut ensuite, le sentiment du devoir accompli.

* * *

Le 26 juin au soir, lorsque mon père rentra à la ferme, il s'arrêta devant moi. Aucune émotion ne transparaissait sur son visage, hormis la fatigue d'un homme harassé par le travail.

« Il ne me ressemble pas, ce gosse, déclara-t-il avec indifférence.

— Ah non ? Moi, je trouve qu'il a tes yeux et ta bouche, rétorqua ma mère.

— Il a l'air gringalet.

— C'est un peu tôt pour le dire.

— Moi, du moment qu'il m'aide au champ, le reste, je m'en fous. »

Une fois qu'il eut satisfait sa curiosité, il se détourna du lit et partit nourrir les bêtes. À ses yeux, je ne représentais qu'une bouche de plus à alimenter, deux bras supplémentaires pour l'aider à moissonner son champ. Ni plus ni moins. Ma destinée était d'ores et déjà gravée dans le marbre. Je suivrais à la lettre le parcours de mon géniteur, semant sur le sol fertile des poignées de graines, courbant le dos pour récolter les tiges dorées. Dans son esprit, nul autre chemin n'était envisageable, nulle autre route possible, nulle magie capable de supplanter la douloureuse réalité de nos campagnes. Une immense ligne droite, routinière, dans laquelle je resterais cloîtré comme un moine dans son abbaye. Les diseuses de bonne aventure ne pourraient pas m'escroquer en contemplant ma main à la kermesse du village. Nulle entourloupe possible, juste une ligne de vie conforme aux exigences de mon géniteur, rien d'autre, passez votre chemin, merci. Mon père était un homme mystérieux que je n'ai jamais réellement connu. Les traits de son visage, dénués à l'extrême de toute émotion, de toute velléité d'émotion même, ne traduisirent jamais un sentiment quelconque d'amour à mon égard. Ses yeux reflétaient un vide abyssal, un puits sans fond dans lequel le marasme s'était engouffré dès son plus jeune âge, imprégnant la pierre jusqu'à la ronger totalement. Mais la roche était solide, la structure du puits ne vacillait pas malgré la pourriture stagnante. Sa froideur extrême m'effrayait, de même que son absence d'humanité. Un mur d'incompréhension se dressait entre nous. Celui des émotions. Et puis, mon enthousiasme contrastait trop avec sa conception triste et fermée de l'existence. Nous ne tissâmes jamais de liens étroits. Quant à ma mère, qu'aimait-elle chez cet homme si austère ? Les voies de l'amour, comme celles du Seigneur, sont impénétrables. Je ne parvins jamais à percer le mystère de cette union boiteuse, anarchique. Maman était l'exact opposé de son mari. Catholique fervente qui allait à la messe tous les dimanches, elle chantait à la gloire de Dieu malgré la fausseté de son ton. Son physique agréable était à peine abîmé par les naissances à la chaîne et les tâches ménagères. Elle conservait une silhouette élancée, douce, enfantine. Notre physique est souvent à l'image de notre esprit. Les gens ouverts paraissent plus jeunes, les gens fermés plus vieux, comme s'il existait une corrélation entre nos organes capable de juguler inexorablement notre destin. Ma mère m'aima de toutes ses forces, de tout son être, et me protégea comme elle le put de l'autorité de son mari. Elle me consola dans les méandres de la vie, avec un courage qui fit cruellement défaut à mon père.

3

Mes premières années furent rythmées par le beuglement des vaches, les odeurs de foin, le parfum des framboisiers s'étalant dans le jardin, les embruns salés de la mer léchant les côtes bretonnes à quelques encablures de la maison. Ce fut la période insouciante, l'âge d'or où le plaisir d'expérimenter constitua mon unique souci. Apprécier la vie sans penser au lendemain. J'appris à parler, à marcher, à courir à toutes enjambées à travers les innombrables décors du golfe. Mes frères, au nombre de trois, Jacques, Guy et Pierre, me firent découvrir cet environnement dans lequel tout m'émerveillait, des insectes aux plantes, des coquillages aux poissons, des champs de blé aux routes sur lesquelles les automobiles faisaient vrombir leur moteur.

« Paul, par ici, un ver luisant ! s'écriait Jacques chaque fois qu'il apercevait l'étrange coléoptère baignant les fourrés de sa lueur pâle.

— Lucioooole ! » hurlai-je émerveillé, en insistant sur le *o* de sorte que le mot ne fût bientôt plus que l'ombre de lui-même.

J'avançais intrigué vers l'insecte, en croyant qu'il était issu de l'ère des dinosaures, vouant le même culte métaphysique à l'égard du coléoptère que les Incas au soleil. Leur monde m'intriguait, ce monde de silence, de chuchotements.

Quand on est gosse, l'imagination est vierge de taches. Elle n'est pas court-circuitée par la pensée néfaste de son être en devenir. Aucun adulte ne voue de culte à un insecte, hormis peut-être les entomologistes, dont c'est le métier. Je saisissais l'animal dans mes mains, avec une infinie douceur, et admirais sa lumière verdâtre, délicate, apaisante. Parfois, celle-ci s'éteignait subitement, sans raison aucune. Je le reposais, coupable d'avoir troublé sa quiétude lumineuse, lui qui ne demandait rien à personne. Jacques comprenait ma déception et m'entourait de ses bras. À cette époque, c'était un chic type.

* * *

Parfois, lorsque mes parents avaient le dos tourné, je partais à l'aventure dans notre jardin clairsemé de pommiers. Je me réfugiais à l'ombre de ces immenses arbres dont les fruits me faisaient parfois sursauter en tombant sur le sol. Les feuilles aux formes saillantes dansaient au gré du vent. Je les observais des heures entières sans froncer un sourcil, hypnotisé par leurs ballets aériens. Souvent, l'une d'elles se décrochait de sa branche et planait au-dessus de ma tête, se contorsionnant sous les rafales de vent, virevoltant dans le vide, avant de s'écraser sur le sol en chuchotant. Sur le tronc des arbres, de petits insectes zébraient toute la longueur de l'écorce. Leurs longues spirales s'enroulaient autour des branches en silence, malgré les millions de pattes qui grattaient le bois. Je contemplais cette nature si vivante autour de moi, si luxuriante. J'étalais mes membres sur le sol et admirais le ciel des heures durant. L'azur qui s'étendait à perte de vue m'émerveillait, de même que le manteau de points lumineux qu'il arborait à la nuit tombée. Dans ce décor nocturne, néanmoins, quelque chose m'intriguait là-haut, une sorte de caillou lumineux perché dans le vide. Longtemps, je l'ai scruté avec inquiétude, sans comprendre ce qu'il faisait là. Je l'apercevais parfois le jour, plus pâle, plus effacé. Sa forme changeait sans arrêt, revêtant tantôt celle d'un croissant, d'un bol ou d'une balle. Quel étrange message voulait-il nous transmettre ? J'essayais d'y trouver une logique, un sens, exploitant à plein régime les capacités qu'offrait mon cerveau d'enfant. L'énigme était totale. Quand je fus en âge de parler, n'en pouvant plus, j'interrogeai ma mère.

« Maman, c'est quoi ça ?

— Ça ? C'est Lalune ! » répondit-elle sur le ton de l'évidence.

Drôle de nom pour un caillou perché dans le ciel, pensai-je. Je continuais à l'observer malgré tout à travers la fenêtre, avec moins d'inquiétude vu que je connaissais son nom. C'était le début d'une grande histoire d'amour entre elle et moi. Mon caillou perché dans le ciel. Avec du recul, je crois que je suis toujours resté le gosse émerveillé, aux bras étendus dans l'herbe, submergé d'émotions, les larmes coulant sur mes joues et s'écrasant sur le sol en petites perles brillantes.

« Paul Vertune ? Ah, oui, le petit Paul, celui qui a toujours la tête dans Lalune ? Celui-là ne finira pas très vaillant, il n'est pas fait pour le travail ! » marmonnaient les gens dans l'intimité.

Les habitants du village, quand ils parlaient de moi, esquissaient une moue dubitative qui ne m'échappait guère. Du haut de mon jeune âge, je discernais déjà une connotation péjorative dans cette expression, *avoir la tête dans Lalune*, comme si rêver était interdit, s'émouvoir criminel. Après tout, quel mal y avait-il à observer les astres célestes des heures durant ? Je n'eus jamais l'impression de commettre un larcin, ou pire, un crime. Mais le regard enfantin occulte la réalité sordide. Il n'entrevoit pas encore ses vices masqués, ses luttes de pouvoir. Le véritable problème, je le compris bien plus tard. L'oisiveté. Cette faiblesse d'esprit que certains, parfois, manient à merveille sans que personne ne s'en aperçoive. Mais l'oisiveté, ici, c'était la mort. Et son opposé, la vie, c'était le blé, l'or de la terre. L'économie de mon village en dépendait. Le blé, capricieux, répondait à un cycle végétal strict dans lequel la moindre erreur se payait cher, à tel point qu'il en était devenu le centre de nos vies. Naître là ne nous laissait que très peu de choix finalement. C'était le blé ou l'exil. Le travail acharné ou la survie. La plupart des habitants du village, attachés à leurs racines, reprenaient la ferme de leurs ancêtres et cultivaient la terre jusqu'à leur mort. Leur vie se résumait à ça. Le conformisme le plus total, le plus inextricable. Le blé, encore et toujours… Souvent, j'accompagnais les hommes au champ et m'asseyais dans un coin pour les observer. Mes frères levaient à peine les yeux, jaloux de ne pouvoir profiter davantage de cette période insouciante. Mon père, lui, me surveillait avec mépris. Son regard déjà lourd de reproches s'éternisait sur moi.

Ton tour viendra, semblait-il dire. *Comme tout le monde ici, tu bêcheras la terre, sèmeras les graines, aménageras les parcelles, organiseras les récoltes, faucheras les tiges, ramasseras le blé, négocieras le prix avec les grossistes malhonnêtes, rentreras le soir exténué et te coucheras le dos en feu. Et le lendemain, rebelote, toute la journée, du matin au soir, tous les jours que Dieu fait, sans répit, sans repos, le blé n'attend pas. Jamais. Ça décrochera sûrement de ton visage ce sourire qui m'exaspère.*

J'étais persuadé que mon père me détestait depuis le jour de ma naissance. Il me trouvait trop différent de lui, moins concerné, plus soucieux de penser que de faire. La pensée, dans nos campagnes, était considérée comme un virus qu'il convenait d'éradiquer. Un fléau destructeur, une honte, un sacrilège familial. Ici, on ne pensait pas, on agissait. On fauchait le blé, point barre. Quelle étrange manie d'ailleurs. Quelle saloperie. La pensée est une invention de paresseux, un subterfuge pour fuir la réalité difficile, un cancer. Mon père ne pensait pas. Il travaillait dur, sans jamais se réfugier ni se dédouaner de ses responsabilités d'homme. Tout mon contraire. Je le compris jeune, grâce à ce cancer qui m'habitait. Mon esprit batifolait sans cesse, libre comme l'air, soucieux de me préserver de la souffrance. Il réinventait en permanence une réalité dans laquelle je me sentais bien, comme un oiseau dans son nid, levant le bec pour qu'on le nourrisse. Ce que mon père exécrait par-dessus tout.

* * *

À l'âge de cinq ans, le premier signe du destin frappa à ma porte. Mon histoire entière s'est construite sur une suite de hasards, de chances, de coïncidences, chacun appelle ça comme il veut. Moi, j'appelle ça *des signes du destin.* Tant pis si cette expression paraît candide. Ce jour-là, un chemin s'offrit à moi, dans lequel mon corps tout entier s'engouffra, sans remords, ni regrets. Un dimanche, après la messe, nous partîmes vers l'ouest de la presqu'île de Rhuys, en direction du port d'Arzon qui se dressait face à l'immense océan Atlantique. En arrivant, nous aperçûmes un attroupement de badauds réunis autour d'un navire. Les gens poussaient des cris, caressant le monstre de ferraille rouillé jusqu'à la moelle. Certains d'entre eux, admiratifs, discutaient avec des hommes bizarrement habillés. C'était la première fois de ma vie que je contemplais pareil accoutrement. Un chapeau plat avec une boule de poils au-dessus, un pull-over rayé bleu et blanc, un pantalon en toile bleu marine et de fines chaussures tressées. Les personnages semblaient tout droit sortis d'une époque futuriste. Mes frères coururent dans leur direction et se figèrent devant eux. Accoutumés sans doute à ce rituel passionné, ceux-ci frottèrent leurs têtes blondes aux yeux écarquillés d'admiration qui s'offraient à eux. Ma mère s'approcha à son tour. J'avançai sans rien dire, subjugué par le mystère de ces hommes à l'étrange uniforme. D'où pouvaient-ils bien débarquer ? De Lalune ? Du caillou dans le ciel ? Étaient-ce eux les responsables de sa lumière ? L'océan regorgeait-il de passages secrets capables de les transporter tout là-haut ? J'étais enthousiaste en m'approchant, excité à l'idée de connaître la vérité sur mon caillou. Je serrai fort la main de ma mère, le cœur vibrant dans ma poitrine tel un tambour rossé par sa baguette. Lorsque nous fûmes à côté d'eux, je levai la tête pour apprécier leurs costumes excentriques. L'un d'eux s'agenouilla, saisit son étrange chapeau et le posa sur ma tête.

« Et voilà, tu es un marin toi aussi maintenant ! » déclara l'homme souriant.

C'est étrange comme cette phrase, en apparence si anodine, a résonné dans mon esprit pendant des années. Certains mots nous marquent au fer rouge pour le restant de nos jours. Nous conservons la trace indélébile de leurs lettres, comme un tatouage qui nous accompagne au fil du temps. Dans les fibres du tissu fixé sur mon crâne étaient imprimés, grandiloquents, les siècles de solidarité de cette confrérie antique. J'en ressentis toute sa force, toute son énergie, toute sa philosophie. L'homme reprit sa casquette et la reposa sur son cuir chevelu. Il caressa ma tête sans se douter qu'il y avait instillé une idée qui travaillerait mon esprit des années durant, comme un sculpteur travaille sa pierre, façonnant les recoins de mon cerveau, érigeant les fondations d'une vocation. L'homme partit ensuite en direction de l'embarcation, escalada les marches de la passerelle et salua la foule massée en contrebas. Les moteurs vrombirent bientôt dans le port. Un flot d'écume blanchâtre jaillit à la poupe du navire. Les badauds poussèrent des cris béats. Le bateau se mit en mouvement et s'éloigna à l'horizon. Je ne lâchai pas des yeux mon marin, agitant les bras sur le pont, heureux de s'envoler vers Lalune. Le bateau s'effaça dans les reflets troubles de l'océan. La foule se dispersa peu à peu, lassée de cette éphémère distraction. Quant à moi, je restai là, figé de tout mon être, les yeux rivés vers la mer. Du haut de mes cinq ans, j'étais parti avec eux, à l'assaut des tempêtes et des courants. Je saluais la foule moi aussi. Elle était fière de moi. J'étais désormais sûr de mon choix. Plus tard, je serais marin. Comme eux. Je m'envolerais vers le large, la bise marine caressant mes joues sur le pont du bateau, un sourire niais accroché aux lèvres. Si mon père m'octroyait un jour ce privilège…

4

Les jours s'écoulaient paisiblement dans le golfe du Morbihan. Mon père et mes frères partaient au champ pendant que j'aidais ma mère dans ses tâches quotidiennes. Je ramassais les fruits du jardin, trayais les vaches, recueillais leur lait et nourrissais les bêtes. Tous les matins, nous partions au marché du village pour nous approvisionner en ingrédients divers destinés au dîner. Les épouses d'agriculteurs, trompées par leurs maris dont les maîtresses végétales ne pouvaient se sevrer, accouraient sur la place pour bavarder. C'était leur manière à elles de se serrer les coudes dans la solitude. Les journées de ma mère, quoi qu'en disent les mâles bouffis d'orgueil, étaient harassantes. La même routine étalait son lot de tâches, répétitives à l'infini, aliénantes. Le mercredi néanmoins, jour de la lessive, c'était différent. Je l'attendais avec impatience, comptant les jours sur un calendrier imaginaire, apposant des croix sur l'invisible mur du temps qui passe. Le mardi soir, avant de me coucher, tous les poils de mon corps se hérissaient d'excitation. Fermer l'œil devenait alors difficile, tant il était compliqué de juguler les bouffées exaltées. Mes membres s'agitaient dans le lit, mon cœur palpitait et mon souffle s'accélérait. Tout semblait s'emballer autour de moi. L'émotion était tellement vive que, parfois, je tremblais de peur à l'idée de ne pouvoir la contenir. Elle me submergeait de toute sa force, de son inconstance. Apeuré par les soubresauts de mon être, je tournais la tête en direction de la fenêtre. Lalune resplendissait dans le ciel, tantôt pâle et chétive, tantôt brillante de mille feux. Ses rayons dorés disséminaient dans le ciel des notes de musique, dont la partition silencieuse apaisait mon esprit tourmenté. Sur l'oreiller de paille, mes paupières hésitaient dans un va-et-vient indocile, puis retombaient lourdement, bientôt vaincues par la mélodie. Je m'endormais paisiblement.

Le matin, nous partions au lavoir pour nettoyer le linge. Ma mère y avait ses habitudes. Les femmes du village se donnaient rendez-vous là-bas, afin de rendre plus joviale cette tâche ennuyeuse. J'aimais ce moment par-dessus tout, cette ambiance si singulière et pleine de gaieté, l'odeur du savon embaumant l'air, les rires décomplexés de ces femmes qui n'étaient plus, l'espace de quelques heures, soumises au joug autoritaire de leur mari. Dans l'intimité de leur lavoir vétuste, elles ôtaient leurs chaînes d'épouses soumises, libéraient leurs esprits et renaissaient. Elles s'éclaboussaient dans un tourbillon de bulles, souriant à la vie comme elles ne souriaient plus guère à leur homme. Le reste de la semaine, elles erraient comme des fantômes dans leur foyer. Le moment du lavoir était leur bulle d'oxygène, leur moment de liberté. Le mercredi, elles jouaient le rôle des femmes qu'elles n'étaient plus et je les observais, émerveillé par le spectacle dont elles étaient les comédiennes. Enfin, fatiguées d'être elles-mêmes, elles étalaient leurs bras dans l'herbe, à bout de souffle. J'applaudissais leur interprétation, un peu triste que la pièce s'achève. Ma mère, haletante, m'offrait d'immenses sourires dans lesquels la folie l'emportait sur la raison, avant de peu à peu s'effacer. C'était fini. Il fallait rentrer à la ferme. Je serrais fort sa main, sur les chemins de terre à la nuit tombée. Elle me chuchotait des mots tendres au creux de l'épaule pour me rassurer. Nous étions seuls au monde tous les deux, les étoiles en guise de lanternes. Quand nous arrivions à la maison, elle lâchait ma main et s'effaçait jusqu'au jour suivant. Elle craignait sans doute que mon père lui reproche un excès de sentiments à mon égard. Je compris très jeune que les relations entre les deux sexes étaient compliquées, qu'ils étaient séparés par un fleuve dont les émotions faisaient parfois déborder le lit. Ou l'asséchaient. L'éducation marque les enfants pour la vie. C'est ainsi que je grandis, au milieu d'un tourbillon d'émotions tuées dans l'œuf, refoulées, sans m'apercevoir qu'un jour, tous les cadavres au fond du fleuve referaient surface.

* * *

Un après-midi de juillet, je venais de fêter mon sixième anniversaire lorsque mon frère Jacques m'apprit à pêcher la palourde dans le golfe. Je buvais ses paroles, écoutant avec attention ses conseils avisés. Il m'apprit à repérer les lieux de pêche, à gratter le sol et à ne pas trop m'abîmer le dos. Je me lançai ensuite à l'assaut de mon premier crustacé avec enthousiasme, prêt à tout pour épater mes parents, briller aux yeux de mon père. Quelques heures plus tard, mon seau était aussi vide qu'un ciel sans nuages. Celui de Jacques, lui, était rempli à craquer. De toute la fratrie, il était le préféré de mon père, le plus productif, celui qui ramassait le plus de blé et pêchait le plus de crustacés pour les repas du dimanche midi. La famille ne tarissait pas d'éloges à son sujet, s'accordant à penser qu'il serait le futur propriétaire de la ferme des Vertune. Jacques était l'aîné, celui que mon père admirait secrètement. Mon exact opposé. Une hiérarchie affective s'établissait au fil du temps dans la famille. La concurrence entre frères devenait chaque jour plus palpable. Néanmoins, dans cette course à la gloire parentale, je disposais d'un avantage de taille, celui de n'être jamais à la hauteur. De plus, Jacques avait de l'affection pour son petit frère. Il distinguait en moi un compagnon de jeu plutôt qu'un adversaire. Cette déduction l'avait convaincu de me prendre sous son aile. Quand il n'y a pas d'opposition, autant se faire des alliés. Les derniers rayons de soleil résistaient à l'obscurité sur la mer et je dus me résigner à rentrer bredouille. Je pédalai en direction de la ferme. À quelques mètres de celle-ci, j'entendis des éclats de voix. Je posai ma bicyclette dans l'herbe et contournai doucement l'enclos. Les bêtes emprisonnées, beuglant leur mépris à l'égard de la race humaine, couvrirent le bruit de mes pas. Je glissai contre le mur jusqu'à apercevoir mes parents en pleine discussion.

« Qu'est-ce qu'on va faire de lui ? vociférait mon père avec un tel mépris que je sus immédiatement qu'il parlait de moi.

— Donne-lui une chance, emmène-le au champ, montre-lui comment on travaille la terre.

— C'est un bon à rien, il n'y a rien à en tirer de ce gosse. Il n'est pas comme ses frères, il n'est pas vaillant, c'est une fillette !

— Tu es trop dur avec lui, s'insurgea ma mère. Il est différent des autres, c'est vrai, mais ce n'est pas une raison pour le mépriser.

— On verra bien. Demain, je l'emmène au champ avec nous. »

Mon sort se jouait sous mes yeux. Les dés étaient jetés, pipés d'avance. Je ressentis l'injustice de n'être qu'un enfant, de ne pas avoir mon mot à dire. Le regard de mon père se tourna dans ma direction. Je tressaillis et me cachai derrière le mur, recroquevillé sur moi-même, la peur au ventre. Je craignis qu'il vînt me déloger de ma cachette, furieux d'être épié par son propre fils. Mais ils rentrèrent à l'intérieur de la ferme et je n'entendis plus rien. L'obscurité était totale dorénavant. Dans un coin du ciel, Lalune me souriait toujours, ses immenses cratères en guise de fossettes. Accroupi derrière le mur, caché comme un prisonnier en cavale, je pressentis que la période d'insouciance touchait à sa fin. Les après-midi au lavoir, à m'extasier devant la beauté de ses femmes libérées, ne seraient bientôt plus qu'un lointain souvenir. Les nuages s'amoncelaient dans le ciel, noirs, sinistres, comme les années à venir. Dorénavant, il était temps de devenir un homme.

5

Mon père me tira du sommeil à l'aube. Son visage était penché au-dessus de ma tête. Il m'observait dans le noir, les cheveux encore hirsutes du réveil. Il posa un doigt sur sa bouche et m'ordonna de le suivre. Autour de moi, tous mes frères dormaient à poings fermés. Il régnait un silence absolu dans la maison. Je me frottai les yeux, me levai doucement sur le matelas de foin et tâtonnai dans la pénombre. Au fur et à mesure de mon avancée, je ressentis un étrange sentiment de curiosité mêlé de peur. Pourquoi diable me réveillait-il si tôt, pendant que tous mes frères étaient encore couchés ? Dehors, la fraîcheur de l'aube me caressa le visage, la rosée du matin mouilla mes pieds nus. Mon père se tenait à côté de l'enclos des bêtes et m'observait tristement. Je m'assis sur un morceau de bois. Il fronça ses longs sourcils, préparant son discours solennel.

« Aujourd'hui, je vais t'apprendre à travailler la terre, dit-il froidement.

— Oui, papa.

— Ensuite, en septembre, je te présenterai à l'instituteur du village. Tu suivras la classe le matin et tu travailleras au champ l'après-midi. »

Il s'arrêta quelques secondes et plongea ses yeux dans les miens, l'air menaçant.

« Je veux que tu deviennes un homme, Paul, qui nourrit sa famille à la sueur de son front, qui se lève tôt et travaille toute la journée sans rechigner, sans rêver, sans penser, juste travailler sa parcelle et nourrir sa femme et ses enfants. Si tu n'y arrives pas, je ne pourrai rien pour toi. Ici, on naît dans le champ et on meurt dans le champ. Ceux qui ne sont pas contents, ils s'en vont. C'est compris ?

— Oui, papa.

— Va réveiller tes frères pendant que je prépare l'outillage. Dis-leur qu'on lève le camp dans quinze minutes. »

Je courus en direction de la chambre et réveillai mes frères les uns après les autres. Ils comprirent que mon tour était venu. L'enfance touchait à sa fin. Les premières responsabilités pointaient le bout de leur nez. Nous déjeunâmes en silence et partîmes sans mot dire, les outils à la main. Mon père ouvrait la marche, fier comme un coq, saluant les personnes que nous croisions sur le chemin. Il attendait avec impatience le moment où la sueur coulerait sur mon front, où je le supplierais de faire une pause, éreinté par la chaleur. Quand nous arrivâmes, chacun partit à son poste en silence, la tête basse, comme de bons petits soldats à la guerre. Je me retrouvais à l'orée du champ sans aucune notion sur le travail de la terre, aucune formation quelconque.

« Paul, viens ici, s'écria mon père.

— Oui, papa, répondis-je en me ruant vers lui.

— Pour tes premiers mois, tu vas observer notre travail et nous aider quand on te le demandera.

— Oui, papa.

— Au boulot maintenant ! »

Je m'exécutai, frustré de ne pouvoir profiter davantage de la tendresse de ma mère et de ses sourires bienveillants. Comme dans toute organisation, le travail au champ disposait d'une hiérarchie s'établissant au fil du temps et de l'expérience. Personne ne faisait exception à la règle. Tout le monde commençait en bas de l'échelle et gravissait les échelons au mérite, soit à la quantité de blé semé ou récolté, selon les saisons. Mon père m'assigna ma première tâche, que je conservai pendant les deux mois d'été. Homme à tout faire en quelque sorte. L'échelon originel de cette longue ascension vers la responsabilité. Pour la première fois de mon existence, j'avais un emploi. Ce mot, indissociable de la condition humaine, revêtait une importance considérable dans l'esprit de mon père. Dans le mien, c'était différent, cela n'augurait rien de bon.

Je ravalai ma fierté et me lançai à corps perdu dans le travail, soucieux de briller aux yeux de mon géniteur, de me racheter une conduite. Mon rôle consistait à apporter de l'aide à ceux qui en avaient le plus besoin. Dans la récolte ou le semis, je répondais aux besoins des uns et des autres en fonction de leurs avancées, coordonnant la distribution des outils de sorte qu'il n'y ait aucun temps mort. J'apportais de l'eau quand les gorges s'asséchaient, distribuais les repas le midi et rangeais le matériel le soir. Dans le champ, mon éternel optimisme reprenait le dessus en toutes circonstances. Je finis par aimer cette tâche d'homme à tout faire, adaptée à mon esprit dynamique, à mon besoin de bouger en permanence. Je pris même du plaisir cet été-là, aider les autres correspondant à merveille à ma personnalité sensible. Malgré les journées harassantes, les brûlures du soleil, les ampoules sur mes mains, un inébranlable sourire éclairait toujours mon visage. Pour me donner du baume au cœur, je chantais les cantiques religieux de ma mère. Mes frères, reconnaissant la mélodie de leur enfance écourtée, fredonnaient eux aussi quand mon père était occupé. Tout le monde se méfiait de lui, hormis Jacques, qui entretenait avec lui une relation privilégiée. De temps à autre, mon père levait la tête au-dessus des tiges d'or qui ondulaient au gré du vent. Il scrutait des yeux le champ, s'évertuant à y discerner mon visage, avec la conviction d'avoir un fils imbécile, bon à rien. Quand son regard se posait enfin sur moi, il hurlait, juste pour le plaisir de déverser sa haine, de briser l'élan d'optimisme qui m'habitait. Il ne comprenait pas pourquoi je souriais encore. Lui ne souriait guère depuis des années. Des décennies. Des millénaires. Une fois qu'il avait craché son venin, il retournait à son travail, marmonnant des insanités dans sa barbe, comme les personnes âgées ruminant leur vie passée. Jacques, à son tour, médusé de contempler un immuable sourire illuminant mon visage, devint bientôt jaloux. Il se mit en tête de détruire toute velléité positive dans mon esprit. Il me reprocha un manque de rapidité dans l'exécution des tâches, handicapant son avancée. Je m'excusai bêtement, pour ne pas attiser davantage la haine, et je redoublai d'efforts, infatigable, jusqu'à ce qu'il ne pût plus rien me reprocher. Il arrêta son petit manège, fatigué de hurler et de gesticuler dans le vide, comprenant que rien ni personne ne pouvait entraver mon envie d'exister, surtout aux yeux de mon père.

À la fin de l'été, mon corps envoya les premiers signaux de fatigue. Mes mains étaient fissurées de cicatrices, entaillées par le blé ingrat. Mon dos était courbé par le poids des outils. Ma mère dut s'interposer afin que je me repose. Mon envie d'exister consumait mon être, l'irradiait de sa folie. Mon père, qui avait réussi à me mettre un genou à terre, confirma ce qu'il avait pressenti.

« Tu n'es qu'une fillette indigne, jamais tu ne deviendras un homme », me lança-t-il un matin, lâche, pendant que sa femme avait le dos tourné.

Il partit ensuite en direction du champ, accompagné de mes frères et de leurs outils. Quand ils disparurent au fond du chemin, je baissai la tête tristement. Le monde entier s'effondra sous mes pieds. Le sentiment de l'échec m'assaillit, vivace. Dans les yeux de mon père, jamais mon étoile ne brillerait aussi fort que Lalune dans le ciel. Le goût de l'évidence est acide. Mon père ne m'aimerait jamais. L'été toucha à sa fin. Ma mère ne put m'aider davantage et je dus repartir au champ. Le travail devint routinier, aliénant. L'entrain qui m'habitait jadis avait fui, la nonchalance l'avait remplacé désormais. Dans le champ, je pensais aux marins sur le port, dans leurs beaux habits rayés, les cheveux balayés par la bise océanique. J'aurais souhaité être avec eux, loin d'ici, saluer la foule dans le port, discuter avec les badauds curieux, vivre pleinement mon rêve d'enfant. Mais je devais me rendre à l'évidence. Je n'étais qu'un paysan sali par la terre de son champ, dont l'unique destin était de travailler le sol jusqu'à ce que mort s'en suive. Le reste n'était qu'illusion, le fruit de mon imagination, à la saveur douce et amère. Je trépignais d'impatience, attendant la fin des journées, ruminant mon mal-être dans une sorte de confusion mentale. Je rêvais d'ailleurs. Je sortais du moule. Et je savais d'ores et déjà que cette différence serait un problème. La famille Vertune n'accepterait pas qu'un de ses membres veuille voler de ses propres ailes.

6

En septembre, mon père m'emmena au village d'un pas pressé. Je marchais sur les chemins de terre à côté de lui, sans mot dire. Nous nous arrêtâmes près d'un bâtiment en pierres. À l'intérieur de celui-ci, un petit homme barbu faisait les cent pas. Quand il nous aperçut, il s'approcha de mon père et lui tendit la main. Celui-ci la serra machinalement, sans chaleur aucune, et partit aussi discrètement qu'il était arrivé. Je me retrouvai face à l'étrange bonhomme qui me dévisageait derrière ses lunettes rondes. Sa barbe, hirsute, contrastait avec les traits fins de son visage. Son allure sympathique m'inspira tout de suite confiance.

« Bonjour, Paul. Je m'appelle monsieur Duquerre, je suis l'instituteur du village, me dit-il d'une voix douce.

— Bonjour, monsieur, répondis-je intimidé.

— Sais-tu ce qu'est un instituteur ?

— Oui. C'est le monsieur de l'école ! répondis-je fièrement.

— Exactement ! Bienvenue à l'école de Brillac. Suis-moi, je vais te faire visiter les lieux. »

Je pris la main de l'instituteur. Il fut surpris de sentir ma petite main dans la sienne et me fixa des yeux, stupéfait. Je sentis l'homme touché par une telle attention. Il se figea dans l'ombre du bâtiment et m'offrit un sourire tiède. Nous entrâmes ensuite dans l'édifice, passâmes devant quelques salles vides et nous arrêtâmes devant un préau lugubre sous lequel il n'y avait pas âme qui vive. L'instituteur m'expliqua qu'il s'agissait de la cour de récréation, dans laquelle les enfants jouaient quand ils n'étudiaient pas. Mes frères racontaient parfois leurs matinées à l'école mais nulle part il n'était question de jeu. Ils parlaient tous de cette institution avec le même mépris, surtout Jacques qui s'y ennuyait à mourir. Moi, je la trouvais belle, cette cour d'école. Elle était vaste et parsemée de platanes, propice aux jeux d'enfants. Hormis le préau lugubre, tout me paraissait fantastique, tellement éloigné des décors dans lesquels j'évoluais. Il me tardait de profiter de cet endroit magique avec mes camarades. L'instituteur discerna mon émerveillement et ne dit rien, respectueux de mon ignorance. Il m'entraîna dans une salle qui offrait une vue imprenable sur l'ensemble de la cour et me fit asseoir sur une chaise. Là, il me servit un verre d'eau.

« Alors, Paul, elle t'a plu, cette visite ? demanda-t-il.

— Oui, répondis-je émerveillé.

— Dorénavant, c'est ici que tu passeras tes matinées. Tu intégreras dès demain ma classe et tu suivras les cours jusqu'au certificat d'études.

— C'est quoi le certificat d'études ?

— C'est un diplôme que l'on obtient à la fin des études. Grâce à ça, tu pourras faire ce que tu veux dans la vie. Tu veux faire quoi plus tard ?

— Je voudrais être marin, Monsieur.

— C'est un beau métier, déclara l'homme, gêné par un tel aveu. Il faut donc que tu apprennes à lire et à écrire, parce qu'on ne devient pas marin en étant illettré.

— C'est quoi illettré ?

— C'est quand on ne sait pas lire ni écrire.

— Comme papa et maman ? »

Monsieur Duquerre ne répondit pas. Il me prit une nouvelle fois par la main et m'emmena devant l'entrée, où mon père m'attendait. Ce dernier salua l'homme instruit avec nonchalance, la tête basse. Je discernai de la honte dans les yeux de mon père, comme s'il se sentait inférieur à l'instituteur. Cet homme si sûr de lui paraissait s'être subitement mué en animal domestiqué. L'instituteur disparut derrière les murs de son école. Sur le chemin du retour, je n'osai demander à mon père s'il était illettré, de peur qu'il ne se fâchât. Je me contentai d'observer sa démarche d'homme des champs abîmé par le travail.

Le soir, quand la ferme fut silencieuse et mes frères endormis, je repensai au maître d'école, à sa barbe décoiffée et à ses lunettes rondes, sa cour, avec ses platanes aux troncs dénués de branches, son bac à sable dans lequel tout était imaginable, ses salles vides bientôt remplies. Je m'imaginais au milieu de tous ces enfants, empressés d'être instruits pour voler de leurs propres ailes, loin des champs de blé. Les paroles de l'homme résonnèrent à nouveau dans ma tête. *Pour être marin, il faut savoir lire et écrire. Serais-je capable d'apprendre à faire ça moi aussi ?*

* * *

Les années suivantes s'écoulèrent au son du sifflet du maître et des faucilles. J'appris rapidement à lire et à écrire, fasciné par le monde des lettres et du savoir. J'arrivais le premier à la classe de monsieur Duquerre et m'asseyais à mon pupitre, impatient d'en découdre avec les nouveaux savoirs dont ma curiosité n'était jamais rassasiée. L'homme, au début, fut surpris d'une telle assiduité, mais s'accoutuma à mon rituel passionné. Il vint de plus en plus tôt lui aussi. Quel plus beau cadeau pouvait-il recevoir d'un élève ? Je buvais ses paroles jusqu'à la lie, dévorais ses phrases sans en perdre une seule miette. Il se prit naturellement d'amitié pour moi, ou d'amour peut-être, je ne sais pas. Malgré sa culture, on racontait dans le village qu'il vivait seul, au milieu de ses livres. Le savoir effrayait dans les campagnes, de même que les gens qui le promouvaient. À cette époque, rien n'était plus important que de nourrir sa famille. La plupart des habitants n'avaient jamais mis les pieds à plus de dix kilomètres à la ronde. À quoi bon être cultivé ?

Outre la lecture, l'écriture et le calcul, j'étudiais la géographie, l'histoire de France et la morale. Il m'apprit, un soir d'hiver, à reconnaître les constellations dans le ciel. Il m'indiqua que Lalune s'écrivait en deux mots, *la lune*, signe d'une enfance qui s'échappait à grands pas. Il sourit pendant que je rougissais de honte, déçu de n'être encore qu'un ignorant. Plus tard, je fus stupéfait lorsqu'il m'indiqua notre situation géographique sur le planisphère. Mes yeux d'enfant inculte n'en revinrent pas de voir s'étaler les océans, les continents et les pôles sur un carton plastifié. Les étendues bleues sur le planisphère me faisaient penser aux marins. Je m'imaginais plus tard dans mon habit, bravant les courants du *Gulf Stream*, apercevant la pointe du cap Horn au large des côtes chiliennes, résistant aux tornades dévastatrices des quarantièmes rugissants. Cela me rendait heureux. J'appris par cœur les pays, leur capitale et leurs villes, les départements français, les préfectures et sous-préfectures. Je les récitais de mémoire l'après-midi dans les champs. Mon père m'observait sans mot dire, avec cette jalousie à peine voilée qu'ont souvent les incultes vis-à-vis des érudits. Le savoir était à portée de la main, il me suffisait de le cueillir dans les enseignements de mon maître. Entre les murs de l'institution publique, je reprenais goût en la vie et caressais du bout des doigts mes rêves les plus fous, malgré les après-midi de labeur. L'école était une porte de sortie vers un avenir radieux, dans lequel tout m'apparaissait possible.

* * *

L'année 1939 marqua cependant un tournant dans l'Histoire. Aux portes de l'Europe, le mal gagnait du terrain. Hitler envahit la Pologne. La France et l'Angleterre déclarèrent la guerre aux nazis. Le chaos s'étendait jusqu'aux frontières de l'URSS. L'Europe entière se convertit en un gigantesque brasier sur lequel l'humanité se consumait à petit feu. Notre pays était en guerre désormais. Le planisphère qui s'étalait sur le mur était obsolète. L'Allemagne s'étendait bien au-delà de ses frontières dorénavant. Peu après l'annonce de l'entrée en guerre, monsieur Duquerre m'emmena dans une salle et m'expliqua en détail le conflit qui sévissait non loin de là. Quand il acheva sa leçon, il ne put contenir ses larmes.

« Pourquoi pleurez-vous, maître ? demandai-je touché.

— La guerre est une saloperie qui nous prend tout, déclara l'homme ruisselant de larmes.

— Elle vous a pris quelque chose, la guerre, maître ?

— Oui. Mon père.

— Comment ? demandai-je incrédule.

— Mort dans les tranchées de Verdun durant la Première Guerre mondiale. Un obus s'est abattu sur eux. Il est parti là-bas pour défendre sa patrie. Personne ne l'a défendu, lui. »

Il essuya ses larmes du revers de la main.

« Je vais te montrer quelque chose », reprit-il.

Il tira de sa sacoche une enveloppe en papier. Ses doigts caressèrent la bordure et extirpèrent une petite feuille qu'il me tendit.

« Tu peux la lire si tu veux », déclara-t-il comme s'il m'offrait un trésor.

Je saisis le bout de papier et le dépliai délicatement. Une écriture fine envahissait l'espace de la feuille. Ce que je lus me toucha profondément.

Cher Édouard,
Je t'écris cette lettre pour te dire qu'ici, tout va bien. Tous les jours, nous nous levons aux aurores et contemplons la ligne allemande en face de nous. Les Allemands, qui ne sont finalement pas si différents de nous, veillent également à ce que nous n'avancions pas en territoire ennemi. Nous attendons dans nos cachettes, un peu comme tu le fais à l'école lorsque tu joues avec les autres élèves. Tu vois, finalement, on a beau grandir, on n'en reste pas moins de grands enfants.
La semaine dernière, pour Noël, nous sommes sortis pour la première fois de nos tranchées et avons discuté avec l'ennemi, échangé des cadeaux et joué au football ensemble. J'avoue ne plus comprendre l'intérêt de cette guerre. Pourtant, nous sommes toujours là, à attendre dans le froid de l'hiver.
Édouard, mon fils chéri, je voudrais que tu saches que je t'aime de toutes mes forces, que je pense à toi et à ta mère jour et nuit, que vous m'accompagnez où que j'aille, et que je vous aimerai toujours. S'il m'arrivait quelque chose ici, je veux que tu sois fort, mon fils, que tu deviennes un homme malgré ton jeune âge et que tu t'occupes de ta mère. Vous êtes mes deux anges et je ne vous abandonnerai jamais, où que je sois. J'espère revenir bientôt et vous serrer dans mes bras. Je vous aime tous les deux.
Papa

Je relus la lettre afin de mieux saisir le sens de ses mots, en imaginant le père de mon instituteur prisonnier de sa cachette sale, puis jouant au football avec l'ennemi. *Quel curieux mélange*, pensai-je. La Première Guerre mondiale avait fait des millions de victimes, marquant à vie des familles entières, décimant des milliers d'innocents qui ne demandaient qu'à vivre. Au beau milieu de cette mascarade incohérente, des soldats s'étaient réconciliés le temps d'un jeu, avant de se cloîtrer à nouveau dans leurs tanières. Je ne pus m'empêcher de penser à mon père. Sous un déluge d'obus, aurait-il compris que la vie est trop courte pour emporter dans sa tombe ses sentiments les plus inavouables ? Se serait-il livré lui aussi, couchant sur la feuille vierge les mots que j'attendais depuis ma naissance? L'instituteur rangea la lettre dans l'enveloppe en essuyant ses dernières larmes. Il devait se rendre à Rennes pour s'occuper de sa mère et rencontrer l'inspecteur qui avait de hautes ambitions pour lui. Il prit congé en me saluant gentiment. Je partis rejoindre la ferme de mes parents, le cœur lourd, empli de tristesse. Mon père, en me voyant arriver, me dit que je n'étais qu'un bon à rien, que je ne serais jamais un homme. Je partis m'étendre dans le jardin et somnoler à l'ombre des pommiers. Sous leurs branches paisibles, je me sentais bien, seul au monde.

* * *

Le lundi suivant, monsieur Duquerre m'annonça qu'il partait à Rennes. Sa mère, très malade, comptait sur lui pour respecter la promesse faite à son père dans sa lettre. Il promit de m'obtenir une bourse d'études dans la capitale bretonne. Un autre instituteur le remplacerait. L'inspecteur vint le chercher dans une voiture noire. Monsieur Duquerre me serra la main froidement, pour ne pas éveiller les soupçons quant à notre relation secrète, s'engouffra dans le véhicule et disparut au bout du chemin. Malgré toutes ses promesses et ses efforts, je ne le revis jamais. Il m'abandonna à mon sort, seul, dans mon village d'enfance. Longtemps, je lui en ai voulu, jusqu'à ce que, en me renseignant plus tard dans une bibliothèque, je vois son nom apparaître sur la liste des morts pour la France. Il avait été enrôlé de force pour défendre la mère patrie lui aussi, comme son père. Il était tombé sous les balles de l'ennemi, dans une embuscade tendue près de la frontière allemande, dans un petit village jouxtant l'Alsace. Avait-il pensé à moi le jour où son corps était tombé sur le sol, la poitrine criblée de balles ? Lui, le petit instituteur dont la guerre avait ravagé l'existence. Il avait voué sa vie entière à aider les autres et il en était mort, allongé sur le sol froid. Le lendemain, je retournai à l'école, mais le cœur n'y était plus. Le nouvel instituteur, trop occupé à écrire des livres, n'avait pas de temps à m'accorder en dehors des heures de classe. Il se contenta de me prêter quelques œuvres que je dévorais et lui rendais derechef. Un immense vide affectif m'enveloppa de son néant. Bien plus qu'un instituteur, monsieur Duquerre s'était converti au fil du temps en un véritable père, dont il faudrait dorénavant se passer.

* * *

Dans le village, quelque chose changea. Nous vîmes bientôt débarquer un bataillon de nazis chargés de la surveillance des plages bretonnes, au cas où l'ennemi eût l'idée d'y débarquer. Ils vinrent à la ferme piller notre blé. Mon père s'opposa vivement et fut molesté devant sa famille. Les soldats allemands rirent aux éclats lorsqu'il se retrouva allongé sur le sol, son visage couvert de sang. Je ressentis de la pitié et l'aidai à se relever sans qu'il me remerciât. Les nazis repartirent comme ils étaient venus, avec du blé plein leurs besaces. Nous étions dorénavant les enfants d'une France occupée par le nazisme, une république scindée en deux. Partout, le fascisme étendait ses couleurs rouge et blanc, sa croix gammée aux formes rectilignes et cassées. Nous apprenions à vivre dans la terreur des ennemis qui contrôlaient nos papiers sans arrêt. Il me semblait qu'ils cherchaient quelque chose de précis à leur manière singulière de nous dévisager, de vérifier les cartes d'identité sous tous les angles, guettant la moindre trace de falsifications. En vérité, nous l'apprîmes plus tard, ils cherchaient des juifs pour les exécuter dans leurs camps en Allemagne, l'horreur absolue. Nombre d'hommes de mon village furent enrôlés par le Service du travail obligatoire. Mon père, lui, y échappa de peu lorsqu'ils vinrent le chercher. Le gros camion dans le jardin vomissait des hordes d'hommes empilés les uns sur les autres, il n'y avait plus de place pour lui. Coup de chance du destin ou hasard fortuit, je ne saurais dire, le long voyage de la vie recèle des mystères dont nous ne connaîtrons jamais l'origine.

Mon père continua de s'occuper de son champ, comme si l'ennemi patrouillant tous les jours le long de sa parcelle n'existait pas. Le blé semblait plus important que tout le reste. Il paraissait enraciné dans son champ pour l'éternité, comme les épis qu'il fauchait depuis l'aube de son existence. Un après-midi d'octobre, cependant, il mourut. Nous n'eûmes jamais de détails particuliers sur son décès. Qu'avait-il pensé avant de trépasser ? S'était-il repenti de son comportement ? Nous n'en sûmes jamais rien. J'ai longtemps imaginé sa mort avant de me coucher le soir, seul dans mon lit. Une fin romanesque, comme dans les livres que je dévorais. Au milieu des plantes qui ne discutaient jamais son autorité, mon père se délectait du murmure du vent dans les tiges dorées. En contemplant l'onde mystérieuse balayer son champ, il s'émouvait au son du chuchotement océanique. Submergé par un cocktail d'émotions, fatigué de courber l'échine, il s'écroulait sur le sol, les yeux tournés vers le ciel, vers la lune qui affichait son sourire diurne. Ironie du sort, la mort le fauchait avec la même dextérité qu'il mettait à la tâche lorsqu'il fauchait les épis de blé. Comme quoi, dans la vie, il n'y a pas de coïncidences.

7

Ce jour-là, le ciel était gris et pluvieux. La Bretagne avait revêtu son manteau d'automne, les arbres leurs habits ocre de saison. Quand nous le vîmes, étendu sans vie dans une boîte en bois, nous nous rendîmes à l'évidence. Il était bel et bien mort. Je m'approchai du cercueil et contemplai son visage. Je crus y discerner un léger sourire. Mon père, sur son lit de mort, esquissait un semblant de grâce. Il gisait là, allongé, froid comme un glaçon, dur comme de la pierre, mais son visage était serein. Il était mort pour nous montrer, peut-être, sa vraie nature. Je ne ressentis rien ce jour-là devant sa dernière demeure, ni peine, ni rage, ni quoi que ce fût. Je le contemplais avec la même indifférence dont il avait fait preuve le jour de ma naissance.

Je me demandai juste ce que nous allions devenir, mes frères et moi. Nous étions tous figés devant un corps sans vie ni âme, un corps froid, inerte. Je fus surpris de voir Jacques, le plus aimé de mon père, contenir ses larmes. Il contemplait la blancheur du corps avec la fascination d'un adolescent absorbé par l'immobilisme de la mort. Ma mère embrassa le front de son mari. Quand ses lèvres flirtèrent avec la peau glacée, elle recula, surprise par la fraîcheur de la dépouille.

Le jour suivant, nous enterrâmes mon père. Tout le village vint se recueillir et déposer une fleur sur le cercueil.

Ils reconnurent son courage et regrettèrent cet homme parti trop tôt. Ils consolèrent ma mère désormais veuve, figée face au cercueil de son mari. Puis, on le mit en terre. Son cercueil s'engouffra dans le trou noir fraîchement creusé. Les larmes de l'hypocrisie ruisselèrent sur toutes les joues. Mon père n'était apprécié de personne, il était considéré comme un homme froid et solitaire. *Pourquoi pleurent-ils un homme qui n'a jamais versé de larmes pour quiconque ?* La cérémonie s'acheva et les habitants séchèrent leurs larmes de crocodile. Nous partîmes en direction de la ferme. Après l'ivresse du baptême vient le désespoir de la mort. Aucune cohérence dans cette mascarade grotesque, vous dis-je. Nous croisâmes quelques soldats allemands sur le chemin, trop occupés à guerroyer pour prendre le temps de nous consoler. Ils eurent néanmoins le respect de ne pas troubler le cortège tout de noir vêtu. La mort fait peur, même aux plus féroces soldats.

Lorsque nous arrivâmes à la ferme, une réunion se tint, qui se prolongea tard dans la nuit. Des décisions furent prises. La ferme et le champ de mon père appartenaient à ma mère désormais, conformément au contrat de mariage. Les fils Vertune travailleraient ensemble et, lorsque Jacques serait prêt, il reprendrait les rênes de l'exploitation familiale. Nos oncles se relaieraient pour nous aider les deux premières années. Passée cette échéance, Jacques jouirait de l'entière responsabilité de la ferme, ainsi que de la vente du blé. Le jeune homme fut jugé le plus apte à nourrir la famille Vertune.

Lorsqu'ils nous annoncèrent la nouvelle, je tressaillis en imaginant le restant de mes jours, esclave d'un champ dont je détestais tout, jusqu'à son odeur de terre souillée par le corps de mon père. Je me sentais pris au piège, otage d'un destin sans considération pour la personne et pour ses opinions. Un piège dans lequel il n'existait aucune échappatoire, aucune porte de sortie. Je devenais à mon tour otage de la terre, comme une génération d'hommes avant moi, otage d'un destin sans considération pour la personne, ni pour ses opinions. La question des études semblait dès lors inenvisageable, la survie de la famille considérée plus importante que l'oisiveté de la connaissance. Mon adolescence débuta le jour où mon père mourut.

Le jour suivant, je me levai aux aurores pour aller aux champs, loin des livres qui avaient fait mon bonheur quelques années plus tôt. Je regardais mon rêve d'enfant s'éloigner sur l'océan doré du champ, les tiges de blé en guise de vagues. Mon frère Jacques, seul maître à bord désormais, se convertit en tyran plus cruel que mon père, moins assidu au travail, mais mieux organisé pour en faire le moins possible. Jacques avait compris très jeune qu'on ne dirige pas en courbant l'échine, mais en prenant l'ascendant psychologique sur les autres.

Certains hommes dansent au gré du vent en fonction des intérêts qu'ils en retirent. Telles des girouettes, ils changent de direction comme de chemises, d'opinions, de pensées. Jacques était l'un de ceux-là. Il n'y eut dès lors plus d'alliés dans le champ. La solidarité de notre enfance se dissipa comme un voile de brouillard sur la mer et nous fûmes tous soumis à son joug. Durant ces années, j'appris à devenir un homme, à serrer les dents, en imaginant la vie plus qu'en la vivant, comme un refuge dans lequel mes rêves restaient accessibles.

Tous les matins, en allant au champ, nous passions devant l'école. Je contemplais la façade du bâtiment dans lequel l'instituteur aux lunettes rondes m'avait appris tant de choses. La nostalgie m'envahissait parfois. Mais je ne perdais pas espoir. L'heure de s'affranchir sonnerait bientôt au carillon. Quitte à souffrir, autant garder le sourire. Mon intuition ferait le reste. L'optimisme finit toujours par triompher, quoi qu'en disent les gens qui, comme mon père, ne sourient jamais.

8

Le 17 avril 1943, la guerre faisait rage au-dessus de nos têtes. Les bombardiers anglais déversaient leurs engins sur la presqu'île de Rhuys dans le but d'annihiler les forces allemandes. Les cris des habitants, bombardés de toute part, évoquaient l'approche de l'apocalypse.

« Au sous-sol, vite ! » hurla ma mère effrayée à l'idée de perdre l'un de ses fils.

Nous descendîmes quatre à quatre les escaliers et nous réunîmes dans le sous-sol de la ferme. Dehors, la panique générale gagnait la population, lassée de se terrer dans leurs trous. Nous n'avions rien demandé à personne. La guerre était là, ravageant nos cultures et nos maisons, sans que nous ayons notre mot à dire. Dans ce chaos, seules deux solutions s'offraient à nous, fuir ou subir. Le monde est souvent binaire. L'exode vers la zone libre à quelques centaines de kilomètres de là grâce à l'aide des réseaux de résistants était une possibilité envisageable, à condition de laisser terres et maison, famille et amis. Malheureusement pour moi qui rêvais de découvrir d'autres paysages, personne dans notre entourage ne semblait résolu à quitter les lieux. Malgré les bombes qui s'abattaient sur leur ferme, leur bétail et leur vie, personne ne voulait laisser à l'abandon une terre léguée par les ancêtres. Il fallait donc subir. Et subir, c'était résister à toutes les injustices des soldats allemands, leurs contrôles incessants, leurs coups parfois même. Lorsqu'ils nous arrêtaient, ils déblatéraient des paroles incompréhensibles dans cette langue aux tonalités si particulières.

Ce matin-là, donc, nous étions massés dans le sous-sol où d'ordinaire était stocké le cidre, et nous attendions que le déluge de bombes cesse dehors. Ma mère, recroquevillée sur elle-même, priait les mains jointes sur sa poitrine. Elle serrait fort la croix de Jésus et murmurait des cantiques inaudibles, en implorant la protection du Seigneur. Je l'observais silencieusement sans qu'elle ne se doutât de rien. Le deuil marquait les traits de son visage, mais elle était belle, ma mère. Tout était beau chez elle : ses grands yeux en amande, son nez légèrement retroussé, l'éternelle queue-de-cheval qui rassemblait sa chevelure. Accroupie au milieu de ses enfants, elle priait pour que cesse cette folie meurtrière qu'ont les hommes parfois lorsqu'ils n'écoutent plus leur cœur. La pièce sentait fort le cidre. Dehors, les animaux hurlaient, effrayés par l'impact des bombes. Le beuglement des vaches, plus grave qu'à l'accoutumée, exprimait leur incompréhension vis-à-vis de ce chaos dont elles étaient victimes. *L'homme est un fou*, devaient-elles penser. Jacques, impassible, attendait que nous puissions repartir aux champs pour labourer. Il ressemblait à mon père. Ils partageaient tous deux la même capacité à ne pas réfléchir, à ne pas s'encombrer avec les émotions. J'étais l'exact opposé de ces deux personnages. Pierre et Guy, eux, étaient serrés l'un contre l'autre et tremblaient de peur. Ils se ressemblaient eux aussi, subtil mélange entre mon père et ma mère, le juste milieu parfait, bien que je n'eusse jamais de relations privilégiées avec mes deux frères. Je priais moi-même pour que les bombes ne nous atteignent pas. Nous entendions le bruit strident de leur chute, d'abord éloigné, puis de plus en plus proche. Leur course aérienne s'achevait sur le sol dans un fracas assourdissant qui faisait trembler la terre entière. Chaque fois qu'une bombe tombait, je serrais les dents très fort en pensant aux victimes, celles qui n'avaient pas eu de chance. Parfois, on est au mauvais endroit au mauvais moment. Quand les bombes tombaient à quelques mètres de la maison, la plus proche ayant un jour dévasté les framboisiers de mon enfance, je croyais ma dernière heure arrivée. La guerre marque à jamais l'esprit de ceux qui l'ont approchée. Elle hante les consciences pour l'éternité. Plus tard, chaque fois qu'une porte claquait, qu'un feu d'artifice pétaradait dans le ciel, je serrais les dents en repensant à ces moments passés accroupi dans le sous-sol de la ferme, attendant que la parenthèse de mort se referme. Les avions cessèrent de voler dans le ciel breton.

Nous sortîmes de notre tanière tels des renards chassés et constatâmes qu'aucune bombe n'était venue heurter le sol de la ferme. Le destin nous offrait un peu de répit. Ma mère reprit ses tâches ménagères sans mot dire, solide comme un roc. Mon frère ordonna que l'on retournât au champ, il restait une semaine de labour, nous avions du retard sur les semis. Jacques refusait l'aide de nos oncles, préférant le travail acharné de l'aube au crépuscule, à mon grand désarroi. Il voulait montrer à la famille sa ténacité, question d'honneur, ou d'ego plutôt. Nous partîmes en direction du champ, que je détestais de toutes mes forces.

Au beau milieu du chemin, les soldats allemands exigèrent de voir nos papiers. Nous les montrâmes chacun notre tour. L'un d'entre eux hurla quelques mots dans ce dialecte que, décidément, je n'aimais pas du tout. Les soldats nous mirent au sol et nous rouèrent de coups. Les chaussures de l'officier s'écrasèrent le long de mes côtes, mes bras et mes jambes. Je hurlais de douleur chaque fois que le cuir de leurs souliers léchait mon épiderme. Eux riaient aux éclats, amusés par nos réactions effrayées. Lorsqu'ils furent fatigués de frapper, ils nous jetèrent dans un camion. Jacques s'opposa et repoussa l'un d'entre eux. Leur chef tendit le bras de tout son long. La crosse de son fusil s'écrasa avec une violence inouïe sur le nez de mon frère, faisant jaillir un flot de sang. Il lui avait cassé le nez sous mes yeux. Jacques, sonné, contempla le visage de son agresseur. Il paraissait surpris par tant de cruauté, paradoxe de l'existence puisque mon frère, depuis la mort de notre père, se comportait en tyran lui aussi. On trouve toujours plus fort que soi. Jacques le comprit et baissa la tête en se tenant le nez.

Nous nous retrouvâmes dans le camion et fûmes transportés vers une destination inconnue. Nous nous regardions sans comprendre. Les soldats allemands parlaient entre eux dans leur langue barbare et ne faisaient plus attention à nous. Nous nous serrâmes les uns contre les autres. La tension était palpable, l'inquiétude à son paroxysme dans le camion. Jacques se tenait le nez, les bras sur les genoux, et maudissait les Allemands de tout son être. Une petite flaque de sang se formait à ses pieds au fur et à mesure que les gouttes perlaient sur le sol en cadence. Guy et Pierre me jetaient des regards étranges, mélange de complicité et d'incompréhension. Il me sembla que mes deux frères voulaient me délivrer un message important, mais qu'ils attendraient le dernier moment pour le faire, au cas où leurs inquiétudes fussent vaines. Je sentis néanmoins de la chaleur dans leurs yeux ce jour-là, cette chaleur fraternelle dont mon père s'évertuait patiemment à scier la branche. La fratrie se recomposait un peu dans l'étroitesse du véhicule. Malgré notre situation inconfortable, je me sentais bien au milieu d'eux.

Le camion s'arrêta à côté d'une immense ferme de pierres blanches. Nous descendîmes du véhicule, effrayés par le sort que les soldats nous réservaient. Un Allemand nous fit signe d'approcher d'une grange, dans laquelle étaient entreposées des centaines de bottes de foin. Il nous indiqua un autre camion sur le chemin de terre, plus grand celui-ci, et mima le chargement des bottes dans le véhicule. Je respirai à nouveau. Ce n'était pas la mort qui nous attendait ici, mais le travail forcé. Un autre soldat entra dans la ferme et sortit avec un homme de petite taille qu'il poussa dans la grange. L'homme s'étendit sur le sol et se releva les yeux pleins de rage. Il nous salua d'un geste de la tête. Nous découvrîmes le visage du maire, monsieur Blanchart. Nous chargeâmes le camion allemand en moins de trois heures. Quand tout fut fini, les boches repartirent sans nous remercier. Ils nous abandonnèrent comme des chiens sur un chemin de forêt, avec la même cruauté dans les viscères.

« Saloperie d'Allemands, s'exclama monsieur Blanchart avec rage. Ils ont pris tout mon blé, tout mon bétail, et maintenant, ils viennent pour la grange.

— Que veulent-ils en faire exactement ? demanda Jacques.

— Une cache pour les munitions.

— Et votre foin ? osai-je demander.

— Ils vont le brûler, pardi ! que veux-tu qu'ils en fassent ? répondit-il. Mais on n'y peut rien, personne n'y peut rien. Cette satanée guerre n'en finira jamais.

— Ils disent que les Américains vont venir, dit Jacques.

— Ils ont d'autres chats à fouetter, les Américains, crois-moi ! répondit Monsieur Blanchart. Bon, ne restez pas là, venez vous désaltérer à l'intérieur. Un peu de chaleur humaine ne fait pas de mal en ces temps si tristes. »

Nous l'accompagnâmes à l'intérieur du bâtiment. Dans la salle à manger, il flottait une odeur agréable de pain sorti du four. Il nous fit signe de nous asseoir.

« Mathilde, apporte-nous des verres d'eau ! ordonna-t-il en direction d'une autre pièce de la maison.

— Oui, papa, je vous les apporte, répondit une voix plus jeune.

— Comment ça se passe à la ferme ? demanda-t-il en direction de mon frère aîné.

— Bien. On est un peu en retard sur le labourage, mais rien de grave, répondit Jacques avant de se renfrogner. Si les boches ne nous avaient pas cueillis dans le chemin ce matin, on aurait avancé.

— Ne m'en parlez pas, de ces parasites, s'énerva Monsieur Blanchart. Tant qu'ils ne seront pas partis, je ne dormirai pas tranquille !

— Moi non plus », vociféra mon grand frère.

J'entendis le son des verres s'entrechoquer dans la cuisine. De légers pas s'approchèrent, des pas qui effleuraient à peine le sol. La jeune fille parut, un plateau dans les mains, sur lequel nos boissons étaient posées. J'aperçus pour la première fois la silhouette de Mathilde Blanchart. Je sentis mon cœur tambouriner, mes mains devenir moites et mon teint blafard. Elle avança en silence, concentrée pour ne pas renverser les verres, ses longs cheveux détachés sur ses épaules. Sa peau était blanche, contrastant avec la nôtre brûlée par le soleil. Elle devait être souvent enfermée dans la maison. À cette époque, les femmes n'avaient pas le choix. Elles naissaient, grandissaient, aidaient leur mère, se mariaient, enfantaient, s'occupaient des tâches ménagères, puis mouraient, fatiguées par le labeur domestique. Nulle émancipation ni liberté, les hommes régissaient tout. Seules quelques femmes au caractère bien trempé tiraient leur épingle du jeu dans cette lutte entre les deux sexes.

Mathilde Blanchart posa le plateau sur la table et nous servit nos rafraîchissements. Je contemplai ses gestes calmes, séduit par la dextérité de ses mains. Quand elle nous eut servis, son père lui fit signe de nous laisser tranquilles.

Elle disparut dans la cuisine. *Monsieur Blanchart cache-t-il sa fille pour ne pas attiser les convoitises, gardant une main sur son trésor de sorte que personne ne puisse l'approcher ?* Je n'avais jamais vu Mathilde ni à l'école, ni où que ce soit. Dans un village de cent cinquante âmes, tout le monde se connaît d'ordinaire. Les rumeurs circulent à la vitesse du vent, se propageant de chaumière en chaumière au gré des allées et venues de ses habitants. Nous savions que le maire du village avait une fille mais personne ne l'avait jamais vue. Nous bûmes nos verres d'eau et remerciâmes le maire pour son accueil chaleureux.

Nous partîmes ensuite en direction de notre champ, en espérant ne pas nous faire enrôler à nouveau par une patrouille allemande. Sur le chemin, je repensai à Mathilde, à sa peau blanche, à ses longs cheveux tombant sur ses épaules. Elle ne m'avait prêté aucune attention, aucun regard. Son indifférence m'avait un peu vexé. Tel un adolescent blessé, je sentais poindre en moi les premiers signes de l'ego masculin, ce même ego qui ravageait nos campagnes et nos bêtes, et qui serait encore la source de bien des malheurs. Mon esprit, déjà, subissait de plein fouet les premiers tourments de l'amour. Ma connaissance en la matière, à bientôt quatorze ans, était minime, pour ne pas dire nulle. Le seul amour que j'eus connu dans mon enfance était celui de ma mère. Mais ce dernier n'était pas aussi viscéral que l'autre, l'unique, le véritable, celui que l'on ressent pour une femme. Celui qui s'installa doucement au début puis, peu à peu, étira ses longs tentacules partout, tel un poulpe s'agrippant au bras d'un pêcheur. L'image de Mathilde vint bientôt me hanter jour et nuit. Dans le champ, lorsque je fauchais le blé, partout je voyais son visage. Avant de m'endormir le soir, je sentais son parfum imaginaire, je rêvais de Mathilde. Dans l'intimité de la grange de ses parents, les paumes des mains ouvertes, elle m'offrait une chance de pénétrer son royaume, dont les bottes de foin crépitaient au rythme de mon cœur passionné. Je me réveillais en sueur, dans le silence de la nuit. Ma lune bien aimée me souriait dehors, mes frères ronflaient autour de moi. La journée, lorsque venait le moment de s'alimenter, je contemplais mon assiette sans envie et laissais à Jacques le soin de finir mes rations de blé. Mon ventre était trop occupé à lutter contre la frustration de ne pouvoir approcher Mathilde. Je dus bientôt me rendre à l'évidence. J'étais amoureux de la jeune fille et malade de l'absence de réciprocité.

9

Un matin, n'en pouvant plus de ronger mon frein, je prétextai une douleur atroce dans le ventre. Je restai alité en me tordant de douleur. Maman, inquiète en constatant mon état de santé, voulut appeler le médecin. Je la suppliai de n'en rien faire. Vaincue, elle posa un baiser sur mon front et disparut avec mes frères dans le chemin qui menait à l'église. Je me levai et m'habillai, content de mettre à exécution la première partie de mon plan.

Depuis quelque temps, j'observais monsieur Blanchart à l'église, toujours seul. Pourquoi dissimulait-il ainsi sa fille ? Je savais que sa femme était décédée quelques années plus tôt. Mathilde restait donc enfermée dans sa ferme pendant l'office. Je devais me hâter. Je sortis en vitesse, pris la bicyclette de mon grand frère et pédalai de toutes mes forces en direction de la ferme des Blanchart. En approchant de celle-ci, je fus surpris de voir plusieurs camions allemands garés le long de la grange. J'avais oublié, dans mon élan passionné, cette partie de l'histoire, réduite à néant dans mon esprit papillonnant. Je me réfugiai derrière un buisson et jurai bruyamment en constatant la fragilité de mon plan. Ces foutus Allemands étaient partout. Non satisfaits de nous empêcher de vivre, ils me privaient de la possibilité de rêver maintenant. *Vivement que cette stupide guerre se finisse*, pensais-je. Mais, Allemands ou pas, mon organisme réclamait un passage à l'action. J'étais prêt à risquer ma vie pour approcher Mathilde. Je sortis discrètement la tête du buisson et observai, tel un stratège de guerre, le paysage qui s'offrait à moi. La ferme des Blanchart, située à une centaine de mètres de la grange, paraissait calme. Nulle trace de soldats patrouillant aux alentours.

Devant la grange, deux sbires teutons montaient la garde. Leur fusil sur l'épaule, ils scrutaient l'horizon. La partie s'annonçait serrée. Autour de la ferme s'étalait une épaisse forêt, dont les troncs d'arbre pouvaient masquer mon avancée. Elle s'achevait à une trentaine de mètres de la ferme. Courir à découvert constituait donc ma seule option, opération périlleuse compte tenu des craintes allemandes vis-à-vis de la résistance. S'ils m'apercevaient, ils tireraient sans sommation.

La peur vint titiller le champ de mes certitudes, instillant une graine d'angoisse dans ses sillons labourés. *Tout ceci n'est que folie*, pensai-je, sans conviction aucune de la présence de Mathilde. Si j'échappais aux balles allemandes sans lui parler, quel intérêt de risquer ma vie ? Peut-être qu'après tout, je n'étais qu'un fou, incapable de maîtriser ce désir fantaisiste, d'attendre la fin de la guerre pour lui déclarer ma flamme.

Dans la vie, on ne fait pas toujours ce qu'on veut. Le renoncement, si terrible soit-il, n'est pas une honte, mais une juste mesure entre les chances de succès et d'échec, surtout quand il s'agit de mettre sa vie en péril. Je jetai un dernier coup d'œil triste en direction de la ferme de Mathilde. Un détail, néanmoins, retint mon attention. La fenêtre de la ferme était ouverte. Les Allemands ne pouvaient l'apercevoir puisque le mur de la bâtisse masquait leur champ de vision. Elle était close auparavant, ce détail n'aurait pu m'échapper. Le destin me servait sur un plateau d'argent la preuve de la présence de Mathilde.

Un élan d'enthousiasme me traversa le corps. Je me dirigeai vers la forêt qui jouxtait la propriété des Blanchart et m'engouffrai dans les buissons épais, m'égratignant la peau contre les ronces. Je saisis un bâton afin de me frayer un passage dans les fougères.

Grâce à ce stratagème vieux comme le monde, j'avançai rapidement. Il y a des moments, magiques, où l'excitation est telle qu'elle nous fait oublier tout le reste. Ce qui nous entoure n'existe plus, seul le plaisir de succomber à la pulsion nous importe. Baisser ma garde ce jour-là fut la première grosse erreur de ma vie.

Une main s'abattit violemment sur mon épaule, me tirant sur le sol avec violence. Quand je fus à terre, allongé face au regard furieux d'un soldat allemand qui me tenait en joue, je fermai les yeux et pensai au visage de ma mère. « *Achtung ! Kapitän !* » hurla l'Allemand, l'écume aux babines, comme un chien qui déniche un oiseau chassé. Un flot d'urine s'écoula le long de mes cuisses et mouilla mon pantalon. Mon père avait raison, je n'étais qu'une fillette. Son visage plein de mépris envahit mon espace mental.

L'Allemand devant moi hurlait des paroles incompréhensibles. J'allais bientôt le rejoindre moi aussi, ce père que je détestais tant. C'était la fin de mon histoire. Une balle allemande me trouerait bientôt la peau, déchirant mes entrailles, répandant mes viscères sur le sol. Je regrettai d'infliger à ma mère pareil traitement, pareil mensonge. Elle contemplerait mon lit vide et s'inquiéterait de mon absence, pendant que mon âme s'envolerait au-dessus du paysage, ectoplasme sans consistance en direction du firmament. De là-haut, j'observerais ses larmes d'inquiétude, coupable de n'avoir pu contenir mes émotions. Ma mère ne s'en remettrait jamais. Je n'étais qu'un bon à rien, un imbécile. Ils avaient finalement tous raison.

* * *

Contre toute attente, il n'y eut pas de détonation. Les cris d'un autre soldat résonnèrent au loin. Il accourut en faisant craquer bruyamment les branches sous ses pas.

« *Halt ! Das ist ein Kind*[1] », hurla le soldat essoufflé.

Le soldat qui me tenait en joue arrêta de hurler et se mit au garde-à-vous. Les pas s'approchèrent et je sentis bientôt le souffle rauque de l'individu près de moi.

« Qui es-tu ? demanda-t-il en français, avec un fort accent allemand.

— Je… je… balbutiai-je les yeux toujours fermés.

— Ouvre les yeux ! » m'ordonna-t-il.

J'ouvris les yeux doucement et me retrouvai face à un soldat dont l'uniforme était différent des autres, plus sombre. L'homme avait les cheveux courts, très blonds, comme les habitants des pays nordiques. Ses yeux étaient bleus comme l'eau de la mer. *Il est beau,* même, pensai-je brièvement. Il demanda à l'autre soldat, visiblement sous ses ordres, d'aller patrouiller un peu plus loin. Celui-ci s'exécuta sans demander son reste. Il se tourna vers moi à nouveau, me scruta attentivement et s'aperçut de la tache d'urine au creux de mes jambes. Je rougis.

« Tu es dans la résistance ? demanda-t-il.

— Non, balbutiai-je en reprenant mes esprits.

— Que fais-tu alors ?

— Rien, monsieur.

— Pourquoi tu es ici ? Parle ! » hurla-t-il en pointant son arme dans ma direction.

1. Traduction : « Arrête ! Ce n'est qu'un enfant. »

Le tube sombre du canon se dressa. Je tressaillis et décidai de ne plus mentir.

« Je… voulais… aller… dans… la ferme des Blanchart, rétorquai-je difficilement, le doigt levé vers la maison.

— Pourquoi ?

— Pour… voir… Mathilde…

— Qui est Mathilde ?

— La fille… de monsieur Blanchart…

— Pourquoi tu veux la voir ? demanda-t-il dubitatif.

— Parce que…

— Pourquoi ? Réponds ! hurla-t-il de plus belle.

— Parce que je l'aime », répondis-je en regrettant immédiatement cette réponse.

L'homme devant moi se figea brusquement, telle une statue sur la place d'un village, que les badauds admirent en commentant le travail du sculpteur. L'espace de quelques secondes, il demeura paralysé, tétanisé à l'annonce d'un tel aveu. Que venait faire l'amour dans tout ça, dans cette barbarie innommable qui sévissait partout alentour ? L'homme semblait avoir oublié la définition même de ce mot, refoulé au plus profond de son être, enfermé à double tour dans un coffre-fort.

« Tu l'aimes ? demanda-t-il les yeux écarquillés.

— Oui… »

Le canon de l'arme s'éloigna soudain. Je respirai à nouveau. Il plongea ses yeux dans les miens. Il y avait quelque chose de différent chez cet homme d'une quarantaine d'années aux traits marqués, quelque chose d'humain. S'interrogeant sur la véracité de mes propos, il observait mon visage afin d'y déceler la trace du mensonge. Qu'est-ce qu'un gamin de quatorze ans pouvait faire à des molosses armés jusqu'aux dents ? Cette question lui tarauda l'esprit. Il fit les cent pas autour de moi en caressant sa barbe naissante, avant de jeter un œil en direction de son subordonné, plus contemplatif de la beauté des arbres qu'attentif aux éventuelles menaces. Lorsqu'il eut résolu ce casse-tête, il s'accroupit près de moi.

« C'est vrai, ce que tu me racontes ? demanda-t-il, toujours avec un fort accent allemand.

— Oui.

— Si tu mens, je peux te faire exécuter, gamin. »

Je tressaillis à cette idée.

« Je vous jure que je ne mens pas ! »

Les traits de son visage devinrent moins marqués. Il prit une longue bouffée d'oxygène.

« Tu aimes cette fille ?

— Oui, répondis-je toujours effrayé.

— Elle a quel âge ? demanda-t-il dubitatif.

— Je ne sais pas, monsieur… »

L'homme continuait de me dévisager. Autour de nous, le vent s'engouffrait dans les branches et faisait valser les feuilles. Son agréable mélodie contrastait avec la gravité de la situation dans laquelle nous étions tous les deux plongés. L'homme sourit tristement, absorbé dans ses pensées. Qu'allait-il faire de moi ? Me tuer ou me laisser vivre ? Peut-être souhaitait-il parler avant de me loger une balle dans la tête et m'enterrer dans les bois. Personne n'en saurait rien. La disparition du petit Vertune resterait à jamais une énigme pour sa famille. Je tressaillis en pensant à ma mère. Elle avait déjà perdu un mari, elle ne pouvait pas perdre son enfant. Quel destin est plus cruel que de perdre le fruit de ses entrailles ? Aucune douleur, fût-elle physique, n'est plus intense que celle d'enterrer son enfant. Le capitaine allemand finit par croire en mon histoire, ou du moins le feignit-il. La passion dans les yeux ne ment pas.

« Tu sais, gamin, j'ai une fille en Allemagne, moi aussi », me dit-il en surveillant l'autre soldat qui était loin.

L'homme voulait se livrer, fatigué de lutter contre des ennemis invisibles, des chimères issues de l'imagination de ceux qui tiraient les ficelles de la guerre. Au beau milieu de tout ça, il y avait des hommes, délaissant leur famille et serrant les dents lorsque les balles ennemies sifflaient sur le champ de bataille. Ils serraient les dents en pensant à leurs proches comme je le faisais dans le sous-sol de ma ferme lorsque les bombes martelaient la terre. Nous avions beau être en guerre et ennemis, nous n'en étions pas moins semblables tous les deux. Tels des Don Quichotte modernes, nous nous battions contre des moulins à vent. Tout ça ne servait à rien, je le compris très jeune, dans l'intimité de cette clairière dans laquelle le vent s'engouffrait. *La guerre est une folie*, pensais-je, *qui nous entraîne vers le chaos et la mort.* Elle n'est que la projection sanglante d'une âme en peine diffusant son mal-être auprès de ses semblables. Parce que, quand tout va mal, mieux vaut détester qu'aimer, mieux vaut s'armer plutôt que d'ouvrir les bras. Et c'est là tout le tragique destin de notre espèce.

« Tu sais depuis combien de temps je n'ai pas vu ma fille ? reprit le soldat allemand.

— Non, répondis-je.

— Trois ans, dit-il tristement. Trois longues années que je n'ai pas senti son odeur. Elle me manque.

— Comment s'appelle-t-elle ? osai-je.

— Catherine, répondit-il en souriant, comme si, en prononçant son prénom, il pouvait la sentir près de lui.

— C'est un joli prénom, répondis-je, touché par ses propos.

— C'est français. Ma femme aimait bien la France, avant tout ce chaos.

— Je suis désolé pour vous, dis-je avec une compassion qui le toucha.

— Tu n'y es pour rien. Tout ça, c'est la faute d'Hitler, chuchota-t-il en regardant l'autre soldat.

— Je sais, mon instituteur me l'a appris. Son père, lui, est mort dans les tranchées de Verdun. »

Ses yeux bleus me dévisagèrent. Un lien se créa entre nous, bien au-delà des simples frontières manichéennes, un lien humain. Il surveilla l'autre soldat au loin et respira un grand coup.

« Mon père est mort là-bas aussi, me confia-t-il.

— Mais alors pourquoi êtes-vous ici ? demandai-je sans comprendre.

— Pour le venger.

— Le venger ?

— Oui. Quand la guerre a éclaté, je suis parti au front pour tuer des Français.

— Et vous en avez tué beaucoup ? balbutiai-je, tremblant de peur.

— Aucun. Je n'en ai jamais eu le courage. Et maintenant, je suis prisonnier de ma vengeance alors que je devrais être avec ma fille.

— Qu'est-ce que vous allez faire de moi ? demandai-je, impatient d'en découdre.

— Rien, répondit-il, triste.

— Vous allez me laisser rentrer chez moi ?

— Oui…

— Pourquoi ? » demandai-je intrigué.

L'homme me regarda à nouveau droit dans les yeux.

« Ton visage m'a rappelé Catherine, répondit-il avec tristesse. Et tout ce qui me rappelle ma fille en ce moment me réchauffe le cœur.

— Vous la reverrez, j'en suis sûr, dis-je dans un élan de compassion.

— Tu n'arrêtes jamais d'espérer, gamin ?

— Non.

— Déguerpis vite avant que l'alarme soit donnée. Je ne veux plus jamais te revoir ici, c'est clair ?

— Oui, Monsieur. »

Je me relevai et partis en direction de ma bicyclette, heureux d'être encore en vie, quand l'officier allemand m'appela à nouveau. Mon sang se glaça dans mes veines. Avait-il changé d'avis finalement ?

« Gamin ! » dit-il avec autorité.

Je me retournai vers lui, la peur au ventre.

« Oui, monsieur ?

— Bonne chance avec la fille de la ferme, dit-il en souriant.

— Merci », répondis-je rassuré.

Je courus en direction de ma bicyclette. L'officier allemand m'observa gambader à travers les bosquets sans rien dire. Il pensait à sa fille, Catherine, abandonnée dans l'espoir de renouer avec son père sur le champ de bataille, sans avoir la force d'ôter la vie à quiconque. Nous nous battions sans but, comme de parfaits ignorants écoutant leurs pulsions meurtrières. La haine est une saloperie qui se perpétue au fil des générations comme un vulgaire héritage. Un héritage destructeur. Quand je disparus, l'officier allemand héla son subordonné qui accourut. Il lui expliqua que je n'étais qu'un gamin perdu dans les bois, une fausse alerte. Ils continuèrent leur patrouille, à la recherche de résistants à un régime dont eux-mêmes ne comprenaient plus le sens. Les hommes sont paradoxaux parfois. Ils s'évertuent à faire des choses auxquelles ils n'attachent aucune importance, prisonniers de leurs peurs, incapables de s'émanciper de leurs bourreaux. Ma vie à moi serait différente. Personne ne me mettrait de bâtons dans les roues. En contemplant la ferme de Mathilde, j'eus un léger pincement au cœur. Occasion ratée ou belle tentative ? Tout est une question de point de vue. Au moins, je n'aurais pas de regrets. Mieux valait attendre sagement la fin de la guerre, si cette folie s'achevait un jour.

10

Un an plus tard, le 6 août 1944, Vannes fut libérée des Allemands. Les Américains débarquèrent au nord de la Bretagne et chassèrent l'occupant, qui se repliait désormais à l'est de la France. La guerre était cependant loin d'être finie. Nous étions occupés depuis quatre ans déjà. En rentrant du champ, nous entendîmes les clameurs populaires dans le village. Le maire, monsieur Blanchart, avait eu vent de la nouvelle par l'intermédiaire d'une missive administrative. Nous n'en crûmes pas nos oreilles. Nous étions libres à nouveau. La liberté est un parfum agréable dont les arômes enivrent ceux qui en sont privés. Nous lâchâmes nos outils pour nous joindre à la liesse populaire. Les hommes chantaient à la gloire des Américains et les femmes, profitant de l'occasion pour redevenir elles-mêmes, dansaient en ronde vêtues de leurs habits traditionnels. Au milieu d'elles, ma mère virevoltait en oubliant son défunt mari, souriant à la vie comme elle ne lui souriait plus guère. Les anciens, habitués aux célébrations d'armistice, soufflaient dans leurs binious sortis pour l'occasion et faisaient valser la terre entière. Les visages étaient radieux, éclairés d'un large sourire auquel les muscles zygomatiques n'étaient plus habitués. Je contemplais cette ferveur populaire et je chantais moi aussi, fier d'appartenir à cette grande nation qu'est la France. Les gens autour de moi, d'ordinaire si régionalistes, brandissaient des drapeaux bleu, blanc, rouge, comme si, d'un coup, tout ça n'avait plus d'importance. Quand l'homme redécouvre la liberté, les querelles de clocher n'ont plus lieu d'être. Tout le monde s'embrasse, du maire à l'ouvrier, du grossiste au paysan, la lutte des classes s'offre, elle aussi, une parenthèse.

Mes frères se joignirent à la foule, laissant là leurs outils pleins de terre, sans crainte que quelqu'un ne les vole. Dans la foule, je notai la présence de monsieur Blanchart. Il agitait fièrement un drapeau français. Pour cet élu de la République, la libération de son village revêtait une saveur particulière. Elle symbolisait la victoire de l'État qu'il représentait, au fin fond de sa campagne bretonne. Pendant la guerre, il avait continué à gérer la commune, collaborant avec les Allemands avec parcimonie, plus par devoir politique qu'idéologique. Il n'avait pas démissionné de ses fonctions, comme la plupart des maires de villages en zone occupée. Même s'il partageait le pouvoir avec l'ennemi, il gardait un œil sur la commune et orientait le choix des occupants. Quand les Allemands avaient réquisitionné sa grange, des rumeurs avaient circulé sur sa collaboration, qu'il avait fait taire en livrant clandestinement, au péril de sa vie, des informations stratégiques à la Résistance. Celle-ci en avait profité pour perpétrer quelques sabotages, de petits larcins qui n'avaient pas fait capituler l'ennemi, mais avaient entretenu l'espoir d'une reddition. Monsieur Blanchart était un brave homme et les habitants le savaient. Je scrutai des yeux la foule dans l'espoir d'apercevoir sa fille. Nulle trace de Mathilde. On ne la voyait décidément jamais, pas même un jour de liesse. Elle vivait recluse dans sa maison comme une nonne dans sa cellule. J'eus un pincement au cœur en pensant à elle.

* * *

Une émeute éclata soudain dans la ferveur populaire. Nous entendîmes tout d'abord des cris et la foule s'éparpilla. À quelques mètres, un groupe d'hommes apparut, fourches à la main, hurlant comme des bêtes sauvages. Parmi eux, mon oncle Louis, accompagné de ses frères et d'autres villageois. Je souris d'abord en pensant qu'ils venaient se joindre à l'enthousiasme général quand j'aperçus derrière eux un groupe de soldats allemands ligotés et couverts de sang. Tous les regards se tournèrent dans leur direction. Les binious et les chants cessèrent, de même que les femmes qui dansaient. Les soldats avançaient tous têtes basses, leurs tenues couvertes de taches brunâtres. Ils avaient été rossés et traînés dans la terre. Cette pensée me fit frémir. La cruauté humaine n'avait décidément pas de limites. Non satisfaite d'avoir vaincu l'ennemi et de célébrer la libération de son territoire, il fallait encore que la Nation exécutât sur la place publique les boucs émissaires du régime nazi, les pions sans importance.

Mon oncle tira la corde avec force. Les soldats s'étalèrent de tout leur long, en poussant des cris rauques d'animaux qu'on mène à l'abattoir. La foule hurlait de rage autour d'eux. Leurs yeux sentaient la mort. Le peuple réclamait vengeance pour ceux qui, tombés au combat, n'avaient pas eu la chance de vivre. Il ne demandait pas de procès, pas de justice, juste l'impitoyable sentence de la grande faucheuse, celle que l'on regarde dans les yeux avant de disparaître pour toujours. Les soldats allemands ne reverraient pas leur pays. Ils ne serreraient plus leurs proches une dernière fois, ne sentiraient plus leur parfum, ne caresseraient plus la peau de celles qu'ils aimaient. La foule frappa à l'aveugle, touchant une tête par-ci, une jambe par-là, crachant sur les Allemands et vociférant des injures. Monsieur Blanchart, en bon démocrate attaché aux valeurs de la République, tenta de s'interposer, mais fut écarté par les paysans. Il contempla ébahi le visage de ces hommes qu'il administrait sans les reconnaître, avant de faire un pas en arrière, terrorisé. Il chercha du regard quelqu'un dans la foule puis, affolé, se faufila entre les gens. Je me frayai moi aussi un chemin à travers les corps possédés par la soif de vengeance.

Quand je parvins à m'extraire de la masse grouillante, je la vis. Elle était là, assise sur le muret de la place principale, les yeux tournés vers la foule en extase meurtrière. Mathilde Blanchart. Toujours aussi délicieuse, ses longs cheveux ondulant sur ses épaules. Je retombai amoureux d'elle, comme si le temps qui passe n'avait rien altéré, rien corrompu. Son visage n'avait pas changé. Elle était toujours la fille au teint blafard que j'avais aperçu subrepticement un an plus tôt. Quand elle aperçut son père, elle lui fit un signe de la main. Celui-ci la réconforta dans ses bras, avec cet instinct protecteur qu'ont souvent les pères avec leurs filles. Il tourna ensuite la tête dans ma direction et fut surpris par mon attitude, indifférent à la cohue générale. Je n'avais d'yeux que pour sa fille. Mathilde me fixait elle aussi, captivée sans doute par mon outrecuidance. Elle m'adressa son premier sourire et je rougis, touché d'une telle attention. Nous étions là, figés les yeux dans les yeux, dans le chaos sanguinaire – un paradoxe de barbarie et d'amour. Son père s'en rendit compte et me fit signe d'approcher. Je m'exécutai sans rien dire, mais sans jamais lâcher sa fille des yeux, gêné à l'idée qu'il découvre le pot aux roses.

« Reste avec Mathilde, je reviens, déclara-t-il. Ne la lâche surtout pas ! »

Il courut en direction de la mairie. Je me retrouvai seul avec celle que j'aimais secrètement, rouge comme une pivoine. Nous nous regardions par intermittence, tels deux adolescents complexés qui n'osent briser le silence. Parler ne sert à rien parfois, le simple regard suffit. Et puis, qu'avais-je à lui dire, moi le paysan du village, instruit certes, mais de famille pauvre ? La famille Blanchart possédait des terres partout dans la presqu'île. Nul besoin pour eux de se salir les mains, les paysans dans mon espèce le faisaient à leur place. Ce statut social me faisait un peu honte, même si à quinze ans, l'amour n'a de frontières que celles qu'on imagine. Monsieur Blanchart reparut sur le perron de la mairie, un fusil à la main. Je crus d'abord qu'il voulait tirer dans la foule pour abattre les fauteurs de trouble, mais il brandit son arme vers le ciel. Une détonation retentit, assourdissante, comme les bombes qui martelaient la terre de mon jardin. La foule se figea immédiatement, surprise elle aussi. Tout le monde s'écarta. Les regards se tournèrent vers le maire du village. Le canon du fusil fumait encore, répandant une légère odeur de poudre brûlée qui m'était agréable.

« Écartez-vous, laissez-les respirer ! hurla le maire sur un ton que je ne lui connaissais pas.

— À mort ! répondit un homme dans la foule.

— Écartez-vous tous ou je tire dans le tas ! » vociféra le magistrat en rage.

La foule s'écarta rapidement, en cercle, laissant apparaître les soldats meurtris qui ne bougeaient plus.

« Ne soyez pas aussi barbares qu'eux ! hurla-t-il. C'est cette soif de vengeance qui nous a plongés dans la guerre pendant toutes ces années !

— Ils ont massacré nos hommes ! C'est à nous maintenant de les massacrer », répondit une femme dans l'assemblée qui fut bientôt encouragée par des cris de vengeance.

La foule recommença à frapper à tout-va dans les corps des soldats inertes. Monsieur Blanchart tira un deuxième coup de fusil.

« Je vous en supplie, arrêtez ça ! Le sang a suffisamment coulé sur nos terres ! Rentrez chez vous !

— Hors de question ! vociféra un autre homme. Ils ne partiront pas d'ici vivants !

— Taisez-vous ! » hurla monsieur Blanchart.

La foule se tut subitement, frustrée de ne pouvoir mener à bien son dessein diabolique. La haine s'affichait sur tous les visages, avec la même couleur rougeâtre qui barbouille souvent la figure des gens avinés. Il y eut ensuite un long silence pendant lequel tout le monde baissa la tête. La colère retombait progressivement, il s'agissait de ne pas croiser le regard de l'autre de peur d'y discerner la même folie. Monsieur Blanchart s'avança vers la foule, écœuré par la rudesse de ses administrés. Il contempla la masse informe de soldats sur le sol, leurs jambes et leurs bras enchevêtrés, le sang badigeonnant leurs uniformes. L'un d'entre eux, étendu sur le sol, parvint à lever la main pour supplier l'homme au fusil de lui accorder sa grâce. Le soldat était abîmé par les innombrables coups qu'il avait reçus. Rampant sur le sol, ses dernières forces semblaient l'abandonner.

J'eus pitié de lui et me précipitai pour l'aider, devant le regard médusé des habitants de mon village.

« Qu'est-ce qu'il fait ? demanda un homme abasourdi.

— Je ne sais pas, moi », répondit une femme à côté de lui.

Je pris la main du soldat. Sa peau, glacée, me fit penser à celle d'un cadavre. L'homme essaya de bouger la tête, couverte d'un mélange de cheveux dorés et de sang. Il tourna son regard dans ma direction. Lorsque je devinai les traits de son visage, je crus m'évanouir. Le soldat aux yeux bleus comme la mer, ces yeux que je n'oublierais jamais. C'était l'officier allemand qui m'avait gracié dans la clairière un an plus tôt. Il agonisait lentement, un mince filet de sang dégoulinant de sa bouche détruite. Il conservait encore cette humanité dans les yeux, lui le soldat qui avait voulu jadis venger son père et n'avait jamais eu le courage de tuer un homme. Il me reconnut, malgré ses globes oculaires injectés de sang. Un léger sourire éclaira sa mâchoire cassée. Réconforté par ma présence, il tenta d'articuler quelques mots.

« Catherine… Catherine…

— Oui, répondis-je d'une voix à peine audible.

— Dis-lui… que… je l'aime », balbutia-t-il la voix agonisante.

Il reposa sa tête sur le sol. Son dos se gonfla péniblement, avec des soupirs rauques. Le pauvre homme essayait vainement de respirer. Le sang dans sa gorge semblait bloquer les voies d'aération. Il inspira une bouffée d'oxygène et s'engoua, crachant du sang sur la terre, s'étouffant à moitié. Il expira ensuite le peu d'air qui restait dans ses poumons. Je sentis l'homme capituler, fatigué de vivre. Ses yeux se figèrent peu à peu, ses paupières retombèrent doucement. Le soldat nazi, le père de Catherine, mourut sous mes yeux. Il ne reverrait jamais celle pour qui son cœur battait sur le champ de bataille. Elle grandirait sans lui, comme mon instituteur dont le père était tombé dans les tranchées de Verdun. Les paysans prirent les corps des soldats et les traînèrent dans la terre. Monsieur Blanchart regardait sans rien dire, le fusil toujours à la main. Il n'avait pu les arrêter, c'était trop tard. Les habitants, dans leur folie meurtrière, avaient tué les nazis. Leurs corps seraient jetés à la hâte dans un trou noir et recouverts de terre, sans sépulture ni prière, avec pour seule compagnie les vers qui s'empresseraient de les dévorer. La foule se dispersa. Chacun rentra chez soi, avec du sang allemand sur les mains, le sang de la vengeance. Monsieur Blanchart attendit qu'il n'y ait plus personne sur la place pour s'asseoir sur le muret de la mairie. Il contempla le sol quelques minutes, remué par la brutalité de ceux qu'il administrait, qui avaient tué de sang-froid, sans l'ombre d'une hésitation. Nous l'observions sans rien dire, en saisissant l'ignominie des actes perpétrés par les villageois. Les corps des soldats gisaient sur le sol à quelques mètres de nous, leurs cheveux blonds couverts de sang.

« L'humanité court à sa perte, déclara-t-il en regardant sa fille.

— Oui, papa » répondit poliment Mathilde.

Monsieur Blanchart prit sa fille par la main.

« Merci, Paul. Viens à la maison quand tu veux », dit-il avant de partir.

Ses paroles reflétaient la sincérité d'un homme ému, la gratitude qu'un père accorde à son fils. Je m'en trouvai bouleversé. L'homme m'appréciait visiblement. La soif de vengeance n'avait pas aveuglé mes pensées au point que je commette l'irréparable. Mathilde elle aussi semblait touchée. Son regard était plus insistant, plus profond. Elle me sourit à nouveau et me dit « À bientôt ! » Je rougis, mon cœur battant la chamade dans ma poitrine. Ils s'éloignèrent main dans la main, liés par un indicible amour.

Je m'approchai du corps de l'officier allemand et m'accroupis au milieu des cadavres en décomposition, tuméfiés par les coups. Avant de mourir, l'homme m'avait chargé d'une mission. Retrouver sa fille pour lui dire que son père l'aimait de toutes ses forces. Le soldat allemand, bien que mon ennemi, m'avait ouvert son cœur dans la clairière avant de me gracier. Sa sincérité m'avait ému, touché même, si bien qu'il me semblait normal de faire tout mon possible pour parler avec sa fille. Après tout, elle n'y était pour rien. Catherine avait le droit de connaître la vérité sur cette histoire et j'étais la seule personne susceptible de l'aider. Néanmoins, je n'avais aucune indication sur elle, ni description physique, ni adresse, ni quoi que ce fût qui puisse m'aiguiller dans mes recherches.

Je fouillai le corps de l'officier pour trouver des indices supplémentaires. Dans la poche arrière de son pantalon, je saisis un bout de papier et examinai l'objet. C'était une photo en noir et blanc sur laquelle une petite fille d'une dizaine d'années souriait tristement. *Catherine*, pensai-je. Elle avait le même regard que lui, la même humanité dans les yeux. Pourquoi la vie était-elle si injuste ? Il n'avait fait qu'exécuter les ordres d'un tyran dont la santé mentale était corrompue par les fantômes de son enfance. Il en était mort. J'aurais dû moi aussi ressentir de la haine à l'égard de l'envahisseur, de ces soldats sans foi ni loi qui avaient spolié nos vies pendant quatre ans. Mais mon cœur était réfractaire à toute forme de haine. Au dos de la photo, il y avait des inscriptions. « Catherine. 31-08-1940. Frankfurt. » Je fouillai les autres poches et sortis son matricule. Son nom était inscrit en lettres d'or : « Gerhard Schäfer ». *Mort pour l'Allemagne*, pensai-je.

Je glissai la photo dans ma poche, en prenant soin de ne pas l'abîmer. Le corps de l'officier sans vie était semblable aux animaux qui s'échouent sur les plages bretonnes : inerte, sans consistance. À côté de la dépouille, je susurrai du bout des lèvres un « Merci » à l'officier, avec la gratitude d'un gamin gracié, en me jurant de retrouver sa fille. Bien que cette quête me paraisse loufoque, irréalisable compte tenu de mes moyens financiers et donc logistiques, je me raccrochai à cette idée tel un enfant perdu dans le noir, en quête de lumière. Je courus en direction de ma ferme, apeuré par l'image de la mort, mais fier de trouver enfin un sens à ma vie.

11

Toute chose a un début et une fin. C'est une logique implacable de la vie, hormis peut-être pour le temps et l'univers mais, comme nous ne sommes que des ignorants, nous nous contentons d'émettre des hypothèses. Mon enfance, elle, touchait à sa fin. Pierre nous abandonna deux ans pour effectuer son service militaire à Rennes, Guy ayant été réformé pour myopie handicapante. C'est vrai qu'il n'y voyait vraiment rien, le pauvre. Ce serait bientôt mon tour. Même si je détestais tout ce qui avait un rapport quelconque avec l'armée, je trépignais d'impatience à l'idée de partir loin de mon champ et découvrir le pays. J'imaginai déjà les décors pittoresques de cette France, ses montagnes et ses lacs, sa capitale si raffinée, ses monuments gigantesques contrastant avec l'étroitesse de mon territoire d'enfance. Même instruit, je ne connaissais rien à l'odeur des rues parisiennes, au dénivelé des Alpes, à la beauté des forêts alsaciennes ni à la diversité de leurs habitants. Il me tardait de partir à l'aventure, sur les routes de la découverte, tel ce marin que je n'avais pas renoncé à être. Mais je redoutais de partir loin de ma mère et de Mathilde.

Les choses avaient avancé entre elle et moi depuis le jour de la libération. Quelques jours plus tard, j'avais sonné à sa porte. Son père m'avait ouvert et offert une boisson. Mathilde nous tint compagnie. Nous ne nous lâchâmes pas des yeux une seule seconde. Je revins ensuite plus souvent. Son père dut se rendre à l'évidence, quelque chose se passait entre elle et moi. Il me laissa donc courtiser sa fille, discernant en moi le jeune homme éduqué plutôt que le paysan inculte, sali par la terre de son champ. Au bout de quelque temps, il s'effaça et j'emmenai Mathilde en promenade autour du golfe. La vie est ainsi faite, de résistances et d'acceptations, de négociations et de compromis. Dans ce grand bal où nous dansons tous au son d'une musique mystérieuse, il n'y a que les hommes qui varient. Certains s'opposent, d'autres concèdent. Monsieur Blanchart était un homme de cœur, qui comprit que s'opposer ne servait à rien, si ce n'est à attiser les flammes de l'interdit. Et quoi de plus difficile à éteindre que ce feu-là ? Il préférait nous voir heureux sous sa fenêtre plutôt que tristes et cachés dans un champ. Sa femme était décédée quelques années plus tôt dans d'affreuses souffrances, il en connaissait un rayon sur la tristesse, monsieur Blanchart, nul besoin d'en rajouter davantage.

C'est donc avec sa bénédiction que nous flânions sur les chemins de terre autour du golfe, nous allongions le dimanche sur le sable et savourions ces instants privilégiés, loin de la routine des faucilles et du ménage. Nous goûtions tous deux aux prémices de l'amour sans en rompre le charme ni la volupté, sans en perdre une seule miette, tels des boulimiques sentimentaux en mal d'existence. Étendus sur la grève, nous nous délections de cette parenthèse et contemplions l'immensité de la mer sans rien dire, serrés l'un contre l'autre. Nous ne prîmes jamais le risque de nous embrasser, de peur de rompre le charme de ces instants magiques. Bien qu'en mourant d'envie, je préférais prolonger le plus longtemps possible cette période insouciante dans laquelle rien n'est dénaturé.

Les deux années d'après-guerre furent les plus douces de mon existence, les plus enivrantes, celles auxquelles on aspire toute sa vie, auxquelles les nostalgiques repensent pour se donner du courage. J'effleurais le bonheur du bout des doigts et vivais dans l'attente de la promenade dominicale. Cette fille était un cadeau du ciel, un présent destiné à mon esprit solitaire que je conservais jalousement à l'abri des regards. Nous parlions des après-midi entiers sur la plage. Mathilde était bonne couturière et se destinait à ce métier qu'elle aimait par-dessus tout. Souvent, elle s'installait à l'ombre du plus grand chêne de son jardin et cousait des heures durant. Je la contemplais sans rien dire, fasciné par sa minutie, observant l'avancée de ses travaux au fur et à mesure que l'aiguille piquait le tissu. Mathilde apaisait le tourbillon d'émotions de mon âme. Elle s'était convertie en une drogue dont je ne pouvais plus me passer.

Ma mère, qui contemplait son fils tout sourire, n'était pas dupe. Elle eut néanmoins la délicatesse de ne jamais aborder le sujet devant mes frères. Elle était empathique par-delà l'entendement, ma mère, et je l'aimais pour ça, même si elle ne parvint jamais à combler parfaitement le vide affectif laissé par mon père. Certaines personnes ont la capacité de se projeter dans l'autre et d'en comprendre le mécanisme. Ma mère était de ces femmes qui donnent sans jamais rien attendre en retour.

À l'opposé, il y a les vampires qui abreuvent leur égocentrisme du sang de leurs victimes et boivent jusqu'à plus soif leur énergie humaine. Jacques était de ce camp-là. Il devint jaloux de cette force intérieure qui m'habitait et voulut forer le puits de mon âme, s'enrichir de ce précieux gisement. Il se fit plus attentionné, plus intéressé, profitant du gouffre émotionnel laissé par mon père pour y tisser sa toile. Il m'aida à porter les outils, m'exonéra de la plupart des tâches pénibles dans le champ. Guy, qui ne disait jamais rien, ne broncha pas lorsqu'il se vit attribuer plus de travail qu'à l'accoutumée. Il se contenta de hocher la tête tristement et d'obéir à son grand frère.

Le dimanche matin, quand je partais voir Mathilde, Jacques surgissait de nulle part pour me demander de l'aide. Bien souvent, nous nous retrouvions les pieds dans la vase et pêchions des palourdes toute la journée, comme au bon vieux temps. Je pensais à Mathilde qui m'attendait à l'ombre de son arbre, frustré mais sans jamais oser l'avouer à mon frère. Les vampires s'abreuvent de cette manière, ils se nourrissent de la peur des autres jusqu'à les asservir parfaitement. Mais il s'était trompé, je n'étais pas si facilement manipulable. Un dimanche après-midi, nous nous retrouvâmes à la pêche tous les deux. Je n'avais pas vu Mathilde depuis deux longs mois déjà. Mon frère leva la tête vers moi.

« On est bien là, tous les deux, non ? dit-il radieux.

— Non, Jacques, je veux voir Mathilde.

— Laisse-la tranquille, celle-là ! » déclara-t-il en s'esclaffant.

Jacques était plus grand que moi, plus puissant. La force est parfois le seul instrument avec lequel certaines personnes composent la mélodie de leur existence. Je compris néanmoins son petit manège, il y eut comme une étincelle qui jaillit subitement de je ne sais où, un déclic qui fit tout basculer. Jacques ne voulait pas juste être un frère aimant, il voulait m'éloigner de Mathilde. Jaloux de ne pouvoir aimer, il souffrait de voir l'expression de cette force sur ma figure, dont il ne savait rien, mais qui lui paraissait si délicieuse. Dans les yeux de mon frère ce jour-là, il y avait la même cruauté que dans ceux de mon père, la même tyrannie, le même désir de dominer. Je posai les outils sur le sol et m'en allai.

« Reste ici, Paul, dit-il d'un ton tyrannique.

— Non, je m'en vais rejoindre Mathilde.

— Reste ici ou je te fais bouffer la vase ! » hurla-t-il.

Je me retournai vers mon frère.

« Pourquoi tu es comme ça, Jacques ? Pourquoi tu es si cruel comme papa ?

— Ne parle pas de lui ! hurla-t-il excédé. C'est à cause de toi s'il est mort, à cause de ce sourire accroché à ton visage ; c'est le sourire du diable !

— Tu es fou », répondis-je en partant.

Au fur et à mesure de mon avancée vers le rivage, j'entendis les pas de mon frère se rapprocher. Ses pieds faisaient un bruit de ventouse lorsqu'ils se décollaient du sol mouvant. Il me sauta dessus et m'emprisonna de tous ses membres, me saisit la tête et la plongea tout entière dans la vase. Sa force était démesurée, décuplée par la haine. Il m'insulta, hystérique, avec une rage telle que je distinguai l'expression de mon père sur son visage.

« Alors, il est encore là ce sourire ? J'espère que non, hein ! » hurla-t-il possédé.

Jacques appuyait ma tête de toutes ses forces sans me laisser reprendre mon souffle. J'étais bloqué par le poids de mon frère allongé sur moi, totalement à sa merci, prisonnier de sa volonté de me dominer, de m'humilier, de m'anéantir. La bouche remplie de vase, je tentai d'économiser les dernières réserves d'oxygène qui stagnaient encore dans mes poumons. Quand celles-ci s'épuisèrent, je me débattis comme un poisson piégé. Je n'avais plus aucune chance. La silhouette de Mathilde cousant sous son arbre me souriait tristement. Mon corps n'était plus qu'une enveloppe, j'allais mourir là, noyé dans la vase par un frère revanchard, abandonné parmi les coquillages de mon enfance. Pour la deuxième fois de ma vie, je sentis le souffle froid de la grande faucheuse me caresser l'échine. Lorsque mon frère tira ma tête et que je pus à nouveau respirer, elle s'éloigna, rageuse. Une fois de plus, elle avait échoué dans son entreprise diabolique. Je me retrouvais à quatre pattes sur le sol, vomissant la vase noire accumulée dans ma bouche.

« Ça, c'est pour ce que tu as fait à papa ! Et ne t'avise plus jamais de sourire, tu m'entends, ou je t'enfoncerai le visage dans la vase jusqu'à ce que tu en crèves ! »

Il marcha lentement en direction du rivage sans se retourner. Puis il prit sa bicyclette, se mit en danseuse et escalada la côte de la plage. J'étendis mes bras en croix dans la vase et me retrouvai face au ciel. De grosses larmes perlaient le long de mes joues, se confondant avec l'eau salée qui, au rythme de la marée, recouvrait peu à peu la plage entière. Pourquoi diable la vie était-elle si compliquée ? Je souhaitais simplement filer des jours heureux avec Mathilde, être aimé et apprécié des miens, de mes frères et de mes oncles. Mais il y avait un acharnement macabre dans leurs comportements. Il se dégageait de mon être un tel enthousiasme que les gens en devenaient jaloux. J'étais heureux de vivre, voilà tout. Mais cet état d'esprit contrastait beaucoup trop avec la tristesse des habitants du village, blasés par leur existence morose. J'aimais cette terre de toutes mes forces, mais je compris qu'il me fallait partir loin d'ici. Il n'y avait là que désolation et tristesse, je n'étais plus le bienvenu dans mon village. J'avais encaissé les coups bas, les reproches, les regards haineux, les insultes, supporté tout ça malgré le désespoir d'être incompris des miens. Mais cette fois-ci, c'en était trop. L'incident avec Jacques fut la goutte d'eau qui fit déborder le vase. Je voulais devenir le Paul Vertune que je rêvais d'être depuis toujours, ce marin qui, les cheveux au vent, voguerait vers l'horizon dans la tempête, le sourire aux lèvres, cet inextinguible sourire que personne ne m'arracherait jamais, ni mon père, ni mon frère, ni qui que ce soit. Il était temps de partir à la rencontre de mon destin.

* * *

Quelques jours plus tard, lorsque j'eus dix-huit ans, je reçus la lettre de convocation pour accomplir mon devoir militaire. J'étais affecté dans un régiment d'infanterie à côté de Paris, dans une petite ville de banlieue dont je n'avais jamais entendu le nom. Mon affectation était immédiate, avec ordre d'arriver le plus tôt possible.

Ma mère, voyant son fils absorbé par la lecture du document, reconnut le drapeau français et baissa la tête. La patrie lui enlevait à nouveau un fils, et de surcroît celui auquel elle était le plus attachée. Je m'approchai d'elle et relevai sa tête. Une fine larme scintilla comme un diamant, lorsque les rayons de soleil vinrent lécher sa robe. Nous nous prîmes dans les bras et pleurâmes. Je la serrai fort. Nous repensâmes à toutes ces années de vie commune, ces moments de joie, de peine, ces instants magiques où je m'extasiais au lavoir, émerveillé, frappant fort dans mes mains pour l'encourager à vivre. Elle tournoyait dans un tourbillon de bulles, le sourire accroché aux lèvres, le même que le mien, figé pour l'éternité. Elle dansait au son des cornemuses bretonnes, des binious de mon enfance, et s'extasiait des mille odeurs du jardin, mélange de pommes et de fruits rouges, que nous cueillions ensemble tous les matins. Elle était tout pour moi, ma mère. Mais je devais la quitter, triste loi de la vie.

Je brandis un sac et glissai quelques affaires à l'intérieur. Je l'embrassai une dernière fois et partis en direction du chemin en terre que le curé avait emprunté le jour de ma naissance. Au bout du sentier, je me retournai en direction de la ferme de mes parents. Ma mère agitait ses mains au-dessus de sa tête, encourageant mon exil avec tendresse. Je lui répondis tristement. Sur le côté de la ferme, près de l'enclos des bêtes, j'aperçus l'image de mon père qui se tenait droit et me souriait lui aussi, d'un sourire sincère et bienveillant, auquel je n'étais pas habitué. Il me fixait des yeux et me faisait de grands signes, pour m'accompagner dans ce voyage à l'autre bout de la France. Ses lèvres se mirent en mouvement, il essayait de me dire quelque chose. Tandis que je me concentrais pour lire les mots qui sortaient de sa bouche, je compris son message. Mon père me disait *Je t'aime*, pour la première fois de sa vie. L'image, issue de mon imagination, me donna du baume au cœur ce jour-là, malgré les reproches de rêveur invétéré dont on m'affublait depuis l'enfance. C'est comme ça que j'ai toujours fonctionné, en fuyant la réalité triste du monde qui m'entourait, me réfugiant dans cet imaginaire qui m'offrait une infinité de possibilités. C'est comme ça que je pardonnai à mon père son manque d'empathie, son manque d'attention, en l'imaginant à ma façon, en le construisant sur mesure.

Je partis en direction de la ferme de Mathilde pour lui dire au revoir. Elle était assise sous son arbre, cousant encore et toujours. Lorsqu'elle m'aperçut, elle me fit de grands signes. Je lui pris la main et lui expliquai les raisons de mon départ en banlieue parisienne, la nécessité de remplir mes obligations civiques et militaires. Mathilde fondit en larmes quand elle comprit que je partais deux années entières. Mes bras la réconfortèrent et je séchai ses larmes à l'aide d'un mouchoir. Je lui jurai d'écrire toutes les semaines de longues lettres et de revenir la chercher après mon service. Nous déménagerions loin de ce village maudit, dans lequel nous dépérissions tous les deux. Elle sourit tristement. Je lui avouai également mon désir de faire ma vie avec elle, de l'épouser. Avant qu'elle n'ait eu le temps de répondre, je collai ma bouche à la sienne. Ce fut notre premier baiser.

Croissant de lune

12

Quelques heures plus tard, je me retrouvais confortablement installé dans un train en direction de la capitale. Le gigantesque amas de ferraille m'avait intrigué lorsqu'il s'était approché sur le quai de la gare. J'avais grimpé à l'intérieur machinalement, pour ne pas éveiller les soupçons quant à mon ignorance. Je m'étais assis à ma place, à côté de la fenêtre, depuis laquelle je contemplais fasciné le paysage défiler sous mes yeux. Le train filait à vive allure à travers les champs, les campagnes et les villages. J'apercevais parfois des silhouettes travaillant la terre, pêchant sur le bord d'un lac ou bavardant autour d'un pique-nique. Certains saluaient le train en agitant vigoureusement leurs mains au-dessus de leur tête.

Dans une gare, nous fîmes un bref arrêt. Je remarquai un couple sur le quai. Front contre front, ils s'embrassaient affectueusement. La fille pleurait à chaudes larmes, le garçon essayait de la réconforter comme il le pouvait. Après une étreinte qui sembla se prolonger indéfiniment, celui-ci partit en direction du train, laissant la jeune fille désemparée, inconsolable, redoublant de larmes qu'elle tentait vainement d'essuyer. J'eus un pincement au cœur en discernant le désarroi de la jeune fille figée sur le bitume, et pensai à Mathilde, abandonnée sous son arbre. Aurait-elle la patience de m'attendre deux années entières ou, n'en pouvant plus, tomberait-elle amoureuse du premier venu ? Ils vivraient tous deux non loin de la ferme de mes parents, fonderaient une famille, marcheraient main dans la main le long du golfe. Mathilde me reconnaîtrait à peine lorsque je reviendrais. Ces pensées me firent frémir. Une boule d'anxiété envahit ma poitrine. Elle ne serait jamais capable d'une chose pareille. Ou peut-être que si ? Après tout, je ne la connaissais pas si bien. Son père, si bon soit-il, avait peut-être d'autres projets pour elle, un mariage prévu de longue date avec le fils d'un grossiste de blé ou d'un politicien local, que sais-je ? Je n'étais qu'un simple paysan sans le sou. Mes rêves s'éloignaient dans mes pensées. Mathilde souriait hypocritement, main dans la main avec son nouvel amant, plus soucieux du contrôle du blé dans le village que de faire d'elle une femme heureuse. Dans le wagon rempli de gens, je cherchai l'oxygène.

« Vous allez bien, monsieur ? demanda une vieille dame assise en face de moi.

— Oui, madame… non… enfin si…

— Vous êtes sûr ? »

Je me levai et me faufilai à travers les passagers. J'atteignis la séparation entre les deux wagons, dans laquelle s'engouffrait l'air, et je respirai une bouffée d'oxygène salvatrice. L'air emplit mes poumons et relaxa mon corps stressé. L'imaginaire peut être à double tranchant. Il nous transporte parfois dans des lieux où l'émotion est telle que nous souhaiterions y rester pour l'éternité, ou, au contraire, nous expose nos peurs les plus primitives, les plus angoissantes, sans que nous puissions arrêter cette infernale mécanique. Je me trouvais là, entre deux wagons de train qui filaient à toute allure dans la campagne vierge, humant l'oxygène qui sentait la fumée de locomotive, angoissé par les images de ma bien-aimée au bras d'un mari fictif. Tout ceci n'avait aucun sens.

Mathilde m'attendrait, j'en étais convaincu. Elle était la femme de ma vie, il n'y avait aucune raison de s'inquiéter. Nous attendrions le moment où, ayant payé le prix de ma liberté à la nation, je reviendrais dans la campagne bretonne pour la retrouver, cousant sous le chêne de son jardin comme si rien n'avait changé.

Je respirai à nouveau et partis en direction de mon siège, occupé par un autre passager qui avait profité de mon absence pour s'y glisser. La vieille dame fronça les sourcils pour exprimer son indignation. Je restai debout et m'accrochai à la grille où les valises étaient stockées. Dehors, les immeubles gris défilaient au fur et à mesure que la grande ville se mettait à nu. Paris, la capitale de la France. Je connaissais déjà par cœur les monuments qui ornaient son paysage. Monsieur Duquerre m'avait prêté de nombreux ouvrages à ce sujet. Mais je n'avais jamais goûté au bonheur de les admirer réellement, là, étalés sous mes yeux. Je languissais d'impatience dans le train qui s'approchait de la gare, sans avoir aucune idée de l'endroit où je devais me rendre. Il était écrit *caserne de Torcy* sur la convocation. Je me délectais à l'idée de découvrir ce monde nouveau, vierge de sens.

Le train entra bientôt en gare et freina dans un fracas assourdissant, qui nous fit à tous mal aux oreilles. Lorsqu'il fut parfaitement arrêté, la cohue générale débuta. Les gens prirent leurs valises, se bousculant dans l'étroitesse du couloir, sans s'excuser, avant de détaler comme des lapins chassés par une meute de chiens. Ils disparurent bientôt à l'horizon, noyés dans la masse des voyageurs qui s'accumulaient dans cette gare monumentale. Je marchais à mon tour sur l'interminable quai, un peu effrayé par la cacophonie qui régnait ici. Les gens, valises à la main, couraient dans toutes les directions en jurant, rageant, invectivant, bousculant comme s'ils étaient seuls au monde dans cette gare gigantesque, mais pourtant trop étroite. Je contemplai, fasciné, cette étrange danse, familière aux populations des grandes villes, ce perpétuel mouvement où corps et objets se confondent dans l'espace, où les sons s'harmonisent pour n'être bientôt plus qu'un immense ballet, dans lequel chaque détail a son importance. Au beau milieu de cette chorégraphie, j'étais là, moi le paysan du Morbihan, qui n'avais connu jusqu'alors que la bise marine et l'odeur des épis de blé de son champ. Nous avions beau faire partie du même pays, nous n'en étions pas moins différents, eux et moi.

J'eus envie de rebrousser chemin, de reprendre le train en sens inverse et de me réfugier dans le jardin de ma ferme, à l'abri des pommiers qui avaient abrité l'insouciance de mon enfance. Mais c'eut été renoncer, comme une fillette. J'imaginai déjà l'image de mon père m'accueillant avec un sourire hypocrite devant la ferme. Non, cette fois-ci, il fallait serrer les dents et être un homme. Je pris mon courage à deux mains et me frayai un chemin à travers les bousculades, les cris et les bruits de valises qui s'entrechoquaient violemment. Plus loin, j'arrêtai une personne et lui demandai la direction de la caserne de Torcy. « Aucune idée », me répondit-elle sans chercher à comprendre, sans m'aider à repérer sur le plan la localisation précise de la caserne. Je pris mon baluchon et sortis dans la rue, à l'air libre. Il faisait frais. Les rues étaient immenses et la circulation dense. Les moteurs de voitures vrombissaient en rejetant leur gaz dans l'air, rendant l'oxygène plus lourd que dans ma campagne. Les gens cavalaient sur les trottoirs, les yeux tournés vers le sol. Pourquoi tous ces gens étaient-ils si pressés ? Ils marchaient sans regarder devant eux, sans se saluer, en mettant un pied devant l'autre, machinalement. J'eus l'impression qu'il n'y avait pas d'intimité entre les habitants, comme chez moi où, dans les chemins de terre, tout le monde se saluait et discutait quelques instants. Ici, rien de tout cela, il ne me fallut pas dix minutes pour le comprendre.

L'horloge de la gare indiquait à peine treize heures trente. Il me restait encore quelques heures pour trouver la caserne. Je décidai de marcher un peu dans la capitale et m'engageai dans une rue sur la gauche, ou plutôt un boulevard comme ont coutume de les appeler les Parisiens. Le soleil pâle de juin peinait à transpercer l'épaisse couche de nuages, mais la morosité du temps n'érodait aucunement mon humeur joyeuse, bien au contraire. J'avais fantasmé ce moment à maintes reprises, dans mon lit le soir lorsque je contemplais la lune par la fenêtre, dans mon champ lorsque je m'ennuyais à mourir. J'avais mille fois imaginé mon arrivée ici, dans la ville lumière.

Je marchais en saluant les gens étonnés d'une telle attention, et bifurquai plus loin dans un autre boulevard. *Boulevard des Invalides*. Ce nom me rappela la barbe ébouriffée de Monsieur Duquerre qui, en grand pédagogue, m'avait enseigné l'histoire de France. Où était-il à l'heure actuelle, mon instituteur ? Je l'imaginai dans une salle de classe de la banlieue rennaise, inculquant les valeurs de la République à ses élèves attentifs, absorbés par ses mots. L'atroce vérité, comme je l'ai dit précédemment, étant que mon pauvre maître gisait six pieds sous terre, dévoré par les vers. Son cadavre ne devait plus avoir grande consistance. Mais je ne le savais pas encore à ce moment du récit.

Au carrefour d'une rue, j'aperçus dans le ciel une masse grisâtre, virant sur le marron couleur ocre ou rouille, je n'aurais su dire. Au début, je ne la reconnus pas mais, très rapidement, m'approchant de l'immense forme sombre, je compris de quoi il s'agissait. La tour Eiffel, le célèbre monument que le monde entier nous enviait, le symbole national que très peu de gens, finalement, avaient contemplé de leurs propres yeux. Au fur et à mesure que j'approchais, la belle de fer se découvrait puis se recouvrait, au bon vouloir des façades qui se glissaient entre elle et moi. Je courus de toutes mes forces à travers les rues de la capitale, mon cœur vibrant fort dans ma poitrine, comme si plus rien n'avait d'importance. Je voulais la voir entière, la dévorer des yeux jusqu'à ce que ses formes n'aient plus de secrets. En arrivant sur le grand parc qui jouxtait la reine de métal – j'appris plus tard qu'il s'appelait le Champ-de-Mars –, je m'arrêtai subitement, ébahi par la démesure du monument, la rigidité de ses formes, l'incroyable appendice qui défiait le ciel de toute sa hauteur. Je n'en crus pas mes yeux. Son architecture défiait les lois de la nature.

Je m'assis dans l'herbe, laissant lourdement tomber mon baluchon sur le sol, et restai là quelques minutes, submergé d'émotions face au symbole de mon pays. Je restai quelques instants absorbé dans mes pensées, contemplant chaque détail, les mains dans l'herbe et les jambes croisées. Je me sentais libre, heureux d'être là, mon baluchon posé à côté de moi, qui constituait l'unique patrimoine de mon existence. Avant de partir, j'y avais glissé quelques affaires chaudes, des vêtements et des sous-vêtements, des photos de ma mère et de Mathilde, une autre photo de Catherine, l'Allemande qu'il me fallait retrouver.

Mon sac ne contenait pas grand-chose et mon dos ne s'en portait pas plus mal. Certains hommes possèdent des fortunes colossales, des entreprises, des voitures, des maisons, que sais-je ? Moi, je ne possédais rien d'autre que mon baluchon rempli du strict nécessaire, sans superflu. Cela suffisait à me rendre heureux d'une certaine manière, malgré la vétusté de mes habits de paysan. La véritable richesse d'un être humain n'existe que dans son cœur. Elle est impalpable, immatérielle, mais forte d'une identité. Je n'ai jamais cessé de croire en cette philosophie. À moins de m'ôter la vie, personne n'y toucherait jamais.

Je souris une dernière fois à la dame de ferraille et partis en direction de la rue la plus proche. C'étaient mes derniers instants de liberté avant des semaines et je les savourais allègrement. Si l'emprisonnement du champ était terrible, celui de l'armée serait un véritable calvaire. Mais, là encore, dans cette caserne dont j'ignorais jusqu'à présent l'existence et devant laquelle un passant eut la bonté de me déposer avec sa voiture, mon destin allait basculer et ma vie prendre une nouvelle direction.

13

Les premiers mois d'enfermement furent difficiles. Habitué à ma vaste et sauvage campagne, j'avais du mal à me faire à mon nouvel horizon limité aux quatre murs de l'enceinte militaire ainsi qu'à la forêt qui l'entourait. La privation de libertés a toujours suscité chez moi un ressentiment plein d'injustice vis-à-vis de ceux qui, libres de par leur position hiérarchique, asservissent leurs semblables sous couvert d'une cause qu'eux-mêmes évitent de servir à tout prix. C'est à cette période de ma vie, enfermé dans la caserne, que je m'interrogeai sur le principe même de liberté. J'avais tour à tour été soumis au joug autoritaire d'un père qui me détestait, d'un frère qui avait été mon allié avant de me détruire, aux soldats allemands, au service militaire. Quand viendrait, une bonne fois pour toutes, le moment de prendre mon destin en main, de faire mes propres choix ? Pourquoi diable n'avais-je pas été une seule fois, en dix-huit ans, le seul maître à bord du vaisseau de mon existence ? Pourquoi les autres contrôlaient-ils ma vie alors que la leur filait entre leurs doigts comme l'eau d'une rivière ?

Je me retrouvais donc dans cette caserne miteuse à des centaines de kilomètres de ma terre natale, sans que personne m'eût demandé mon opinion. Souvent, la nuit, n'en pouvant plus, je me réfugiais dans les toilettes et pleurais sans faire de bruit, pour ne pas étaler aux yeux de tout le monde ma fragilité. Je prenais donc des précautions infinies avant de me lever du lit, m'assurant que tout le monde autour de moi dormît à poings fermés.

* * *

Le matin, nous nous levions aux aurores, aux alentours de cinq heures, et partions courir à travers l'immense forêt qui jouxtait la caserne. Notre supérieur hiérarchique, un rescapé des guerres 1914-1918 et 1939-1945, nous réveillait en nous traitant de tous les noms d'oiseaux qu'il connaissait. L'homme s'extasiait de jouir d'une telle autorité, les yeux habités par un cruel désir de domination. Quelles horreurs avait-il enduré durant les deux guerres pour se métamorphoser en un être aussi abject et dénué d'humanité ? Il jubilait de sa toute-puissance, son narcissisme n'ayant plus aucune limite, aucune frontière. Il hurlait à longueur de journée, insultait, hurlait encore et toujours. Nous le regardions, atterrés, sans oser dire un mot, comme de bons petits soldats dressés par le fouet cinglant de l'autorité. Même le plus robuste d'entre nous, Henri, un Savoyard avec lequel je m'entendais plutôt bien, se laissait insulter, lui et toute sa famille de montagnards. Que pouvions-nous faire de toute façon ? Nous insurger contre l'autorité de l'État aurait été une folie dont nous aurions payé très cher les pots cassés.

L'après-midi, exténués par la matinée sportive, il nous fallait encore apprendre à manier les armes. Nous visions pendant des heures des cibles lointaines, sous l'éprouvante chaleur de l'été, insultés par le colonel sans cesse insatisfait des résultats. Les plus mauvais tireurs, dont je faisais systématiquement partie, partaient illico en corvée de nettoyage. J'astiquais des kilomètres de surface durant ces deux années, des vitres, des toilettes, des lavabos, parfois même des assiettes quand le cuisinier était débordé de travail. Je passais des après-midi entiers courbé sur le sol, exténué par ces tâches ingrates. Parfois, je songeais à m'évader de cet enfer, mais je me ravisais soudain en pensant à Mathilde. Si je fuyais, je serais considéré comme déserteur et recherché par les autorités, impossible de me marier avec elle par la suite. Il me fallait serrer les dents et supporter les humeurs de cette hiérarchie en mal d'humanité.

En fin de semaine, lorsque nous avions un jour de permission, j'écrivais de longues lettres à Mathilde. Elle me répondait toujours dans la foulée et me racontait elle aussi son quotidien d'une banalité absolue, sa routine de jeune fille au foyer qui, orpheline, assurait l'intégralité des corvées ménagères. À la fin de chaque lettre, malgré sa pudeur, Mathilde glissait toujours un petit mot qui me réchauffait le cœur comme *Tu me manques, Paul* ou *Il me tarde de te revoir vite*. Je m'empressais de lui répondre, amoureux, et attendais la prochaine lettre qui ne tardait pas à arriver. Mathilde me manquait terriblement. Malgré la photo qu'elle m'avait laissée d'elle, j'avais du mal à me souvenir de son image. C'est étrange comme la distance efface parfois les souvenirs les plus intimes, les façonne à sa manière en les idéalisant ou en omettant de précieux détails.

* * *

Un après-midi du mois d'octobre, après avoir échoué une fois de plus aux épreuves de tir, je me retrouvai de corvée de ménage avec l'un de mes partenaires d'infortune, Henri le Savoyard. Habitué lui aussi aux tâches ingrates, Henri était un chic type dont la seule priorité dans la vie était de rentrer en Savoie et de vivre dans la montagne, à l'abri du monde et des hommes qu'il détestait par-dessus tout. Il parlait peu, s'endormait le soir le plus vite possible et se faisait tout petit malgré son gabarit hors normes, ce qui lui valait une certaine méfiance de la hiérarchie, courageuse mais pas téméraire. Nous partîmes tous deux tête basse en direction de la salle où étaient stockés les ustensiles de nettoyage, sous les quolibets des autres apprentis militaires. C'était un rituel de conspuer ceux qui, le jour même, se convertissaient en femme de ménage l'espace de quelques heures. Lorsque nous eûmes nos ustensiles en main, nous nous dirigeâmes en direction des cuisines, que nous avions pour ordre de nettoyer de fond en comble.

Le cuisinier, lorsqu'il nous vit, maugréa en indiquant une immense pile de couverts sales à frotter avant le dîner. Dans un coin de la pièce, je notai la présence d'un homme que je n'avais jamais vu, un jeune gringalet de mon âge qui nous salua en souriant, contrastant avec l'humeur infâme du gros cuisinier. Le jeune homme, aux traits fins, avait l'air doux et gentil. Il remuait une immense casserole, l'air absent et ennuyé. Je retroussai mes manches lorsque le petit colonel entra dans la pièce et nous ordonna de nous mettre au garde-à-vous. Nous nous exécutâmes, comme à l'ordinaire, et nous figeâmes les bras le long du corps. Le petit colonel, fier que quelqu'un lui obéisse ainsi au doigt et à l'œil, contrairement à sa femme, mit les mains derrière son dos et marcha autour de nous, l'air grave. Son haleine alcoolisée envahit toute la pièce, étirant ses effluves malgré les odeurs de romarin. Il n'y eut bientôt plus d'autre alternative que de respirer son odeur pestilentielle. Le petit homme releva la tête et s'arrêta devant moi.

« Vertune ! hurla-t-il d'une voix stridente.

— Oui, mon colonel ! répliquai-je sans l'ombre d'une hésitation.

— Combien de corvées de nettoyage cette semaine ?

— Trois, mon colonel !

— Sur combien de jours, Vertune ?

— Sur trois jours, mon colonel !

— Vous trouvez ça normal, vous ?

— Non, mon colonel !

— Alors pourquoi vous êtes encore là ? hurla-t-il, hystérique.

— Je suis mauvais au tir, mon colonel. Je suis désolé.

— Désolé ? ricana-t-il. J'en ai rien à foutre que vous soyez désolé ; ce que je veux, c'est que vous soyez un bon soldat et que…

— Oui, mon colonel, dis-je précipitamment en pensant qu'il avait fini sa phrase.

— Vous venez de me couper la parole, Vertune ? vociféra-t-il, les yeux injectés de sang.

— Pardonnez-moi, mon colonel ! répliquai-je, la peur au ventre.

— Vous me donnez des ordres maintenant ?

— Non, mon colonel. Je voulais juste…

— Taisez-vous ! Taisez-vous, vous m'entendez ! hurla-t-il complètement fou. Je ne veux plus entendre votre voix jusqu'à la fin de votre service, Vertune, c'est compris ?

— Oui, mon colonel », répondis-je.

Il s'approcha à quelques centimètres de moi. L'odeur était de plus en plus infecte et je commençais à plisser les fossettes de dégoût. Le petit colonel sentit tout l'écœurement que j'avais pour lui, le même qu'il sentait dans les yeux de ses proches, sa femme, ses enfants. Il m'asséna un coup de poing dans l'estomac avec une violence telle que je restai cloué sur place. Je m'écroulai ensuite à terre, les yeux révulsés, le souffle coupé. Le colonel m'observa en riant cruellement. La douleur, lancinante, me broyait les entrailles. Quand il eut suffisamment profité de la scène, il tourna le dos et sortit de la pièce.

Je croisai le regard abasourdi du jeune homme et de Henri, hésitant à me laisser par terre ou à m'aider, par peur des représailles. Le cuisinier, lui, continuait son travail comme si de rien n'était, habitué sans doute à la cruauté du petit chef. Je tentais peu à peu de reprendre ma respiration. Le jeune homme s'approcha et me releva doucement. Le cuisinier, qui l'observait du coin de l'œil, continua son travail sans dire un mot. Henri contemplait la scène, hagard. Je repris mon souffle, assis sur le sol froid de la cuisine, et remerciai le jeune homme qui retourna remuer son immense casserole. Je me relevai avec difficulté, les mains posées sur mon ventre douloureux. Malgré l'envie de désertion, je me retroussai les manches et m'approchai de l'évier, bien décidé à en découdre avec la pile de vaisselle. Je serrai les dents en frottant les assiettes. Mon ventre, tordu de douleur, me força à m'arrêter plusieurs fois.

Nous finîmes de nettoyer la vaisselle tard ce soir-là et partîmes nous coucher sans dîner. Quand les lumières furent éteintes, je me réfugiai dans les toilettes où, recroquevillé sur moi-même, je me mis à pleurer toutes les larmes de mon corps. J'étais usé par tant de mépris, fatigué d'être traité si injustement par les hommes. La lumière des toilettes s'alluma. Je tressaillis à l'idée de voir le petit colonel aviné. Je me relevai sans faire de bruit et attendis quelques secondes derrière la porte.

« Je sais que tu es là, Paul, dit une voix plutôt douce. Ouvre !

— Qui est là ? dis-je effrayé.

— Je suis l'apprenti cuisinier, on s'est vu tout à l'heure. »

J'ouvris la porte et me retrouvai nez à nez avec le jeune homme qui me tendit la main.

« On ne s'est pas présenté. Je m'appelle Jean, enchanté.

— Comment connais-tu mon prénom ? demandai-je, dubitatif.

— Je l'ai vu sur le registre des repas, répondit-il. Je suis souvent de corvée de cuisine. Je suis arrivé il y a un mois dans l'autre régiment de la caserne, dans l'aile B.

— Je ne savais pas qu'il y avait un autre régiment ici.

— Si, il n'y a plus de place dans les autres casernes donc ils nous rapatrient ici petit à petit. Dis donc, il t'a pas loupé, le chef, tout à l'heure dans la cuisine, déclara-t-il, compatissant.

— Je sais, déclarai-je, humilié.

— T'inquiète pas, va, je sais ce que c'est. J'ai pris quelques taloches moi aussi, mais je suis toujours en vie. Il n'y a que des fous ici.

— Oui.

— Écoute, Paul, je sais ce que tu endures, c'est la même chose pour moi. Alors, si tu as besoin de parler, n'hésite pas.

— Merci, dis-je en souriant.

— On a besoin de s'entraider dans les moments comme ça.

— Oui.

— Allez, je file, on pourrait nous surprendre. Bonne nuit !

— Bonne nuit », répondis-je.

Le jeune homme se dirigea vers l'entrée des toilettes. Il se figea devant celle-ci et fit volte-face.

« Dis-moi, tu connais Paris ? demanda-t-il.

— Non, pas vraiment.

— Ça te dit que je te guide un jour de permission ? Disons dimanche ?

— Oui, pourquoi pas, répondis-je instinctivement.

— Parfait, alors dimanche, on décolle à huit heures de la caserne, c'est entendu ?

— Oui. »

Il partit en refermant la porte. Je restai là quelques instants, devant l'immense miroir des toilettes, contemplant mon visage amaigri. Mes yeux étaient encore rouges de larmes, boursouflés de tristesse. La lueur de la vie semblait s'éteindre peu à peu dans ceux-ci, et l'optimisme paraissait rongé, chancelant. Je n'étais plus que l'ombre de moi-même, fantôme mélancolique errant dans les couloirs de la caserne, cherchant dans le reflet de la glace les preuves irréfutables de mon appartenance au monde réel. Je touchai la peau de mon visage et sentis mes mains glacées. Je repensai à ma mère baisant le front de son mari et reculant, stupéfaite par la fraîcheur de sa peau. Ce soir-là, pour la première fois de ma vie, j'eus peur de sombrer dans le désespoir, dans l'angoisse de ne jamais plus être libre, dans la folie. J'aurais aimé trouver refuge dans les bras de Mathilde ou de ma mère, ces femmes qui ne me jugeaient pas, qui ne voulaient pas me contrôler, me martyriser, m'abattre, mais c'était impossible. Il me fallait réagir à tout prix, ne plus broyer du noir. Je pensai à Jean. Je venais de me faire un ami, un allié du moins, la définition du mot *ami* étant pour moi extrêmement vague. Cette pensée me réchauffa le cœur. Je repartis me coucher au milieu des ronflements et des cauchemars nocturnes. Après tout, il n'y avait pas que du négatif, pensai-je, ce Jean me paraissait sympathique. On verrait bien dimanche.

14

Le dimanche suivant, à huit heures, nous nous retrouvâmes tous deux devant la caserne. Jean sourit lorsqu'il me vit arriver et me serra la main. Nous attendîmes un de ses amis, Marc, qui lui proposa de nous emmener en ville. Nous étions presque en novembre et le ciel gris filtrait la lumière du soleil. Il faisait froid. De longues volutes de vapeur sortaient de nos bouches. Le jeune homme me paraissait sympathique mais je gardai une certaine méfiance à l'égard de l'individu qui, de toute évidence, m'était inconnu. Son ami arriva bientôt dans une voiture cossue, confortable. Il me salua et nous nous présentâmes tour à tour. L'homme me parut accueillant lui aussi. Pendant le trajet, il m'expliqua qu'il avait effectué son service militaire dans la même caserne un an plus tôt et qu'il y avait rongé son frein en attendant sa libération. Lorsque je lui demandai son métier, il me répondit : « Comédien, comme Jean. » Ce dernier hocha la tête et m'expliqua que tous deux faisaient partie d'une troupe de théâtre. Ils envisageaient de produire des spectacles dans le futur, une fois qu'il serait libéré de ses obligations militaires. Jean ajouta en souriant qu'il faisait tout pour se faire réformer, prétextant des malaises cardiaques, vomissant ses tripes devant le docteur, jouant la comédie à tout bout de champ, sans succès. Il continuait néanmoins à réfléchir à une astuce pour tromper le corps médical et pouvoir vivre de sa passion.

Marc nous déposa bientôt à Paris et fila en nous souhaitant bonne visite. Il repasserait nous chercher plus tard pour nous ramener à la caserne. Nous marchâmes en direction de la tour Eiffel que je découvris pour la deuxième fois, puis nous bifurquâmes vers les Invalides, parcourûmes les Champs-Élysées jusqu'à l'Arc de triomphe, revînmes sur nos pas en direction des Tuileries, du Louvre, traversâmes Saint-Germain-des-Prés jusqu'au palais du Luxembourg, marchâmes devant le Panthéon, la Sorbonne et visitâmes la cathédrale Notre-Dame. Les monuments s'enchaînaient les uns après les autres et je découvrais l'histoire de mon pays, les yeux émerveillés. Jean, en comédien aguerri, était un excellent guide, doté d'une élocution soignée et d'un timbre de voix puissant. Il s'arrêtait parfois devant un monument et jouait tantôt le rôle d'un roi dans son château, tantôt celui d'un clerc dans sa cathédrale, avec chaque fois la même justesse dans l'interprétation. Il prenait beaucoup de plaisir à me raconter sa ville et faisait de grands gestes dans la rue en narrant les exploits de tel ou tel personnage dont je sus plus tard, en me renseignant, qu'ils n'étaient que le fruit de son imagination. Certaines personnes, intriguées par l'aisance orale du jeune homme, s'arrêtaient quelques instants pour écouter ses récits pleins de passion. Nous fûmes bientôt un petit groupe attroupé autour de lui, les yeux écarquillés, buvant chacune de ses paroles en applaudissant. Il répondait aux questions de tout le monde, sans exception, en inventant des histoires que les gens gobaient, étonnés d'une telle culture générale. L'homme était infatigable.

Quand je n'en pus plus de marcher, nous nous installâmes à la terrasse d'un café sur l'île Saint-Louis. Nous discutâmes en observant la Seine qui s'étalait sous nos yeux, habillée de son long manteau marron clair. Jean, fatigué de parler, posa des questions sur mon parcours avant la caserne. Je lui racontai mon enfance en Bretagne, le travail au champ, mon rêve de devenir un jour marin, la rencontre avec l'officier allemand dans la clairière, sa mort, la découverte de la photo de sa fille, Mathilde et nos longues balades le long du golfe. Il m'écouta attentivement sans jamais me couper la parole, en posant des questions de temps à autre pour que je développe certaines parties. Je découvrais la sensation d'être le centre de l'attention. Pour une fois, quelqu'un sur cette planète s'intéressait à moi et m'écoutait, ce qui, je l'avoue, me fit un bien fou. Quand j'eus fini, Jean me regarda silencieusement en hochant la tête.

« Tu sais, dit-il, pour ton histoire de photo de l'Allemande, je peux t'aider.

— Comment ? demandai-je, curieux.

— Marc parle allemand, il connaît quelqu'un de l'autre côté de la frontière. Il pourrait nous y conduire un jour si tu veux.

— Mais on ne peut pas passer en Allemagne en ce moment, c'est impossible.

— Quand on veut, on peut, s'exclama-t-il en me faisant un clin d'œil.

— Tu pourrais vraiment m'aider ?

— Oui, bien sûr.

— Quand ça ?

— Quand tu veux ! répondit-il amusé. Enfin, une fois que tout ça sera fini… Une fois qu'on sera sortis de cette caserne.

— Et toi ?

— Quoi, moi ?

— Qu'est-ce que tu veux que je fasse pour toi ?

— Rien… Je fais juste ça pour t'aider », déclara-t-il, surpris par ma question.

Je contemplai le visage rieur de Jean. Les traits de son visage étaient illuminés d'espérance, ses yeux remplis de bonté. Il faisait froid sur cette place parisienne, mais la chaleur humaine qui émanait de ce personnage m'enveloppait et me réchauffait. Jean voulait m'aider, sans attendre quoi que ce soit en retour, juste pour le plaisir d'aider un homme qui, une semaine plus tôt, n'était encore qu'un parfait inconnu à ses yeux. Je me demandai quelle force pouvait bien habiter ce personnage si mystérieux assis en face de moi.

« Alors, tu acceptes ? demanda-t-il enfin.

— Oui, c'est d'accord, répondis-je. Mais à une seule condition.

— Laquelle ?

— Que je t'aide moi aussi.

— Ce n'est pas nécessaire, dit-il.

— Si, ça l'est pour moi, répondis-je, intransigeant. Qu'est-ce que je peux faire pour toi en échange ? »

Il me contempla quelques instants, dubitatif, et réfléchit.

« Il y aurait une chose peut-être, s'exclama-t-il, hésitant.

— Laquelle ?

— M'aider à sortir de cette caserne une bonne fois pour toutes. J'ai un plan.

— Est-ce qu'il y a des risques pour que je me finisse au trou ? demandai-je inquiet.

— Aucun, sourit-il.

— Alors, je suis ton homme. C'est quoi ton plan ?

— Me faire passer pour quelqu'un qui a disjoncté à force d'être enfermé dans la caserne.

— Et tu penses que ça peut marcher ? demandai-je, dubitatif quant aux chances de succès.

— Qui ne tente rien n'a rien, répondit-il, tout sourire. Et

puis, entre nous, je suis plutôt bon comédien, alors, tout est possible. »

Jean m'expliqua son plan qui était, somme toute, d'une simplicité absolue. Nous nous arrangerions tous deux pour être de corvée de ménage le même jour et, une fois ensemble, il se jetterait sur moi sans raison aucune. Après avoir fait démonstration de sa folie, il se laisserait maîtriser et pleurerait comme une madeleine, recroquevillé sur lui-même, par terre, en proie à un désespoir que personne ne pourrait calmer, pas même les psychiatres de la caserne qui demanderaient à l'ausculter et me poseraient bientôt des questions. Je répondrais en affirmant que Jean était bizarre depuis quelque temps, qu'il ne supportait plus l'enfermement de la caserne et qu'il fallait le réformer d'urgence avant que tout ceci ne tourne au vinaigre. Si tout se passait bien, il serait réformé pour défaillance psychologique et pourrait vaquer à ses occupations de comédien comme il l'entendait. À ma sortie de la caserne, Marc et lui viendraient me chercher, puis direction Francfort pour que je parle avec la fille de l'officier allemand. Un échange de bons procédés en quelque sorte. Un plan parfaitement ficelé.

Nous nous serrâmes la main dans un élan d'enthousiasme, décelant chacun dans ce plan une opportunité. Il fut décidé que nous le mettrions à exécution deux semaines plus tard, le temps pour Jean de rentrer dans son personnage, comme l'exigeaient les enseignements de la troupe de théâtre dont il faisait partie. Marc, qui venait de garer sa voiture en double file, approuva le plan, accepta volontiers de me conduire jusqu'à Francfort et d'être mon interprète. Nous partîmes en direction de la voiture et rentrâmes à la caserne discrètement, chacun de notre côté. Le militaire en charge de la surveillance me demanda mon laissez-passer. Jean rentra dans l'aile de son bâtiment comme si de rien n'était. Il n'y avait nulle trace du petit colonel autour de moi. Il devait être en permission ce jour-là, bien au chaud dans sa maison de campagne. Personne ne pouvait se douter un seul instant de ce que nous préparions.

* * *

Les deux semaines qui précédèrent notre plan furent les mêmes qu'auparavant, d'une routine implacable, entre sport le matin, corvées l'après-midi, gardes à tour de rôle la nuit. Rien ne vint bouleverser le morne équilibre de notre quotidien d'apprentis militaires. J'apercevais parfois Jean dans les couloirs et notai chez lui un comportement étrange. Il semblait plus renfermé et triste, les yeux plongés dans le vide, le visage défait. Plus les jours défilaient et plus il faisait peine à voir, lui qui, d'ordinaire, était si jovial et extraverti. Le petit colonel s'acharnait sur lui, le rouant violemment de coups devant la caserne entière. Jean, impassible, serrait les dents sans dire un mot. Il se relevait, baissait la tête et pleurait. Toute son énergie vitale, d'ordinaire foisonnante chez cet éternel optimiste, l'avait abandonné. Son torse était recroquevillé, ses bras sclérosés par la peur. Son visage, livide, ressemblait à celui d'un condamné à mort quelques minutes avant son exécution. À plusieurs reprises, je réprimai une envie de me dresser contre l'autorité du petit colonel et me ravisai, soucieux de ne pas étaler au grand jour notre amitié, ce qui aurait eu pour conséquence de compromettre notre plan. Nous attendîmes patiemment. Jusqu'à ce mardi 21 janvier 1948. Certaines dates nous restent en mémoire pour la vie entière et, lorsqu'on y repense, un sourire nostalgique nous éclaire le visage.

Comme tous les matins depuis quelques jours, je visai à côté de la cible pour me retrouver de corvée avec mon ami. Le petit colonel, qui enrageait d'une telle médiocrité, s'était néanmoins fait une raison. Il ne parviendrait jamais à faire de moi un soldat digne de ce nom. Il avait jeté l'éponge et se contentait de hurler pour que j'astique plus vite les toilettes et le sol. Ses apparitions se faisaient de plus en plus rares. Ce matin-là, donc, je me retrouvai seul à frotter le sol de la caserne. Une fois de plus, j'étais déçu de ne pas voir mon ami. Le plan avait une semaine de retard et nous n'arrivions pas à nous synchroniser sur le lieu et l'horaire. Peut-être nous fallait-il renoncer.

Au moment où je ne l'espérais plus, Jean fit son apparition un balai à la main, suivi du petit colonel qui hurlait comme à son habitude. Je découvris avec stupeur la mine abominable de mon ami qui, lorsqu'il me vit, me glissa un clin d'œil discret. Jean n'était plus que l'ombre de lui-même, possédé tout entier par ce personnage qu'il s'était taillé sur mesure, à la manière d'un comédien, pendant les trois dernières semaines. Je ne connaissais rien au monde du spectacle, mais force était de constater que l'homme disposait d'un talent exceptionnel, d'une capacité hors normes à se fondre dans la peau d'un autre en s'oubliant totalement. Après sa révocation de l'armée, il ne tarderait pas à percer dans le milieu artistique et à devenir célèbre.

Jean s'avança vers moi, trempa sa serpillière dans le seau d'eau bouillante et se courba sur le sol. Le colonel, hystérique, hurla de toutes ses forces. Lorsqu'il constata que nous n'avions que faire de ces vociférations, il flanqua un coup de pied monumental dans l'arrière-train de mon ami. Sous la violence de l'impact, celui-ci se tordit de douleur et resta bloqué sur le sol, inerte. Jean poussa de grands cris de désespoir, des cris de bête sauvage mortellement blessée. Une souffrance infinie se dégageait du ton de sa voix. Il ne jouait de toute évidence plus la comédie. Le petit colonel, qui voulut faire taire ses cris, frappa de plus belle. Il se déchaîna sur mon ami, balançant des coups de pied avec rage, vociférant des injures, s'acharnant avec une violence inouïe. Dans les coups du colonel se mêlèrent tour à tour le petit garçon humilié par ses camarades, maltraité par ses parents, l'adolescent moqué par les filles, le jeune adulte terrorisé par les balles et les obus sur le champ de bataille, les coups des Allemands, le mari trompé. La face sombre du personnage inonda la pièce de sa noirceur, affichant ses sentiments les plus enfouis, ses peurs les plus profondes, ses angoisses les plus grégaires. Un flot d'écume s'agglomérait aux contours de ses lèvres, ses yeux étaient injectés de sang, son visage écarlate de fureur. Je crus qu'il voulait tuer Jean. Celui-ci, encaissant le fruit de la folie humaine, s'évanouit de douleur. Son corps n'était plus qu'une masse informe ondulant au gré des coups de pied du colonel.

Il y a des instants dans la vie où, tout être humain que nous sommes, il suffit d'une minuscule gouttelette d'eau pour faire déborder le vase. Un frisson de colère galopa le long de ma colonne vertébrale, la colère noire de la révolte, que seuls les gens acculés ressentent lorsqu'on bafoue leurs libertés fondamentales. Mon corps tout entier se mit à trembler de rage. Je me ruai sur le petit colonel qui, surpris, tomba à la renverse et se cogna la tête contre le sol. Il maugréa quelques paroles incompréhensibles avant de fermer les yeux. Je contemplai la silhouette immobile de l'homme gisant sur le carrelage en reprenant ma respiration. L'espace d'un instant, j'eus envie de le rouer de coups, de frapper ses membres, son tronc, son visage, de faire jaillir le sang de ses veines, de l'achever sur le sol. J'imaginai ses râles étouffés de supplication, ses yeux remplis de désespoir et de remords, au fur et à mesure que la grande faucheuse se profilerait à l'horizon. Il n'y a que la mort qui sache réveiller la sensibilité des âmes cruelles au chevet de leur vie. Après tout, n'avais-je pas le droit de céder moi aussi à la facilité de la violence, à l'ignorance de la cruauté, plutôt que d'être l'inlassable proie des tourments de la raison ? Je me dirigeai vers l'homme, le sang bouillant dans mes veines, saisis son uniforme au niveau de la poitrine, dressai mon poing en l'air loin derrière ma tête.

Juste au moment où j'allais cogner de toutes mes forces, j'aperçus le visage de Mathilde couvert de larmes, inconsolable à l'idée de ne pouvoir me serrer à nouveau dans ses bras. Mon poing se figea sur place, les traits de mon visage se détendirent subitement. La haine se dissipa. Je lâchai l'homme qui s'écrasa à nouveau sur le sol. Qu'allais-je faire ? Je me relevai brusquement et compris à ce moment-là que notre plan subissait un échec cuisant. J'avais là, sous mes yeux, deux individus parfaitement inconscients, dont un colonel évanoui, peut-être tué dans sa chute, et mon ami Jean, qui ne bougeait plus. La situation était grave, très grave.

Si je voulais revoir Mathilde et l'épouser un jour, il me fallait à tout prix sortir de ce traquenard dans lequel j'étais embourbé jusqu'au cou. Oui, mais que faire ? Traîner les deux hommes dans un coin comme si de rien n'était ? Lorsque le colonel se réveillerait, il alerterait les autorités de notre mutinerie. Nous serions, Jean et moi, condamnés à la prison, à tort. Impossible, je souhaitais trop revoir Mathilde pour imaginer un tel scénario. J'entendis des pas s'approcher au loin dans le couloir, des militaires alertés sans doute par les cris de Jean. Je tressaillis à l'idée de payer les pots cassés de cette confusion générale. En désespoir de cause, ne trouvant rien d'autre, je m'allongeai sur le sol moi aussi, feignant ainsi d'être évanoui. Quelques minutes plus tard, les infirmiers nous allongèrent sur des brancards et nous conduisirent à l'infirmerie. Un parfum d'incompréhension flottait dans les couloirs de la caserne. Un infirmier me souleva la paupière et scruta ma pupille. Allait-il se rendre compte de la mascarade ? Il la referma aussitôt, trop occupé à soigner Jean dont l'état semblait critique. Dans le couloir qui menait à l'infirmerie, j'imaginai les millions de scénarios susceptibles de me sortir de ce bourbier.

15

Quelques heures plus tard, lorsque je fus prêt à affronter ma hiérarchie, je feignis de me réveiller et appelai quelqu'un, en prenant soin de soutenir ma tête pour signifier que celle-ci me lançait atrocement. Un infirmier accourut à mon chevet, accompagné d'un militaire en uniforme. L'homme était de forte corpulence. Bien que charpenté, la boursouflure de la chemise au niveau de son ventre trahissait une faiblesse d'âme qu'il peinait à corriger, et ce, malgré les réprimandes de son docteur. Il s'assit lourdement et me fixa quelques instants. Son regard s'appesantit sur moi, essayant de déceler dans mes faits et gestes une part de vérité dans cette affaire. Je le saluai en me tenant la tête et priai l'infirmier d'atténuer ma douleur, qui était aussi effroyable qu'imaginaire. Le militaire fronça les sourcils, comme s'il eut douté de la véracité de mes propos. Un léger frisson d'angoisse me parcourut la colonne vertébrale. L'infirmier me banda la tête et sortit discrètement de la pièce. Je me retrouvai seul avec le militaire qui se tourna dans ma direction.

« Bonjour, monsieur Vertune, j'espère que vous êtes bien reposé, dit-il avec un ton grave.

— J'ai mal à la tête, mentis-je de toutes mes forces.

— Justement, monsieur Vertune, vous permettez que je vous appelle Paul ?

— Bien sûr, répondis-je, décontenancé.

— Très bien, Paul. Permettez-moi de me présenter à mon tour, je m'appelle Auguste Villaret, je suis l'adjoint au chef d'état-major de l'armée de terre. J'ai été appelé en urgence il y a quelques heures pour faire la lumière sur cette… affaire, dirons-nous.

— Quelle affaire ? demandai-je naïvement.

— Vous ne vous rappelez de rien ?

— Non, de quoi devrais-je me rappeler ? Qu'est-ce que je fais ici d'ailleurs ? déclarai-je tel un comédien en représentation devant son public.

— Vous avez été retrouvé étendu sur le sol, Paul.

— Qu'est-ce qui s'est passé ?

— Justement, c'est ce que j'essaie d'éclaircir.

— Comment ça ? déclarai-je surpris.

— Vous n'étiez pas seul.

— Ah ?

— À côté de vous gisaient Jean Brisca, le coccyx fracturé, et le colonel Lartigue, qui ne se souvient plus de rien. Que diable s'est-il passé dans cette pièce ? »

Ses yeux reflétaient l'incompréhension la plus totale. Un deuxième éclair de génie me traversa l'esprit. Avant qu'il ne soit trop tard, je décidai de saisir ma chance.

« Attendez, dis-je en feignant de retrouver la mémoire. Vous dites que j'étais entouré d'un autre soldat et du colonel ?

— Oui. Vous vous rappelez ? demanda-t-il l'œil scintillant.

— Nous étions de corvée de nettoyage, il me semble ?

— Tout à fait !

— Oui, ça y est, je me rappelle, dis-je en fronçant les traits de mon visage. Le colonel Lartigue nous hurlait dessus pour qu'on astique plus vite, il a frappé l'autre soldat dans l'arrière-train de toutes ses forces. J'ai voulu m'interposer mais il s'est tourné vers moi, m'a frappé sur la tête et puis après, plus rien, je ne me souviens plus…

— Je vois, dit-il, dubitatif. Donc vous vous êtes rebellé contre l'autorité d'un colonel dans le cadre de ses fonctions ?

— Non, je… je voulais juste venir en aide à mon ami, balbutiai-je en sentant que les choses m'échappaient.

— Votre ami ? Monsieur Brisca est votre ami ?

— Non… enfin… C'est un camarade de caserne, voilà tout, balbutiai-je. Le colonel le cognait tellement fort que j'ai cru qu'il allait le tuer. J'ai juste voulu l'en empêcher.

— Je vois, affirma l'homme dubitatif. Le corps de monsieur Brisca est couvert d'hématomes et d'ecchymoses donc, en ce sens, je ne peux que vous croire.

— C'est la stricte vérité, Monsieur, jurai-je avec conviction.

— Un détail m'échappe encore dans cette histoire.

— Lequel ?

— Pourquoi le colonel était il au sol lui aussi ? demanda-t-il en fronçant les sourcils.

— Je ne sais pas. Peut-être qu'il s'est rendu compte qu'il avait dépassé les bornes, il a pris peur et a feint lui aussi d'être à terre pour faire diversion, déclarai-je sûr de moi. Je ne vois pas d'autre explication, monsieur.

— Je vois, dit le militaire la voix tremblante. Vous êtes donc en train d'affirmer que le colonel Lartigue a menti dans sa déposition et qu'il se rappelle parfaitement de ce qui s'est passé ?

— Je suppose que oui, dis-je en sentant que je m'engageai sur un chemin qu'il fallait coûte que coûte suivre jusqu'au bout.

— Vous savez, Paul, vous avez de la chance. Ce n'est pas la première fois que notre colonel a des soucis d'autorité, dirons-nous. Je ne sais pas si votre histoire est vraie, mais comme je ne veux pas que l'affaire s'ébruite, je vais vous faire confiance.

— Merci, monsieur, dis-je la peur au ventre.

— Une dernière chose… dit-il en se levant.

— Oui ?

— Voulez-vous être réformé de votre service militaire en échange de votre silence ?

— Non, monsieur, dis-je en pensant à mon champ et à mes frères, je ne dirai rien.

— Vous n'avez pas une famille ou une amie qui vous attend ? demanda-t-il, intrigué.

— Si. Mais je veux finir mon service, c'est une question d'honneur, répondis-je, la gorge nouée.

— Faites comme vous voulez. Vous m'avez l'air d'être un chic type, vous. Faites attention parce qu'ici, les chics types, on ne les apprécie pas trop, déclara-t-il avant de s'éloigner. »

Il sortit de la pièce et disparut. Je ne le revis jamais. Ni le colonel d'ailleurs. Nous ne sûmes jamais ce qu'il advînt de lui. Jean fut conduit à l'hôpital militaire et pris en charge par une équipe de spécialistes. Le coccyx, comme il me l'expliqua par la suite avec sa verve légendaire, est un os fragile qui se remet difficilement des traumatismes violents et nécessite une longue rééducation. Paradoxe troublant ou hasard de l'existence, il connut pendant cette période de convalescence une infirmière qui devint quelques années plus tard sa femme et avec laquelle il eut deux enfants. Malgré l'échec de notre plan d'évasion initial, d'autres voies s'étaient ouvertes, d'autres perspectives qui n'auraient jamais vu le jour si le petit colonel, furieux ce jour-là, n'était pas sorti de ses gonds. La vie des hommes est ainsi faite, de hasards et de coïncidences, de choix, de nouvelles directions. Quant à moi, je me remis vite de ma blessure imaginaire à la tête. Le lendemain, sans raison aucune, je fus affecté aux cuisines jusqu'à la fin de mon service. L'adjoint au chef d'état-major, ayant distingué en moi « un chic type » selon ses dires, m'obtint un traitement de faveur dans la caserne. Personne ne m'embêta plus jamais. Je me contentais d'aider le cuisinier dans ses tâches quotidiennes, partais au marché tôt le matin avec lui et négociais les fruits et légumes, préparais les recettes. Je devins son assistant, ce qui était somme toute moins harassant que les interminables journées passées à courir, à ramper sur le sol et à viser des cibles imaginaires.

Un jour, alors que je mixais les fruits pour en faire un coulis, une boîte de framboises s'écrasa sur le sol. Je jurai bruyamment et me tournai en direction de celle-ci. Sur le carrelage blanc de la cuisine, les framboises s'étalaient partout autour de moi, leurs robes rougeâtres dessinant de délicates traînées. Le passé, tout à coup, refit surface. Les fruits étalés me rappelèrent le jardin de mon enfance, embaumé de mille odeurs, les framboisiers et leurs branches courant sur le grillage de la ferme, les pommiers et leurs longues feuilles ondulant au rythme du vent. Dans ce décor sublimé par mon imagination, je revis ma mère, chantant au milieu des arbres, les bras tournés vers le ciel, souriante comme à son habitude. J'eus envie de la prendre dans mes bras et de tournoyer avec elle au rythme de cette musique mystérieuse, qui nous rappelle sans cesse que le temps passe trop vite, qu'il s'égrène avec absurdité et que, dans sa course effrénée, il ne nous attend pas. Le cuisinier fit son apparition et jura lorsqu'il vit les fruits étalés sur le sol, avant de reprendre son travail comme si de rien n'était. Il préférait se réfugier derrière son tablier plutôt que d'affronter ses congénères faits de chair et d'os. Les fruits et légumes étaient plus dociles que les êtres humains, beaucoup trop compliqués à son goût.

* * *

Jean m'envoya bientôt une carte pour me donner de ses nouvelles et me remercier. Il avait été réformé dès sa sortie de l'hôpital et était enfin monté sur les planches. Le spectacle que les deux acolytes avaient écrit avait remporté un franc succès et avait été salué par la critique. Ces deux-là deviendraient célèbres, ce n'était qu'une question de temps. Il me signala qu'il préparait notre voyage.

L'ami de Marc en Allemagne, le tenancier d'une auberge à côté de Mayence, s'était renseigné sur Gerhard Schäfer et avait obtenu l'adresse de sa famille à Francfort. Ils m'attendraient tous deux le jour de ma sortie, comme le stipulait notre contrat moral, ou amical, devrais-je plutôt dire. Plusieurs mois me séparaient encore de la date fatidique. Malgré l'envie pressante de rencontrer la fille de l'officier allemand, je dus m'armer de patience.

Je reçus également une lettre de Mathilde dans laquelle elle m'expliquait que son père était malade et qu'elle s'inquiétait pour sa santé. Il se reposait néanmoins dans sa ferme pendant qu'elle s'occupait de lui. Je serrai la lettre près de mon cœur en me couchant ce soir-là. L'odeur de la ferme des Blanchart imprégnait encore l'enveloppe, un bout de cheveu était coincé dans la partie adhésive. Mathilde me manquait terriblement. Pour la première fois de ma vie, dans cette caserne éloignée de ma Bretagne natale, je faisais connaissance avec la relation à distance. Je compris bien des choses sur les émotions cette année-là, sur leur intensité différente en fonction des personnes. La frustration d'être rejeté par mon père, bien que douloureuse, était moins intense que celle de ne pouvoir embrasser Mathilde, plus profonde et envahissante. Je rêvais souvent de ce premier baiser et je sentais encore les lèvres de Mathilde s'écraser doucement contre les miennes pendant que je l'enveloppais tout entière de mes bras. L'intensité de la scène était telle que je me réveillais en sursaut la nuit, le cœur tambourinant dans ma poitrine, et je la cherchais désespérément du regard dans la pièce noire. Au bout de quelques secondes, quand je retrouvais mes esprits, je comprenais que tout ceci n'était qu'un rêve absurde, une résurgence de mes désirs les plus intimes. Puis, le front en sueur dans mon petit lit de caserne, je me recouchais avec l'angoisse de ne pouvoir l'approcher à nouveau. Mathilde était la femme de ma vie, l'unique amour qui valait la peine d'être vécu.

16

Ce matin-là, je foulai le trottoir de la rue et respirai à pleins poumons le parfum de la liberté. Le soleil, haut dans le ciel, me caressait la peau. Je cherchai du regard la voiture de Marc mais ne remarquai personne. Il n'y avait nulle trace des deux inséparables comédiens dans la rue jouxtant la caserne. Je posai mon baluchon sur le sol et m'assis sur le tas d'affaires. Les passants, quand ils virent mon crâne rasé, me jetèrent des coups d'œil curieux, surtout les jeunes enfants.

Les minutes défilèrent, atteignant bientôt l'heure, et je commençais à m'inquiéter. Jean m'avait pourtant assuré qu'ils seraient tous deux là une heure plus tôt. J'avais du mal à croire qu'il avait changé d'avis sur un simple coup de tête, même si, il est vrai, venant de l'être humain, plus rien ne m'aurait choqué. Une grosse voiture s'engouffra alors dans la rue en pétaradant, un épais nuage de fumée noire s'étalant derrière elle. Les passants, médusés par un tel grabuge, se tournèrent vers l'automobile et se figèrent, consternés, avant d'être enveloppés par les gaz d'échappement noirs et nauséabonds. Ils toussotèrent et se recouvrirent la bouche en jurant bruyamment. La voiture, qui klaxonnait à tout rompre, s'approcha de moi. Au volant de celle-ci, la silhouette fine de mon ami Jean avec, à ses côtés, son fidèle acolyte, Marc, souriant comme à son habitude. Ils me firent tous deux de grands signes en glissant leurs bras à travers les vitres. Je les observai, fasciné par cette mise en scène originale. Les freins de la voiture crissèrent avec fracas. Les passants se bouchèrent les oreilles en jurant de plus belle. Jean sortit de la voiture, se précipita vers moi et me prit dans ses bras.

« Bonjour, mon ami ! s'exclama-t-il avec enthousiasme.

— Bonjour, Jean ! répondis-je, ému d'une telle attention.

— Excuse-nous pour le retard, on a répété toute la nuit, je n'ai pas vu l'heure filer.

— Ce n'est pas grave, je viens juste de sortir, mentis-je.

— Bon, ça y est, enfin libre !

— Oui, déclarai-je tout sourire, mais néanmoins nostalgique.

— Parfait ! s'exclama-t-il bruyamment. En route pour Francfort ! »

* * *

Nous arrivâmes à la frontière allemande aux alentours de midi. Autour de nous, la forêt alsacienne se dressait, majestueuse, ses longues feuilles balayées par une légère bise. Je pensai aux soldats français et allemands morts au combat dans ses immenses forêts dont les arbres n'avaient que faire de toutes nos histoires grotesques d'hommes fous à lier. Quand nous arrivâmes devant le poste-frontière, un garde en uniforme nous demanda nos papiers et les raisons de notre entrée sur le territoire. Nous répondîmes que nous devions rendre visite à une tante malade, le soldat ouvrit la barrière et nous laissa passer. Nous continuâmes sur les routes dévastées de cette Allemagne occupée et en reconstruction. Les habitants semblaient fatigués, las de tant de malheurs s'abattant sur leurs vies entières. Une seule chose leur importait dorénavant, vivre en paix dans un monde civilisé, ne plus jamais connaître la guerre, cette abomination qui emporte avec elle femmes et enfants. Ils déambulaient dans les rues, briques et sacs de ciment sous le bras, pour reconstruire leurs maisons touchées par les bombes. Ils regardaient les soldats français avec méfiance. Nous roulâmes trois heures à travers les forêts et les champs, les villages et les barrages militaires, sans que personne ne nous arrête. Les routes étaient encore dévastées par les bombes tombées trois ans plus tôt.

Nous arrivâmes finalement à Mayence vers quinze heures. La ville, située à une quarantaine de kilomètres de Francfort, constituait le dernier bastion français. Au-delà du Rhin qui s'étendait à travers la cité, la zone était occupée par les Américains. Nous nous arrêtâmes devant une auberge. Marc descendit de la voiture, salua le tenancier qui l'accueillit à bras ouverts. Il baragouina quelques paroles en allemand et nous fit signe d'approcher. Nous descendîmes, Jean et moi, intrigués par la carrure athlétique de l'homme. Nous le saluâmes chaleureusement, bien qu'il fût, je l'avoue à cette époque, difficile de faire abstraction de sa nationalité allemande après tout ce que nous avions subi. L'homme, lui, n'y prêta aucune attention et nous invita à le suivre dans l'auberge. Il nous fit asseoir et nous servit un repas copieux. Les Allemands avaient la réputation d'être de bons amphitryons, je pus constater l'éclatante vérité de cette renommée. L'homme nous servit des saucisses avec du chou blanc, un plat typique, et nous fit boire de la bière jusqu'à plus soif. Il parlait d'une voix grave et bruyante dans cette langue aux consonances barbares qui m'exaspérait par-dessus tout. Je l'écoutais par politesse, sans rien comprendre, la traduction de Marc ayant du mal à suivre le rythme de l'homme.

Quand nous eûmes fini notre repas, il nous fit asseoir dans une voiture et conduisit en direction du poste-frontière de l'armée américaine situé juste au-dessus du Rhin. Le tenancier de l'auberge, à moitié saoul, conduisait en chantonnant, et je notai que la voiture faisait de gros écarts sur la chaussée. À plusieurs reprises, nous évitâmes de peu le trottoir, mais arrivâmes néanmoins sains et saufs devant le poste-frontière. Un Américain nous fit signe de nous arrêter. Il s'approcha de la voiture, reconnut le tenancier de l'auberge, le salua puis fronça les sourcils en nous voyant. Nous tendîmes nos papiers. L'homme se relaxa lorsqu'il vit notre nationalité française, notre pays étant allié de sa patrie. Jean, qui avait côtoyé sur les scènes parisiennes bon nombre de comédiens anglophones, expliqua à l'Américain les raisons de notre visite. Celui-ci nous contempla longuement, réfléchit quelques secondes et nous fit signe de passer. Il nous imposa cependant d'être revenus à la tombée de la nuit, sans quoi il devrait faire un rapport aux autorités américaines. Nous acquiesçâmes et partîmes en direction de Francfort sur les chapeaux de roue.

Une heure plus tard, nous nous retrouvâmes dans une petite rue aux bâtisses hautes et zébrées de couleurs, typiques sans doute de la ville. L'Allemand arrêta brusquement la voiture devant le porche d'un immeuble et nous indiqua du doigt une maison. Nous sortîmes de la voiture et je me retrouvai nez à nez avec l'immense bâtisse dans laquelle l'officier allemand avait vécu naguère avec sa fille et sa femme. Je respirai à pleins poumons pour me donner du courage et m'approchai lentement de l'entrée de la maison. À côté de la porte se trouvait un panneau récapitulatif des personnes vivant à l'intérieur du bâtiment. Je parcourus rapidement tous les noms de famille. Mes yeux se figèrent lorsque je vis écrit noir sur blanc *Gerhard und Martha Schäfer.*

Je sonnai longuement pour être sûr que quelqu'un m'entende là-haut. Personne ne répondit. Je fis plusieurs tentatives sans obtenir de réponse. Dépité, j'en conclus que les habitants étaient sortis et qu'il me fallait attendre leur retour. Marc, qui ne voulait pas passer la journée là, appuya sur la sonnette du rez-de-chaussée pour appeler le concierge. Au bout de quelques secondes, une dame répondit et Marc parla en allemand. Elle acceptait de s'entretenir avec nous. Nous attendîmes quelques secondes. La porte s'ouvrit et une vieille dame fit son apparition. Elle nous scruta de la tête aux pieds, méfiante à l'égard des Français. Marc prit la parole et lui expliqua notre situation. Elle tendait l'oreille pour comprendre, à cause de son accent prononcé. Quand il finit, je lui tendis la photo de la petite Allemande. Elle saisit le bout de papier, toujours aussi méfiante. Lorsqu'elle vit l'image de la jeune fille, son visage s'illumina. Elle sembla émue et confuse, perdue dans ses souvenirs. Elle leva la tête et déclara du bout des lèvres, tristement : « Catherine ». Je hochai la tête en souriant. La vieille dame, toujours aussi triste, nous expliqua que la famille ne vivait plus là depuis la fin de la guerre. Ils étaient partis dans les îles Canaries, à Las Palmas lui semblait-il, sur l'île de Grande Canarie. La mère de Catherine y avait des amis. À la mort de son mari, elle avait plié bagage avec sa fille et elles s'étaient exilées loin de la guerre et de son lot de tourments. Je contemplai la vieille dame, médusé d'apprendre une telle nouvelle, et lui demandai si elle avait une adresse à Las Palmas. Elle répondit que non, avant d'ajouter qu'elle ne pouvait rien faire pour moi. Elle me souhaita bonne chance et disparut derrière la porte de son immeuble.

Je baissai la tête, déçu. Catherine n'habitait plus là depuis trois ans. Je n'avais aucune idée d'où se situait Las Palmas sur la carte. Je devais me rendre à l'évidence, les choses m'échappaient. Je rentrai dans la voiture et nous fîmes le trajet inverse jusqu'à Mayence où, un peu triste, je remerciai l'Allemand pour son accueil. Il me sourit tristement lui aussi, en comprenant ma frustration, et me souhaita bonne chance avant de disparaître.

Nous arrivâmes tard à Paris, aux alentours de minuit. Le lendemain, Jean m'accompagna jusqu'à la gare où, deux ans plus tôt, j'avais débarqué pour la première fois dans la capitale.

« Je suppose que c'est ici que nos chemins se séparent, déclarai-je triste.

— Oui, soupira-t-il, les yeux dans le vide. Merci pour tout ce que tu as fait pour moi, Paul, je ne l'oublierai jamais.

— C'est moi qui te remercie, mon vieux, répondis-je, au bord des larmes.

— Je n'ai rien fait, dit-il en souriant.

— Si. Tu sais, c'est la première fois de ma vie que j'ai un ami. Un véritable ami je veux dire, qui m'écoute et me respecte pour ce que je suis. Et pour ça, je te serai toujours reconnaissant.

— Une dernière chose avant que tu partes.

— Oui ? répondis-je, intrigué.

— Tiens, dit-il en me tendant une enveloppe.

— C'est quoi ?

— La clé du royaume des rêves, dit-il en souriant. Tu l'ouvriras dans le train. Bon voyage et embrasse Mathilde de ma part. »

Nous étions sur le quai de la gare Montparnasse, tels deux amis fidèles se quittant pour l'éternité. Le temps semblait figé, les aiguilles de l'horloge stoppant quelques instants leur course folle. Il flottait dans l'air un agréable parfum, subtil mélange d'insouciance et d'amitié profonde. Le fil invisible de l'humanité nous unissait désormais, celui qui lie à jamais ceux qui se sont serré les coudes dans l'adversité. Le dernier appel pour le départ vers Rennes se fit entendre. J'embrassai Jean une dernière fois et me retournai en direction du train.

« Paul ? s'exclama au loin Jean.

— Oui ? dis-je, intrigué.

— Ne perds jamais ce sourire qui éclaire ton visage », déclara-t-il en me saluant avant de s'éloigner.

Je restai quelques instants sur le quai. « Merci, Jean », murmurai-je. Lorsque le train fut loin des bâtiments gris de la capitale, j'ouvris sa lettre et la lus avec émotion.

Cher Paul,

Quand tu liras cette lettre, tu seras probablement loin de la grande ville, loin de toute cette cacophonie, qui jamais ne cesse. Je te remercie une fois de plus pour ce que tu as fait pour moi. J'aurais souhaité t'aider moi aussi à retrouver la trace de Catherine, mais il y a parfois dans la vie des imprévus et c'est ce qui fait sans doute la beauté de notre existence. Comme je n'ai pas réussi à t'aider dans cette aventure qui est la tienne, j'ai décidé de t'aider dans une autre. Tu m'as dit que tu rêvais de devenir marin, n'est-ce pas ? Tu trouveras ci-joint l'adresse à Bordeaux d'un entrepreneur qui travaille dans la marine marchande et qui est un ami de ma famille. Il s'appelle Pierre Gentôme et il est au courant de ta venue. Présente-toi là-bas, il te proposera du travail. Voilà, j'espère que tout ceci sera le début de ton aventure maritime, celle dont tu rêves depuis tout petit. J'espère te revoir un jour, mon ami.
Je t'embrasse.

Jean

Je refermai la lettre et rangeai le précieux papier dans son enveloppe. La campagne défilait sous mes yeux, les champs, les villages, les lacs et les rivières. La France aux mille visages, tantôt citadine, tantôt rurale, s'affichait fièrement au passage du train qui, filant à toute allure, ne semblait pas y prêter attention. Quelques heures plus tard, je reverrais enfin Mathilde, après deux longues années d'attente. Nous partirions ensuite à Bordeaux et je m'engagerais dans la marine marchande. Les voies du destin semblaient s'ouvrir à moi pour une fois. Je ne voulais pas rater l'opportunité de faire sourire l'enfant qui, jadis, s'était émerveillé du monstre de ferraille qui voguait vers l'horizon.

17

L'été 1949 fut l'un des plus beaux étés qu'il m'ait été donné de vivre. Le soleil ne cessa jamais de briller dans le ciel breton. Ma belle Mathilde, allongée sous son chêne, éclata de joie le jour où elle me vit débarquer dans son jardin, un baluchon sous le bras. Elle m'embrassa tendrement et me serra fort dans ses bras, à la manière d'une femme qui retrouve son mari parti à la guerre. Je pensai au pauvre officier allemand qui n'avait pas eu cette chance. Monsieur Blanchart, occupé à tailler les roses de son jardin, accourut pour me saluer lui aussi. Puis il s'effaça pour que nous pussions profiter l'un de l'autre.

Nous partîmes main dans la main en direction du golfe, marchâmes le long du port du Logéo et nous allongeâmes sur le sable de la petite crique en contrebas, face à l'île aux Moines. Nous nous embrassâmes longuement, jusqu'à ce que le crépuscule nous enveloppât de ses mâchoires obscures, et nous vîmes bientôt disparaître à l'horizon toute trace de présence humaine. Ce fut le moment que je choisis pour m'agenouiller devant elle et lui demander sa main, sans bague ni diamants, mes yeux et ma voix en disaient plus long sur mes intentions que tous les trésors du monde réunis. Elle sursauta tout d'abord, mal à l'aise, et me contempla les yeux écarquillés, sans oser dire le mot qui, une fois sorti de sa bouche, allait lier nos deux destins pour la vie entière. Puis, lorsqu'elle eut subrepticement réfléchi aux conséquences d'une telle réponse, son visage s'illumina. Ses lèvres s'arrondirent pour susurrer un « Oui » sorti tout droit du cœur, un « Oui » à la vie et à l'amour, un « Oui » à la passion et aux larmes dont son visage, d'ailleurs, se remplit bientôt. Les gouttes, gorgées d'émotions diverses, s'accumulèrent au coin de ses yeux et ruisselèrent le long de ses fossettes illuminées de joie. Tout le paradoxe de l'espèce humaine, tiraillée entre deux émotions qui n'étaient finalement pas si éloignées l'une de l'autre, s'étala sur le visage de Mathilde, toute sa tristesse et sa béatitude, toute sa complexité en somme. Je ne pus retenir mes larmes bien longtemps en contemplant ma future femme sangloter de joie à l'idée d'unir sa vie à la mienne. Dans la crique obscure à l'orée de la mer, je compris que nous étions désormais liés à jamais elle et moi. Je la raccompagnai chez elle et pris le chemin de terre jonché de ronces en direction de la ferme de mes parents.

Rien n'avait changé là-bas. Lorsqu'elle me vit, ma mère me sauta au cou et m'embrassa. En la serrant dans mes bras, je sentis l'intensité et la profondeur de notre relation. Pierre et Guy se levèrent de table pour venir me saluer. Ils me prirent tour à tour dans leurs bras, comme le font les membres d'une fratrie qui s'aiment. Je fus surpris et touché d'une telle démonstration. Je les observai, les yeux écarquillés comme si le ciel me tombait sur la tête. Jacques, lui, mangeait sur un coin de table et leva la tête dans ma direction lorsqu'il m'aperçut.

« Alors, ça y est, tu es devenu un homme ? demanda-t-il, ironique, pendant que je m'attablais.

— Oui, répondis-je fièrement, je suis devenu un homme libre.

— Libre ? déclara Jacques. Libre de quoi ? De repartir aux champs ?

— Je ne repartirai pas aux champs », déclarai-je, sûr de moi.

Le bruit des couverts sur les assiettes s'arrêta brusquement. Ils se tournèrent tous dans ma direction, surpris d'une telle affirmation, comme s'il n'eut existé aucune autre alternative dans la vie que le misérable travail au champ dont je répudiais à tout prix l'existence. Ma mère me regarda tristement. Elle avait compris bien avant tout le monde le désir d'affranchissement qui habitait mon âme depuis la naissance. Elle savait que, tôt ou tard, je quitterais le nid douillet du conformisme pour me jeter dans l'arène incertaine de la liberté. C'était mon choix et elle l'accepterait.

« Et tu vas faire quoi si tu ne repars pas aux champs ? demanda Jacques, dédaigneux. Mendier ton pain sur les routes ?

— Non, je pars à Bordeaux pour travailler dans la marine marchande. Un ami m'a donné le contact d'un entrepreneur là-bas. J'ai toujours voulu être marin et je ne laisserai pas passer ma chance.

— Et ta famille, tu en fais quoi ? demanda Jacques, inquiet de voir qu'il n'avait plus aucune emprise sur moi.

— Je reviendrai vous voir de temps en temps, déclarai-je. Je déteste le travail au champ depuis toujours. Je ne veux pas passer ma vie à ramasser des bottes de foin et à faucher le blé. Je veux être libre de vivre comme je l'entends, à ma façon, voilà.

— Fais comme il te plaira, déclara Jacques qui sentait que les dés étaient jetés.

— Il y a autre chose, déclarai-je.

— Quoi encore ? vociféra Jacques.

— Je vais épouser Mathilde Blanchart. »

Une fois de plus, ils stoppèrent net leur repas et me dévisagèrent, éberlués d'apprendre que le petit dernier allait se marier alors qu'aucun de ses frères, pourtant plus âgés, n'avait trouvé chaussure à son pied. Ma mère, à qui j'avais confié la relation intime qui m'unissait à Mathilde, me félicita. Elle n'avait jamais voulu que mon bonheur, ma tendre mère, dussé-je partir à l'autre bout de la planète, loin d'elle, qu'elle aurait supporté la distance pour ne pas me voir triste, même si, au plus profond de son être, là où l'étincelle de la vie avait embrasé mon cœur, elle souffrait atrocement. Pierre et Guy se levèrent une fois de plus et me félicitèrent, sans excès de joie mal placé. Jacques, dont un zeste de jalousie s'afficha sur le visage, se contenta de rester dans son coin et maugréa quelques paroles incompréhensibles. Ce n'était plus lui qui parlait, c'était mon père, avec toute sa haine, la même haine qu'il avait transmise à mon frère qui, incapable de rompre les chaînes psychologiques de son géniteur, feignait d'être un type mauvais qu'il n'était au fond probablement pas. Jacques se terrait au plus profond de lui, entretenant le flot d'amertume. Mais ce n'était de toute évidence plus mon problème.

* * *

À ma grande surprise, monsieur Blanchart fut très heureux d'apprendre que Mathilde et moi allions nous marier. Il convia toute ma famille chez lui, mais Jacques ne vint pas, trop bouffi d'orgueil pour assister au bonheur de son frère. Monsieur Blanchart m'appréciait malgré le fait que j'appartinsse à cette strate sociale qui est d'ordinaire invisible aux yeux de ceux qui, plus argentés, tirent les ficelles de l'économie. Il avait lu dans mes yeux, je pense, la même étincelle de passion et d'amour pour Mathilde qu'il avait eu lui-même pour sa femme décédée quelques années en arrière. Même s'il ne l'avoua jamais, il préférait que la chair de sa chair épousât un homme qui lui ressemblât plutôt qu'un inconnu froid et austère. Il eut juste un pincement au cœur lorsque je lui avouai mon intention de partir à Bordeaux pour devenir marin. Voir sa fille partir à l'autre bout de la France dut lui déchirer le cœur, mais il n'y pouvait rien.

Nous célébrâmes donc notre mariage à la fin du mois de juillet 1949. Il faisait atrocement chaud ce jour-là et tous les hommes suaient à grosses gouttes dans leur costume sorti pour l'occasion. L'église du village avait été décorée avec soin. Ma mère se tenait droite devant l'autel de l'église et me prenait la main, nerveuse comme le jour où elle s'était mariée dans l'intimité de cette paroisse qui voyait toutes les générations du village grandir les unes après les autres et s'unir devant Dieu. Mathilde se tenait face à moi. Malgré le voile blanc qui lui recouvrait intégralement le visage, je ne décelai chez elle nulle trace d'angoisse, juste la sérénité profonde de faire le bon choix, la certitude de partir au galop sur le bon cheval.

« Madame, voulez-vous prendre monsieur pour époux, pour le meilleur et pour le pire, jusqu'à ce que la mort vous sépare ?

— Oui, je le veux.

— Monsieur, voulez-vous prendre madame pour épouse, pour le meilleur et pour le pire, jusqu'à ce que la mort vous sépare ?

— Oui, je le veux. »

Quelques prières furent lues, quelques cantiques soigneusement choisis par ma mère furent chantés. Nous étions désormais mari et femme devant l'Église, devant nos familles entières. Plus tard, à la mairie, ce fut au tour du père de Mathilde de nous lier pour la vie. Administrativement cette fois, sous les arcanes de l'État et de la jolie Marianne qui affichait haut et fort les couleurs de notre nation. Ce fut dès lors la fête dans tout le village, une de ces fêtes dont seuls les

Bretons ont le secret, durant laquelle les spécialités locales envahissent les buffets et le cidre coule à flots. La musique et les danses traditionnelles furent également de la partie, les femmes virevoltant au son de la nostalgie des années passées. Je pris Mathilde par la taille et nous dansâmes devant tous les convives, tournoyant sur nous-mêmes tels des enfants dans l'intimité de leur cachette secrète au fond du jardin, défiant l'arbre du futur aux branches instables et cruelles. Nous sourîmes à cette nouvelle vie maritale dont nous ne connaissions rien mais qui s'annonçait radieuse, sans encombre. La jeunesse a ses vertus que le temps amenuise patiemment, sans crier gare.

Nous dansâmes à tout rompre cette nuit-là, sans penser au lendemain, jusqu'à ce que nos jambes n'en pussent plus et s'arrêtassent subitement ; nous nous écroulâmes de fatigue sur le sol, enchantés, repus d'amour. Nous nous embrassâmes longuement, sous les pommiers de mon enfance. Nous nous déshabillâmes enfin, tels deux amants excités à l'idée de se découvrir, de connaître le plaisir sexuel, ce désir qui brûlait au fond de nos âmes d'enfants, impatients de devenir des adultes. Je pénétrai Mathilde pour la première fois, avec une précaution infinie. Son visage laissait entrevoir une confiance absolue dans mes gestes. Elle gloussa de plaisir sous mes à-coups. Le ciel était clair, sans nuages. La lune affichait son croissant, sourire dans le ciel délivré par le cosmos. Les étoiles ne sont pas des soleils qui explosent, comme le disent les hommes de science en mal d'explication. Elles sont les fossiles d'un amour passé, éteint, qui prospère tout là-haut. Elles continuent de briller pour nous rappeler que, malgré notre manque de foi, la seule chose qui importe en ce bas monde, c'est l'amour, éternel, salvateur, étincelant.

18

Si la vie était un livre, Bordeaux serait un nouveau chapitre. Un long chapitre. La ville nous parut glaciale au premier abord. Un épais manteau noirâtre s'étalait sur les façades le long du fleuve traversant la cité, comme si la suie recouvrait tout de son empreinte nauséabonde, marquant l'environnement pour les siècles à venir. La Garonne, qui ressemblait étrangement à sa cousine parisienne, avait la même teinte marron, le même débit qui jamais ne stagnait.

Le fleuve tout entier semblait pressé de quitter la ville pour voguer vers des cieux plus cléments, plus verts, plus chatoyants. Dans le ballet de nos sens en éveil, un détail attira particulièrement notre attention : le bruit de la ville, omniprésent, subversif, dans sa forme la plus aboutie, la plus cacophonique. Il y avait tout d'abord le fracas assourdissant des tonneaux de vin roulés sur les pavés, lourds comme les roues d'un carrosse gigantesque, les cris et les chants des manutentionnaires les manipulant avec dextérité, le bruit des sabots des chevaux heurtant violemment le sol, les sirènes des bateaux accostant fièrement dans le port. Dans ce chaos acoustique, Mathilde et moi fûmes ébahis par le dynamisme commercial de cette cité viticole.

Jean ne m'avait pas menti quant à l'entreprise de son ami. Son commerce fleurissait au fur et à mesure que les bateaux entraient dans le port remplis de denrées importées et repartaient fraîchement chargés du fruit des vignes qui abondaient autour de la ville. Pierre Gentôme, bordelais de naissance, issu d'une des familles bourgeoises dont la cité regorgeait, était l'un des négociants en vin les plus influents de toute l'Aquitaine. L'entreprise familiale, véritable référence dans le milieu, s'occupait non seulement de l'achat des tonneaux dans les propriétés les plus prestigieuses, mais aussi de la logistique jusqu'à leur port d'embarquement, du chargement et déchargement des navires, ainsi que de toute l'administration inhérente à cette activité, paperasses commerciales et autres formalités nécessaires à la vente. Un véritable empire commercial géré d'une main de fer par le petit homme barbu que je rencontrai un après-midi de septembre 1949 et qui ne fut pas surpris lorsque je lui tendis l'enveloppe de mon ami.

Il lut la lettre et me demanda des nouvelles de Jean sans chercher à connaître les raisons de notre amitié. L'intérêt économique primait sur les relations affectives jugées non rentables chez cet homme froid, élevé lui aussi sous le joug autoritaire d'un père trop occupé à gérer les affaires familiales. Nous n'étions pas si différents l'un de l'autre, malgré notre différence de statut à la naissance, preuve que l'argent ne remplace pas l'amour parental, ni quoi que ce soit d'ailleurs. Il me demanda si je savais lire et écrire. Il parut surpris lorsque je répondis par l'affirmative, comme s'il excluait qu'un hasard de la vie m'eût octroyé la possibilité de déroger aux règles de mon statut social. Il haussa les épaules et me glissa un formulaire administratif que je remplis avec application. L'homme m'observa pour constater la véracité de mes propos et j'en fus gêné. Lorsque l'entretien toucha à sa fin, il me tendit une main molle et me souhaita la bienvenue dans sa compagnie. Il m'assigna le poste de manutentionnaire, de *docker* pour être plus lyrique, me montra les locaux de sa société et interrompit le travail de quelques employés pour me présenter. Ceux-ci me saluèrent affectueusement, avec l'empathie de la classe ouvrière accueillant un nouvel élément. Monsieur Gentôme m'expliqua ensuite que, comme tous les dockers débutants, j'intégrerai dès le lendemain l'équipe de nuit constituée de vingt personnes et d'un contremaître qui me formerait au métier. Puis il partit en direction des entrepôts, sans m'accorder plus de temps qu'il n'en avait de disponible.

* * *

Peu de temps après, nous nous installâmes, Mathilde et moi, dans un quartier populaire de Bordeaux, au nord de la Garonne, dans une échoppe avec un petit jardin dans lequel nous fîmes pousser quelques fruits et légumes. Au début, je m'inquiétai de savoir si Mathilde accepterait de vivre dans un si modeste logis, elle qui était habituée à vivre depuis l'enfance dans une immense ferme seule avec son père. Pour ma part, j'étais accoutumé à évoluer dans un environnement étroit, partagé avec mes frères. Cela ne me posait aucun problème, d'autant plus que la situation n'était que provisoire.

Mais Mathilde fut ravie d'emménager avec moi dans l'humble bâtisse, tuant ainsi dans l'œuf les inquiétudes qui germaient dans mon esprit. Nous conclûmes que la maison suffisait amplement à contenir le peu de matériel que nous possédions tous deux. De toute façon, nos moyens financiers ne nous permettaient pas encore de nous offrir quelque chose de plus spacieux. Pour le confort, on verrait plus tard, avions-nous plaisanté. Le voisinage, quant à lui, constitué d'ouvriers qui, comme moi, travaillaient nuit et jour sans relâche pour ériger pierre après pierre la renommée de la ville, nous parut fort sympathique. Nous nous liâmes aisément d'amitié avec plusieurs familles du quartier.

Au bout de quelques mois, nous connaissions parfaitement notre nouvel environnement de vie avec ses commerces de proximité, ses boutiques, ses habitudes et ses personnalités. Nous découvrîmes ainsi un autre coin de France dans lequel la vie était calme et simple, joyeuse et pleine de solidarité, un peu similaire à notre Bretagne, mais plus étouffant. Mathilde se lia d'amitié avec Joséphine, notre voisine de palier, qui était également la boulangère du quartier. Celle-ci la présenta à une connaissance de sa famille, une bourgeoise qui ne faisait rien de ses journées et se sentait seule dans son logis trop vaste pour elle. Elle embaucha officiellement Mathilde à temps plein comme couturière, femme de ménage, nourrice pour les enfants, femme à tout faire de cette famille d'aristocrates ayant fait fortune dans le commerce de vêtements haut de gamme.

Officieusement, Mathilde tenait compagnie à madame de Saint-Maixent toute la journée, lui servant son thé et lisant son journal, lui apprenant la couture avec patience, s'occupant de ses enfants avec une telle bienveillance qu'elle fut bientôt indispensable à l'équilibre fragile de la famille. Ma femme, consciencieuse comme l'avait été sa mère avant elle, travaillait beaucoup et rentrait tard le soir, exténuée de ses journées à rallonge mais satisfaite de ramener le fruit de son labeur à la maison. Madame de Saint-Maixent la rétribuait chichement pour ses bons et loyaux services.

Les deux premières années de notre vie bordelaise filèrent à toute allure. Mathilde rentrait tard le soir, à l'heure où je partais décharger la nuit entière les bateaux, et je rentrais tôt le matin, à l'heure où Mathilde partait justement travailler. Nous nous croisions finalement très peu, le week-end, profitant de ces moments privilégiés où la vie nous accordait de courts répits.

Mon travail de docker, quant à lui, était harassant. Au début, il ne m'avait pas paru pénible, bien au contraire. Travailler la nuit présentait des avantages considérables auxquels j'étais attaché, comme profiter du coucher et du lever du soleil à l'heure où la ville tout entière était endormie, toucher un salaire plus conséquent, profiter d'un week-end plus long et, le plus important pour moi, bien qu'étrange aux yeux du commun des mortels, contempler dans le ciel quand bon me semblait ma douce lune, qui ravivait les souvenirs de mon enfance dans les prairies bretonnes, qui me donnait du baume au cœur lorsque les bateaux s'enchaînaient avec frénésie dans le port en ébullition.

Durant quelque temps, je fus pleinement satisfait de cette situation, heureux même, malgré le peu de temps passé aux côtés de mon épouse. Le travail devint ensuite rébarbatif, abrutissant. Mon corps fut bientôt pris dans la tourmente de cet enfer nocturne, dans lequel les sirènes des bateaux signalaient le début du travail et les chants de désespoir des dockers rythmaient les nuits froides.

Nous roulions inlassablement les tonneaux de vin sur le sol, manipulant avec précaution le précieux nectar qu'ils recelaient, nous engouffrant dans les entrailles des monstres de ferraille qui accostaient sur le port et repartaient au petit matin, chargés à ras bord, vers une destination lointaine dont je ne connaissais l'existence qu'à travers le planisphère de mon instituteur. Lorsque je débauchais, tôt le matin, je contemplais les navires qui s'éloignaient le long du port, zigzaguant entre les bancs de sable de la Garonne pour éviter d'échouer leur coque métallique, le cœur lourd de voir disparaître à l'horizon les cargaisons de marins avides de contrées lointaines.

Mon rêve d'enfant était toujours intact. Il me tardait secrètement qu'il se concrétise enfin. Je ne perdais pas l'espoir de faire partie à mon tour de cet équipage aux senteurs exotiques. Pour me consoler, je rentrais à la maison me reposer dans les draps encore chauds du corps de Mathilde. Là, je m'endormais à l'abri du vacarme en rêvant d'espace et de paysages paradisiaques.

19

Trois années supplémentaires s'écoulèrent, au rythme des bateaux et des caprices de madame de Saint-Maixent. Nous nous vîmes peu, Mathilde et moi, occupés à construire une vie à la mesure de notre amour. Un jour, néanmoins, sans que je ne puisse l'expliquer, le destin frappa de nouveau à ma porte. Existe-t-il des ingrédients dans la recette de la coïncidence ? Des lieux, des moments, des hommes, des positions de planètes particulières, que sais-je ? Peut-être est-ce un cocktail magique de tous ces ingrédients qui soudain se coordonnent et font tout basculer. Un matin de l'année 1952, alors que je m'apprêtais à quitter le pont d'un bateau que nous venions de charger, j'entendis un bruit derrière moi qui me fit sursauter.

« Pssst, par là ! » chuchota une voix.

Je me retournai en direction du bruit suspect et ne vis personne, juste un amoncellement de bidons rouillés empilés les uns sur les autres. Je repartis en direction de la rambarde de sécurité et remarquai en contrebas de celle-ci une dame dans la fleur de l'âge qui attendait sur le quai de débarquement, les bras croisés. Elle semblait tourmentée, son visage laissait entrevoir des rides creusées. Sous ses yeux, d'immenses poches noires s'étalaient, dans lesquelles s'entassaient les vestiges d'un désespoir qu'elle parvenait difficilement à masquer. Ses cheveux, attachés à la hâte, étaient tirés vers l'arrière de son crâne et joints par une queue-de-cheval négligée, résumant à elle seule ses déboires psychologiques.

« Jeune homme », entendis-je à nouveau.

Dans l'amoncellement de bidons rouillés, une tête se hissa péniblement au-dessus du tas de ferrailles. Une épaisse barbe noire recouvrait la quasi-totalité du visage de l'homme, qui semblait lui aussi perturbé. Décidément, tout le monde s'était donné le mot aujourd'hui, pensai-je ironiquement.

« Approche-toi, viens voir, chuchota-t-il d'une voix à peine audible.

— Moi ? demandai-je surpris.

— Oui, toi ! Dépêche-toi, viens ! » répondit l'individu, visiblement agacé.

Je m'approchai de l'homme avec méfiance, non pas à cause de ce physique surprenant de vieux loup de mer, mais par crainte de me retrouver nez à nez avec un individu complètement fou. Quand je fus à quelques mètres de lui, il me fit signe de contourner l'amoncellement de bidons pour le rejoindre. Je m'exécutai lentement et me retrouvai face à face avec l'homme à la carrure démesurée. Il était vêtu d'un uniforme bleu marine recouvert de médailles et de galons. Les couleurs de ses récompenses s'affichaient fièrement sur sa poitrine. L'homme devait être haut placé dans la marine. Pourquoi était-il là, derrière ce tas de ferrailles, caché comme un prisonnier en cavale, lui qui affrontait les tornades et les creux gigantesques de l'océan en colère, lui qui semblait n'avoir peur de rien ?

« Il faut que tu m'aides, jeune homme, supplia-t-il avec insistance.

— Vous aider ? À quoi ?

— À me cacher, répondit-il agacé.

— Vous cacher de quoi ? demandai-je, incrédule.

— De la femme qui est en bas de la passerelle. Tu l'as vue ?

— Oui, je crois. Celle qui attend les bras croisés ?

— Exactement ! Tu as l'œil, petit, c'est une qualité ! Alors, écoute-moi attentivement, il ne faut pas qu'elle monte dans le bateau, tu m'entends ?

— Pourquoi ça ? demandai-je, intrigué.

— Contente-toi de faire ce que je te dis pour le moment, je t'expliquerai après ! répondit-il avec autorité.

— Très bien, déclarai-je, surpris par sa réaction. Que dois-je faire ?

— Bloquer le passage quand elle montera dans le bateau.

— Et si elle ne monte pas ?

— Si elle ne monte pas, tu n'as rien à faire, répondit l'homme, intrigué par ma question.

— D'accord, répondis-je sans rien comprendre à son histoire. Et je dois lui dire quoi exactement ?

— Dis-lui que le passage est interdit à cause d'une maladie contagieuse, un virus ramené des îles Canaries.

— Des îles Canaries ? demandai-je en pensant à la fille de l'officier allemand, Catherine.

— Oui, des îles Canaries ; qu'est-ce qu'il y a, tu veux que je te fasse un dessin ?

— Non, non…

— Bon, alors, poste-toi devant l'entrée et bloque-lui le passage jusqu'à ce qu'elle soit partie, déclara le vieil homme à moitié fou.

— Et qu'est-ce que je gagne, moi, dans cette histoire ? »

La phrase sortit instinctivement de ma bouche. L'homme parut troublé par la question, comme si tout d'un coup le rapport hiérarchique s'inversait sans qu'il en ait l'habitude. Après tout, c'était lui qui avait besoin de moi, et non le contraire. Il se redressa et me regarda droit dans les yeux quelques secondes. Puis, lorsqu'il eut réfléchi à ma question, il s'avança vers moi. Son haleine alcoolisée me caressa les narines.

« Si tu me sors de ce traquenard, petit, tu pourras me demander ce que tu veux, déclara-t-il avec assurance.

— Très bien », répondis-je, satisfait de sa réponse.

Je partis en direction de la passerelle et descendis prudemment les petites boursouflures en bois qui servaient de marches, ou plutôt d'antidérapant pour ne pas glisser. La femme était toujours postée devant l'entrée de la passerelle, les bras croisés en bas de l'escalier, et m'observait les yeux noirs de colère. Au fur et à mesure de mon avancée, ou plutôt de ma descente, je commençai à imaginer un scénario plausible entre les deux personnages de ce vaudeville dans lequel nous étions tous trois plongés. Je supposai que la femme était au choix celle trompée et meurtrie dans son orgueil ou, inversement, l'amante désabusée venant crier son désarroi sur tous les toits, profitant du scandale pour entacher l'image de son amant marin. Dans les deux cas, l'affrontement semblait inévitable. Lorsque je fus à quelques mètres d'elle, elle décroisa les bras et sembla se métamorphoser en une vipère dont la langue essaya de m'insuffler son venin âpre et toxique.

« Vous, là ! dit-elle froidement.

— Oui, madame ? répondis-je tranquillement.

— Vous êtes qui ?

— Je m'appelle Paul Vertune et je…

— Je m'en fiche, de qui vous êtes.

— Mais puisque vous venez de…

— Allez me chercher le capitaine du bateau ! ordonna-t-elle.

— Pour quelles raisons, s'il vous plaît, madame ?

— Pour les raisons que je suis sa femme et que je veux voir mon mari, vociféra-t-elle, la voix tremblante de colère.

— C'est impossible, madame, je suis désolé.

— Comment ça, impossible ?

— Le bateau est en quarantaine et tout l'équipage est bloqué à l'intérieur, mentis-je sans conviction.

— En quarantaine ? Je ne vous crois pas !

— J'ai ordre de ne laisser passer personne, ce bateau est infecté par un virus ramené des îles Canaries, un virus très contagieux transmis par les rats, improvisai-je pour intensifier la crainte d'une éventuelle contamination.

— Ah oui ? Quel virus ? demanda la femme qui ne se laissait pas faire.

— Nous ne savons pas encore. En attendant, personne ne peut monter.

— C'est encore une excuse à la noix inventée par mon mari, c'est ça, hein ?

— Je ne vois pas de quoi vous voulez parler, madame, je suis désolé.

— C'est ça, vous êtes tous les mêmes de toute façon, menteurs comme des poux.

— Mais non, je…

— Vous lui direz que j'ai tout découvert ! Si je le revois, je le tue ! hurla-t-elle hystérique.

— Calmez-vous, madame, s'il vous plaît.

— Je le tue, vous m'entendez, je le tue ! » hurla-t-elle avant de s'effondrer lourdement sur le sol.

Elle se mit à pleurer à chaudes larmes, le visage tordu de colère et de déception. Elle se prit la tête dans les mains et bredouilla quelques paroles, sans doute des insultes à l'égard de l'homme qui lui faisait tant de mal. Les pleurs s'intensifièrent pour devenir des sanglots tout droit sortis des tréfonds de son âme, lourds de sens. L'immense désespoir de cet être trahi me submergea peu à peu. Devant ce drame de la vie, mon cœur se dilata pour n'être bientôt plus qu'une grosse éponge, perméable à toutes les souffrances. En quoi m'étais-je converti depuis quelques minutes ? En avocat du diable ? Quel type d'individu pouvait-il bien être ? Un lâche ? Comment un homme qui gouvernait un navire à travers les mers du globe pouvait-il avoir peur de sa femme ? Je découvris à ma grande surprise un autre paradoxe de notre chère humanité. Je m'accroupis à côté de la dame en pleurs et tentai de l'aider à se relever.

« Laissez-moi tranquille ! Vous êtes un menteur, vous aussi, comme lui !

— Mais, non, je…

— Je pensais que c'était un homme bon. Regardez-moi maintenant, je suis là à attendre sur ce quai sale alors qu'il est avec sa maîtresse. Je suis désespérée, glissa-t-elle entre deux sanglots.

— Mais non, Madame, relevez-vous s'il vous plaît, dis-je sans savoir par quel bout commencer.

— Non, laissez-moi, ou plutôt jetez-moi dans la mer, je veux mourir, supplia-t-elle en rampant sur le sol.

— Arrêtez ! hurlai-je en m'agrippant à elle de toutes mes forces.

— Laissez-moi mourir ! »

Tous les regards sur le port étaient désormais tournés dans notre direction. Je m'agrippais à elle en suppliant pour que quelqu'un me vienne en aide car la femme, totalement hystérique, commençait à s'extirper de mon étreinte. Un instant, j'imaginai les pensées des dockers et des matelots qui contemplaient la scène sans connaître la situation. J'eus peur à l'idée qu'on me prenne pour un fou, violant la pauvre femme qui se débattait sur le sol. Je pensai à Mathilde, mon amour, qui aurait été probablement choquée de me voir dans une posture si extravagante. Au bout de quelques instants, je hurlai pour qu'on m'aide à raisonner la femme désespérée, prête à tout pour en finir avec cette souffrance qui lui consumait les boyaux. Les spectateurs ébahis sortirent subitement de leur léthargie et accoururent pour me prêter main forte. L'un d'eux saisit la femme et je pus enfin desserrer l'étreinte qui me cisaillait les mains. Lorsqu'elle fut parfaitement immobilisée par cette armée de muscles, elle comprit qu'elle ne pourrait mener à bien son projet et s'abandonna sur le sol. La silhouette anxieuse du mari contemplait la scène en haut du navire, effarée par la brutalité avec laquelle on traitait sa femme. Mais il ne fit rien, rongé sans doute par la culpabilité, spectateur de la déchéance affective de son couple, de toutes ses années de vie commune balayées par l'envie de nouveauté, de *chair fraîche*, comme disaient les matelots. La femme, salie par le cambouis qui recouvrait le sol de son empreinte noire, s'arrêta de pleurer.

La foule de muscles se dispersa peu à peu, vociférant des paroles sarcastiques, ironisant sur la blessure ouverte de la pauvre femme. Mais elle n'entendait plus rien. Son esprit broyé par la douleur s'était mis en veille. Je m'assis à côté d'elle, doucement, et contemplai le lit marron de la Garonne. Les flots, dans leur long marathon jusqu'à l'océan, charriaient toutes sortes de détritus qui émergeaient de temps à autre à la surface. Je reconnus une chaussure et une carcasse de vélo balancées sans doute en amont du fleuve. Parfois même, on distinguait des cadavres entiers d'animaux flottant à la surface, tombés par hasard dans le lit, balayés comme de vulgaires marionnettes par les courants fluviaux. Nous étions là, tous les deux, la femme trompée et le paysan sorti de son champ, les yeux plongés dans le vide de nos vies.

Le silence devint pesant et je sentis que la femme voulait se livrer. Elle me raconta l'histoire du capitaine et de leur couple qui n'en était plus un depuis qu'elle avait découvert les lettres enflammées de la maîtresse de son mari, ce même mari qui nous observait depuis la balustrade, camouflé dans l'ombre. Le capitaine du bateau, lorsqu'il était à quai, profitait de sa cabine pour y recevoir sa maîtresse. Dans l'étroitesse de la pièce aux odeurs marines, ils se livraient à toutes sortes de jeux érotiques auxquels sa femme eut la pudeur de ne pas faire allusion. L'espace d'un instant, j'imaginai le vieux capitaine dans sa cabine, la barbe touffue, nu comme un ver, courant derrière sa maîtresse un fouet à la main. Je chassai cette abominable pensée. Au bout de quelques minutes, lorsqu'elle eut entièrement vidé son sac, elle me remercia gentiment, se releva et s'éloigna en titubant, ivre de tristesse et de désillusion. Je la contemplai le cœur lourd, constatant que mon mensonge avait couvert les ignominies sexuelles du capitaine, moi qui étais fidèle en amour comme un chien l'est avec son maître. Je remontai l'escalier tristement, en traînant les pieds, écrasé par la culpabilité d'avoir couvert un monstre, un homme plutôt. Je posai les pieds sur la passerelle du bateau et aperçus l'homme abattu, adossé à la balustrade. *Un lâche*, pensai-je. Je m'approchai et m'assis à côté de lui. Nous ne dîmes rien pendant de longues secondes.

« Merci, dit-il doucement, la tête baissée.

— De rien, répondis-je machinalement.

— Ma femme a tendance à exagérer certaines situations, déclara-t-il pour se dédouaner une fois de plus de ses actes puérils.

— Peut-être, je ne sais pas. »

Le capitaine se caressa la barbe.

« La vie est compliquée, petit, tu sais. Quand on a ton âge, on se figure que tout est simple et le sera toujours. Mais on se trompe. Tout devient compliqué et triste. Le temps passe, on n'y fait pas attention, et puis un jour, on se réveille. On se regarde dans la glace et on s'aperçoit que son visage est couvert de rides, il a changé, vieilli. Ce même visage qu'on regardait trente ans en arrière, qui était jeune et plein d'espoir, a disparu. Tout comme nos rêves, évaporés, dissous. Alors, quand on prend conscience de ça, on ne pense plus qu'à une seule chose, redevenir ce qu'on a été.

— Et on trompe sa femme ? demandai-je, les yeux perdus dans le vide.

— C'était plus fort que moi. Quand j'ai vu Patricia, j'ai découvert dans le reflet de ses yeux le visage du jeune homme d'il y a trente ans, sans rides ni cicatrices. Je n'ai pas pu résister à l'appel de la jeunesse.

— Et dans les yeux de votre femme, vous voyez quoi ? »

La question le troubla.

« Je me vois vieillissant et moche, décrépi, rongé par le temps.

— Et cette image vous fait penser à quoi ?

— À la mort.

— Vous avez peur de la mort, capitaine ? »

Il baissa la tête.

« Oui », répondit-il.

Une fine larme perla au coin de l'œil du vieil homme, larme qui en disait long sur sa capacité à contenir ses émotions, à les enfouir au plus profond de lui-même. Pourquoi diable tout ceci était-il si compliqué ? Le mystère de la vie flottait au-dessus de nos têtes, au-dessus du bateau, de la région, du pays, du monde tout entier. Nous étions là, dépourvus d'expérience malgré les années qui avaient passé, de simples ignares dont la seule espérance était de percer un jour le secret qui nous enveloppait de son aura.

« Je t'ai dit tout à l'heure que tu pourrais me demander ce que tu voulais si tu me tirais de ce mauvais pas, reprit le capitaine.

— Oui, répondis-je, perdu dans mes pensées.

— Je t'écoute… »

Je revis alors la silhouette du marin sur le port vingt ans plus tôt, son sourire lorsqu'il avait déposé sa casquette sur ma tête, ce rêve de gosse qu'il m'avait transmis. Et puis, l'image de Catherine Schäfer, de son père mort, le voyage en Allemagne avec Jean, l'amphitryon teuton qui nous avait accueillis dans son auberge, le sourire de la concierge lorsqu'elle avait contemplé l'image de la fillette. Tout me revint en tête. Le capitaine avait fait allusion aux îles Canaries quelques minutes plus tôt, ces mêmes îles où la mère de Catherine s'était exilée avec sa fille en apprenant la mort de son mari. Toutes les pièces du puzzle de mon existence se mirent à tourner, à voler au-dessus d'une table imaginaire, à s'imbriquer les unes aux autres, les coins tout d'abord, puis les contours et le centre, jusqu'à ce que tout soit parfaitement cohérent, aligné, signifiant. Je me tournai vers le capitaine et déclarai d'une voix solennelle, pleine d'assurance.

« Je veux devenir marin moi aussi. »

* * *

Le capitaine n'en crut tout d'abord pas ses oreilles. Il me contempla stupéfait, comme s'il avait affaire à un fou n'ayant tiré aucune leçon du drame qui venait de se jouer sous ses yeux. Il baissa la tête et s'adossa de nouveau à la balustrade de son bateau, le corps fatigué par toutes ces années passées à naviguer, à se frayer des chemins parmi les icebergs, à combattre les typhons, les déferlantes meurtrières, les éléments déchaînés d'une nature qui, décidément, ne se laisserait jamais marcher sur les pieds. Puis il m'interrogea sur la fiabilité de mon choix, ma connaissance de ce métier qui, selon ses dires, était le plus pénible et difficile qui soit. Il voulut comprendre mes motivations, déceler dans ce souhait l'éventuelle lubie du jeune adulte en mal d'aventures. Lorsque je lui racontai brièvement mon souvenir d'enfance, ces étrangers bizarrement accoutrés qui m'avaient insufflé ce rêve fou, il sourit en déposant les armes. De toute évidence, il n'y avait plus rien à faire. Un rêve de gosse est une machine parfaitement huilée, que rien ni personne ne peut enrayer, surtout chez ceux qui gardent cette foi intacte, attendant que leur tour vienne, sans se presser ni s'épuiser inutilement.

Le capitaine réfléchit de longues secondes, se caressant la barbe frénétiquement, comme si celle-ci représentait l'organe décisionnel de son organisme rugueux. Il se leva, me tendit la main pour m'aider à me redresser. Il était d'accord pour m'enrôler sur son bateau, le *Volcan de Timanfaya*. Il m'expliqua que la compagnie qui affrétait son navire était spécialisée dans le commerce à destination de l'Afrique de l'Ouest et de l'Asie. Ses itinéraires marins desservaient plusieurs grands ports comme Bordeaux, Lisbonne, Tenerife et Las Palmas, Abidjan, Durban en Afrique du Sud, Bombay, Singapour et Saïgon. Les apprentis marins commençaient en principe sur les lignes les plus courtes afin de tester leur capacité à supporter l'éloignement de leur famille ainsi que le mal de mer. Puis, quand ils étaient parfaitement rodés, quelques années plus tard, ils changeaient d'affectation et se retrouvaient sur les gros-porteurs, ces immenses bateaux qui fendaient l'eau avec un tonnage de marchandises plus élevé. Leur salaire évoluait considérablement mais les périodes en mer s'allongeaient, parfois plus de six mois, ce qui avait pour conséquence de refroidir les velléités de certains d'entre eux, dont la cellule familiale se disloquait avec l'éloignement. Le métier de marin était un étrange paradoxe, déclara le capitaine, mélange de frustration et de liberté dans lequel le juste milieu n'existait pas. C'était ce mélange d'émotions oscillantes qui faisait que les marins se sentaient vivants, ajouta-t-il avec un air de philosophe grec. C'était un métier dur, conclut-il, parce qu'on se sentait constamment frustré de ne pas voir grandir ses enfants, de ne pouvoir embrasser quand on le souhaitait sa famille. Mais c'était un métier gratifiant. Il nous ouvrait les portes du monde, nous permettait d'observer des heures durant la faune et la flore marine, les somptueux paysages qui se dressaient majestueusement à quelques encablures des routes maritimes. Pour rien au monde il ne laisserait à d'autres cette sensation de liberté. Il me remercia et s'engouffra dans une porte sur le pont, disparaissant ainsi dans le molosse d'acier qui constituerait bientôt mon logis ambulant.

Je dévalai la rampe d'accès au bateau le cœur léger. Sur le chemin du retour, je pensai à ma mère qui chantonnait le matin lorsqu'elle cueillait ses fruits dans le verger familial. Je me mis à fredonner l'air d'une de ses chansons. Je revis l'image du marin qui, vingt ans plus tôt, avait posé sa casquette sur ma tête. Ses paroles m'avaient profondément marqué, instillant la graine d'un rêve fou qui avait grandi au fil du temps et venait de germer grâce à un concours de circonstances. Mon père aurait été fier de moi, me dis-je sans en être totalement convaincu. J'avançai à grands pas vers la maison. Il me tardait d'annoncer la nouvelle à Mathilde, et j'espérais qu'elle accepterait mon choix.

20

Trois semaines plus tard, je m'apprêtais à embarquer sur le *Volcan de Timanfaya* en direction des îles Canaries.

Pierre Gentôme, lorsque je lui avais remis ma démission, n'avait pas paru surpris. Il avait haussé les épaules et m'avait souhaité bonne chance. Avant que je fusse parti, néanmoins, il avait ajouté que si je changeais d'avis, sa porte restait grande ouverte. Mathilde, elle, avait tout d'abord accueilli la nouvelle en explosant de joie. Ma femme, qui me connaissait mieux que quiconque, avait été très heureuse et fière d'apprendre qu'un capitaine haut placé dans la marine voulait m'embaucher sur son vaisseau. Puis, quand elle avait compris que je devrais partir plusieurs mois en mer dans l'année, elle avait eu une réaction plus mitigée, comme si elle avait omis de penser à cette caractéristique particulière du métier de marin. Tant qu'un rêve n'est qu'un rêve, nous n'en mesurons pas ses exigences.

Néanmoins, mon nouveau statut m'offrait quelques avantages non négligeables. Pour un mois de mer, la compagnie m'octroierait deux semaines de temps libre pendant lesquels je pourrais m'occuper à plein-temps de ma femme. Le salaire était également deux fois plus élevé au premier échelon que celui de docker sur le port. Nous en avions profité pour acheter une maison non loin de celle où nous logions, pour ne pas trop bousculer nos habitudes d'expatriés régionaux. La vie de ce quartier nous plaisait, nous n'avions pas voulu changer nos rituels. Avant que j'eusse embarqué sur le bateau, nous avions organisé une fête de quartier pour célébrer mon enrôlement. Tous les voisins m'avaient félicité pour ce poste que beaucoup d'hommes convoitaient sans oser franchir le pas. Sans doute y avait-il dans l'ombre de cette indécision la volonté farouche des femmes de garder leur mari près d'elles.

C'était donc le jour du grand départ, du grand plongeon dans cet univers masculin ballotté par les courants marins, le grand voyage. Ce matin de mars, nous nous levâmes anxieux, rongés par la peur de ne plus dormir ensemble pendant un mois, de ne plus être présents l'un pour l'autre quand cela serait nécessaire. S'il arrivait quelque chose à Mathilde pendant mon absence, jamais je ne me le pardonnerais. Pendant de longues minutes, j'eus envie de renoncer, de me blottir près de ma femme, de lui faire l'amour et de m'endormir à ses côtés, bien au chaud sous l'édredon, où nous serions protégés comme deux gamins dans leur cabane au fond du jardin. Mathilde constituait mon rêve le plus fou après tout. Je l'avais épousée par amour, cette gamine qui avait fait battre mon cœur dès le premier instant où j'avais croisé son regard. Sur le bord du lit, je m'assis et plongeai ma tête entre mes mains. Que devais-je faire ? Renoncer ? Je distinguai l'image du bateau s'éloignant dans le port. Une longue colonne de fumée s'élevait dans le ciel couvert de mouettes qui hurlaient mon prénom : *Paul, Paul, Paul !* Je me tenais sur le quai, tête basse, les yeux remplis de larmes. Je n'étais qu'une fillette, comme le disait mon père, le bougre avait raison. Derrière la balustrade du bateau, la silhouette du capitaine s'élevait dans la brume, riant aux éclats devant mon indécision. À côté de lui, mon père lui prenait le bras, l'entraînant dans une danse mystique rythmée par le chant des mouettes : *Fillette, fillette, fillette !* Ils étaient bientôt rejoints par une cohorte de marins aux tatouages exubérants et ils dansaient tous ensemble sur le pont en se prenant le bras, dans une sorte de *french cancan* diabolique. Je m'écroulai sur le quai, lassé d'être une fillette, lassé de ne pouvoir assumer mes choix et d'hésiter. Le bateau disparaissait dans la brume et je n'entendais plus rien.

Je mesurais à quel point les rêves d'enfants sont difficiles à atteindre et combien il est dur de rester concentré sur son objectif. La vie nous propose sans cesse de nouvelles voies plus faciles, moins contraignantes. Nous nous engouffrons dans celles-ci avec une aisance déconcertante, comme un troupeau de vaches qu'on mène à l'abattoir. Moi, je voulais aller au bout des choses, satisfaire le petit enfant sur le port avec sa casquette, décrocher du visage de mon père ce sourire moqueur et cynique, rendre fières les deux femmes de ma vie, Mathilde et ma mère.

Je me levai du lit et m'habillai, possédé par une force invisible, mélange d'angoisse et d'exaltation. Mathilde se leva, inquiète. Je me plantai devant elle et lui répétai que je l'aimais, qu'elle était la femme de ma vie depuis toujours. Le petit enfant au fond de moi ne pouvait plus attendre, il réclamait sa part du gâteau lui aussi. Il voulait vivre, aimer, s'évader, partir, ressentir, ouvrir les bras au destin, voyager, découvrir, imaginer, connaître, s'émerveiller, jouer, s'extasier, sentir, goûter, toucher, entendre, voir, aimer, embrasser la vie à pleines joues… il lui fallait partir. Mathilde me contempla, éberluée, les yeux grands ouverts, comme si, devant, elle avait dressé le voile blanc d'un fantôme revenu pour la hanter. Je la pris dans mes bras pour la rassurer. L'excitation à son comble me faisait un peu perdre la tête. Je sentais naître en moi cette douce folie qu'ont les hommes lorsqu'ils sont heureux, cette exaltation passagère qui nous fait battre le cœur et soulever des montagnes.

Mathilde m'accompagna jusqu'au bateau, la mort dans l'âme, éteinte de voir son homme quitter le foyer et voguer vers ses rêves d'enfant. Je lui promis d'écrire des lettres que je posterais dès que le bateau serait immobilisé dans un port. Elle sourit timidement en essuyant du revers de la manche une larme. Ma bien-aimée. Ma Mathilde. Ma moitié.

Sur le port, un attroupement d'hommes et de femmes était massé près de la passerelle d'accès au bateau qui surplombait tout le paysage. Ses moteurs vrombissaient dans la rade. De gigantesques bulles se formaient au niveau de sa poupe, émergeant des flots comme un geyser jaillissant des entrailles de la terre. Sur le quai, les hommes, habitués à ce rituel redondant, réconfortaient les femmes en pleurs, fatiguées d'être délaissées. Elles étaient reléguées au second plan d'une existence dont l'océan dictait les règles. Ici, dans l'intimité de ce port coquet, les couples se faisaient et se défaisaient au rythme du commerce maritime et des énormes profits engrangés par les dirigeants qui, bien au chaud dans leurs appartements bourgeois, ne s'imposaient jamais pareille frustration. Les inégalités ne sont pas seulement matérielles, elles sont aussi émotionnelles. Certains accaparent la joie et le bonheur au détriment d'autres qui, mal nés, se contentent de la tristesse et de la frustration.

J'enveloppai ma femme dans mes bras, tendrement, l'embrassant sur le front et les joues. Je lui répétai mon amour. Rien ni personne ne mettrait un terme à celui-ci. Ni l'océan ni la distance n'enlèveraient jamais cette foi que j'avais dans notre couple. Je l'embrassai sur la bouche, repensant à ma demande en mariage sur cette petite crique bretonne du port du Logéo. Le sifflet du capitaine retentit soudain, interrompant mes pensées douces et voluptueuses. Je lâchai Mathilde en larmes, ramassai mon baluchon et partis en direction de la passerelle. Une rivière de larmes se déversait sur le quai. Les femmes agitaient leur mouchoir trempé au-dessus de leur tête en saluant les maris, embarqués sur le bateau tels des petits garçons partant à l'école. Ce fut le grand départ, celui que j'avais contemplé vingt ans en arrière les yeux émerveillés, sans m'apercevoir que dans les veines des marins coulait en fait une rivière de tristesse. Je saluai Mathilde en hurlant des « Je t'aime » enflammés de passion. Elle agitait les bras frénétiquement, comme si elle n'avait jamais été timide un seul instant, faisant ainsi voler en éclats les bonnes manières transmises par ses parents, les us et coutumes exigeants dans lesquels elle s'enfermait, dans lesquels nous nous enfermons tous d'ailleurs. L'espace d'un instant, elle redevint la gamine qu'elle avait cessé d'être le jour où le malheur s'était abattu sur sa famille, emportant sa mère pour toujours. Elle fut bientôt un petit point noir à l'horizon, qui s'effaça peu à peu jusqu'à disparaître. Je ne vis plus rien.

Le compte à rebours débuta. Un mois sans elle. La sirène du bateau retentit bruyamment sur le pont. Le capitaine avait eu la décence d'attendre sagement que nous ayons salué nos épouses en pleurs sans intervenir, lui, l'homme qui trompait sa femme sans se poser de questions. Mais il redevenait à présent le patron à bord de son navire, le vieux loup de mer expérimenté ayant pour mission de rallier deux villes situées à des milliers de kilomètres. Il fallait maintenant s'activer pour ne plus penser ; préparer le bateau, pour être prêt lorsque les flots océaniques viendraient laper la coque de notre navire, tentant de le faire chavirer par tous les stratagèmes possibles. Il s'agita en hurlant des ordres à droite et à gauche, rappelant aux marins leurs devoirs.

« Dhenu et Bonnarme, cuisine !

— Oui, mon capitaine !

— Bouquet, moteurs !

— Bien, mon capitaine !

— Ducos, passerelle !

— Oui, mon capitaine ! »

Puis il se tourna vers moi, réfléchit quelques instants et m'ordonna de le suivre. Nous nous engouffrâmes dans un couloir étroit, bifurquâmes à droite puis à gauche, puis à gauche et à droite. J'eus l'impression d'être plongé au cœur de la mythologie grecque, dans un labyrinthe infini de dédales, de trappes, de couloirs. Tel Thésée pourchassant le Minotaure, je suivis le maître des lieux à travers les chemins exigus du géant d'acier. Le capitaine s'arrêta devant une porte, l'ouvrit et me fit signe d'y déposer mon baluchon. Ma cabine. Dans celle-ci, deux lits superposés de chaque côté de la pièce ainsi que quatre minuscules armoires. Une fois que j'eus déposé mon baluchon à la hâte, le capitaine referma la porte et me tendit une clé.

Nous repartîmes dans le labyrinthe, bifurquant tantôt à gauche, tantôt à droite. Je me sentis bientôt happé par les corridors qui arboraient tous la même couleur vert foncé. Le capitaine s'arrêta devant une porte, en sortit un balai espagnol et un seau. Il me chargea de nettoyer le pont. Le vague souvenir de la caserne de Torcy me revint en mémoire, les innombrables heures passées à frotter le sol, à nettoyer les toilettes répugnantes, les vitres, les couverts et les assiettes. « On commence tous comme ça », dit le capitaine en comprenant le peu d'intérêt que j'accordais aux tâches ménagères. Il sourit ironiquement et disparut dans le dédale de couloirs, sans m'attendre.

Je pris mes instruments de femme de ménage et me dirigeai vers le pont en essayant de parcourir le même chemin à l'envers. Je me trompai de couloir plusieurs fois, revenant sur mes pas, tâtonnant dans le passage lorsque la lumière s'éteignait sans que je puisse trouver l'interrupteur. J'étais complètement perdu. Je demandai mon chemin à quelques marins qui passaient à toute allure, pressés par l'exigence du travail, dans cet état de qui-vive qu'il faut constamment adopter en mer pour survivre. Ils riaient aux éclats et me rassuraient. C'était une sorte de rite initiatique du capitaine. *Il faut se perdre pour trouver son chemin*, disait-il toujours entre deux anecdotes sulfureuses sur ses aventures aussi bien marines qu'érotiques. *Ceci vaut aussi bien dans le bateau que dans la vie*, concluait-il en explosant de rire, fier de donner des leçons de philosophie aux marins qu'il commandait. Il n'avait pas tort. La vie est un immense paquebot dans lequel nous sommes tous enfermés. Nous ouvrons et fermons des portes au gré de nos humeurs. Certains touchent le fond avant de voir la lumière.

D'autres, fatigués de la contempler, se jettent par-dessus la balustrade, insatisfaits de ne pouvoir en découvrir davantage, préférant explorer les fonds marins au risque de se noyer. D'autres, enfin, errent toute leur vie dans les entrailles du bateau, se démenant vainement pour trouver la sortie, bousculés dans les couloirs au gré des ondulations de houle qui font tanguer le navire. Il n'y a pas de vérité dans le cheminement. Je me retrouvai donc là moi aussi, perdu. Après plusieurs tentatives infructueuses, je parvins enfin à trouver la lumière du jour à laquelle mes yeux n'étaient déjà plus habitués. Lorsque les autres marins m'aperçurent, ils applaudirent tous ensemble. Le capitaine vint me serrer la main chaleureusement. Il m'expliqua que tout ceci était un rituel d'accueil, une manière de resserrer les liens entre ces mâles qui, privés de femmes pendant de longs mois, n'en étaient finalement plus.

* * *

Une semaine s'écoula rapidement. Je nettoyais inlassablement la passerelle du bateau, frottant fort pour enlever le sel de mer que les bourrasques de vent déposaient sur le sol. Ce n'était pas un métier facile, en effet, je le constatais chaque jour davantage. Mais je m'accrochais à mon rêve comme une lionne s'accroche à ses petits. Le soir, lorsque tout le monde dormait et que la mer m'octroyait une sortie à l'air libre, je m'allongeais sur le pont, contemplais le ciel et son manteau d'étoiles infini. Là, étendu sur le sol comme je l'étais dans le jardin de mon enfance, j'étais heureux. La lune s'affichait dans le ciel, éclairant l'océan de son reflet doré, changeant d'apparence au gré de sa position, tantôt croissant souriant, tantôt quartier apaisé, tantôt pleine et mélancolique, mais avec toujours la même intensité dans le regard, la même fougue, la même sempiternelle exubérance.

Dans cette folie céleste dont j'étais le témoin privilégié, dans les cratères de météorites taillés dans la roche des milliards d'années plus tôt rien que pour moi, je priais secrètement pour que rien ne s'étiole, mon amour pour Mathilde, pour ma mère, pour ma famille tout entière. Je priais pour que la vie ne soit finalement qu'un océan de tendresse, un lac paisible sur lequel ma barque circulerait librement. Quand la décontraction de l'esprit atteignait son paroxysme, sur le pont faisant office de planétarium, il s'affichait, splendide. Je le voyais. Oui, je le voyais. Le sourire du clair de lune…

Quartier de lune

21

Une semaine plus tard, nous atteignîmes finalement notre destination, Las Palmas de Gran Canaria. Nous distinguâmes tout d'abord à l'horizon une immense forme noirâtre jaillissant de l'eau comme par enchantement, un promontoire exceptionnel perché en plein milieu de l'océan Atlantique. Les mouettes envahissaient le ciel, omniprésentes, piaillant à tout-va leurs ordres incompréhensibles, atterrissant sur le bateau les ailes déployées. Le contraste entre le bleu foncé de l'océan, la noirceur de la pierre et l'azur du ciel me parut époustouflant. Et puis, il y avait le soleil. Ce grand soleil qui brillait haut dans le ciel, recouvrant tout le paysage de sa lumière dorée, envahissant l'espace de son étreinte brûlante. Le panorama qui s'offrait à moi semblait irréel, tout droit sorti de l'imagination d'un peintre dont les coups de pinceau n'avaient plus de frontières, plus de limites. Le fantasme d'un peintre exalté, voilà ce que je contemplais depuis la passerelle du bateau.

« C'est beau, n'est-ce pas ? me glissa à l'oreille le capitaine.

— Oui, capitaine, répondis-je les yeux tournés vers l'horizon.

— Ça fait trente ans que je navigue dans ces eaux et je

suis toujours ébloui par la beauté des îles Canaries », ajouta-t-il, ému.

Nous restâmes quelques longues secondes sans bouger, hypnotisés par ce décor sublime, intemporel. Il y a peu de chose qui émeuvent un homme à ce point-là, peu de moments, peu de lieux. Nous étions en parfaite symbiose avec la nature, le capitaine et moi, en harmonie, avec cette sérénité dans l'âme que tous les soucis du monde ne peuvent altérer. Il n'y avait plus de soucis d'ailleurs, tout n'était que beauté et espoir.

Avant d'arriver, néanmoins, la traversée n'avait pas été sereine. Nous avions essuyé une tempête au large des côtes portugaises qui m'avait contraint à rester alité pendant une journée entière, vomissant des seaux complets de bile, en proie à une nausée dont j'espérais ne plus jamais connaître les méfaits. La sensation de tanguer au rythme de la houle était vite devenue insupportable. J'avais eu à plusieurs reprises envie de sauter par le hublot de ma cabine pour que tout s'arrête, pour retrouver un peu de stabilité dans ce monde en perpétuel mouvement qu'est le grand large. Le mal de mer est un calvaire, un long moment de solitude pendant lequel nous maudissons les éléments naturels, réunis tous ensemble pour nous rappeler que, malgré notre arrogance, nous ne sommes que des invités au banquet de Dame Nature.

Je partageais ma cabine avec trois autres marins, deux Français et un Espagnol, dans cet espace exigu, dépourvu de tout confort. « On ne s'enrôle pas dans la marine pour l'intimité », avait ricané l'un des Français avec lequel j'avais tenté de discuter, sans succès. L'autre Français ne parlait pas beaucoup non plus. L'Espagnol, qui répondait au nom de Martín, prononcez *Martíne*, était beaucoup plus loquace, à l'image de sa patrie chargée de couleurs, pleine de vie. À côté de lui, les marins français paraissaient tristes, fades, dénués d'intérêt. Martín maîtrisait parfaitement la langue de Molière et s'exprimait avec cet accent marqué qu'ont les Espagnols qui prononcent toutes les lettres de leur langue natale. Il parlait fort, très fort, agitant les bras pour illustrer ses propos, invectivant à tout va, ce qui n'était pas du goût de tous. Il disait *Yé souis Martíne dé Andaloussia* pour nous rappeler qu'il était fier d'appartenir à cette patrie où le fascisme avait ôté la vie à des milliers de personnes. Parfois, quand il avait trop bu, il se mettait à danser sur la table en claquant des doigts au-dessus de sa tête, frappant sèchement le bois de ses talons. Tout le monde riait fort et applaudissait. À vrai dire, Martín constituait l'une de nos seules distractions. Quand il n'était pas là, on s'ennuyait ferme à bord du bateau.

L'homme, un soir, m'avait raconté son histoire sur le pont désert. Il avait une manière extraordinaire de narrer son existence, alternant les phases tragiques durant lesquels les poils de mon corps se hérissaient de compassion et les phases comiques où nous nous esclaffions sans pouvoir nous arrêter. Il tournait en dérision des épisodes épouvantables de la guerre d'Espagne, imitant à merveille le général Franco et sa haine envers les communistes, véritables boucs émissaires du régime. Hitler, pour ce que j'en avais lu, ressemblait étrangement au Caudillo, comme on le surnommait en Espagne. Les deux énergumènes maîtrisaient l'art oratoire comme personne. C'était la clé de leur succès, sans doute. Martín continuait à parler sans jamais se lasser, et moi, je l'écoutais, comme un petit garçon écoute son grand-père. Dans ses phrases, je déchiffrais une foi indéfectible en la nature humaine et un amour inconditionnel d'autrui assortis d'une soif de vivre très intense. Il rendait humain le plus féroce des dictateurs et ce n'est pas chose aisée, croyez-moi. Quand il eut fini son histoire, je lui racontai la mienne sans qu'il m'interrompît, signe d'une grande empathie, en contradiction avec ceux qui, plus égocentriques, coupent la parole sans arrêt. J'eus toute ma vie beaucoup de mal à tisser des liens avec ce genre de personnes d'ailleurs. Je lui racontai donc l'histoire du soldat allemand, sa mort tragique devant mes concitoyens, mon expédition en Allemagne pour rencontrer sa fille, sa fuite aux Canaries ainsi que mon enrôlement dans la marine. Ses yeux s'éclaircirent subitement lorsqu'il fit un parallèle entre mon histoire et notre traversée. Je touchais le point sensible de cet homme passionné, son côté romanesque. Il me proposa naturellement son aide pour retrouver Catherine Schäfer dès le lendemain. Nous disposions de quelques jours de repos avant de reprendre la mer dans le sens inverse, ce qui nous laissait largement le temps d'investiguer sur le terrain. C'est ce que nous fîmes en sortant du bateau, dès les premières lueurs du jour le lendemain.

« Par où on commence ? demandai-je, curieux de savoir où les recherches allaient nous mener.

— Par l'*ayuntamiento*, répondit Martín sur un ton si évident que j'en fus gêné.

— La quoi ?

— L'*ayuntamiento*, la mairie en espagnol. Allons-y, c'est par là. »

Nous marchâmes dans le port rempli de mouettes qui s'envolaient à notre approche, au milieu des manutentionnaires qui s'affairaient à décharger les bateaux. Ils chantaient fort eux aussi pour se donner du courage. Cette technique devait être universelle. À l'horizon, les prémices de la ville étalaient leurs bâtisses singulières, aux couleurs différentes d'un voisin à l'autre. Sur les façades cohabitaient une multitude de teintes, tantôt mauve, tantôt jaune, tantôt rouge, tantôt bleu, comme si la couleur du bâtiment représentait une sorte de statut social dont les habitants affichaient ostensiblement les signes extérieurs. *Curieuse coutume*, pensai-je, sans savoir s'il s'agissait véritablement d'une affaire de richesse. À l'extrême limite de la ville, deux immenses montagnes surplombaient tout le paysage, exhibant crânement la suprématie de la nature sur l'homme.

« Ces montagnes que tu vois au loin, c'est le quartier de La Isleta, dit Martín en sentant mon étonnement. Il y a plusieurs quartiers à Las Palmas. Vegueta, Mesa y Lopez, Las Canteras, Guanarteme sont les plus connus. Chaque quartier a son histoire et ses habitudes. À Vegueta, par exemple, Christophe Colomb a fait construire sa maison en faisant escale aux Canaries lorsqu'il a découvert l'Amérique. Las Canteras, c'est le quartier de la plage.

— Et La Isleta ? demandai-je intrigué.

— C'est un quartier dangereux… Il vaut mieux ne pas s'y attarder. »

Martín se tut subitement et continua à marcher, les yeux pensifs. Il me cachait quelque chose mais, par respect pour mon ami, je ne voulus pas en savoir davantage. Nous nous engouffrâmes dans les rues de la ville grouillante de vie, passâmes à côté d'un marché qui sentait bon le poisson. Nous nous arrêtâmes enfin devant un bâtiment ancien, dont l'architecture était inspirée des monuments européens.

« On est arrivés », déclara Martín, redevenu subitement joyeux.

Cet homme jonglait avec les états émotionnels comme un artiste avec ses quilles. Il passait du sourire à la colère en une fraction de seconde, du dépit à l'enthousiasme, du rire aux larmes, tout ceci avec une facilité déconcertante qui me laissait pantois. Martín constituait un mystère dont je tentais patiemment de percer les secrets. Mélange de joie de vivre qu'il ne pouvait contenir et de mélancolie soudaine qui le submergeait, l'homme semblait profondément marqué par son histoire chaotique, blessé à vif au plus profond de son être.

Nous entrâmes dans le bâtiment et nous approchâmes du comptoir d'accueil. Une vieille dame semblait s'y ennuyer. Lorsqu'elle nous vit, un grand sourire éclaira son visage. *Chaleureux accueil*, pensai-je. Martín la salua aimablement et entama une conversation dans laquelle je compris quelques mots proches de ma langue natale. N'ayant rien de particulier contre les Allemands, je dus néanmoins admettre que la langue de Cervantès disposait d'une mélodie plus harmonieuse que celle de Goethe. Je prenais du plaisir à l'écouter malgré l'incompréhension. La vieille dame, intriguée par notre histoire, disparut derrière le comptoir d'accueil et revint quelques minutes plus tard accompagnée d'un homme qui nous fit signe de nous asseoir dans son bureau. Martín recommença sa conversation dont je ne comprenais pas la moitié des mots. L'homme, assis en face de nous, l'écoutait attentivement sans lui couper la parole et me lançait parfois des regards pleins de compassion, comme s'il avait compris l'intérêt profondément humain de ma démarche. Lorsque Martín finit de parler, l'homme, visiblement ému, se gratta le menton quelques secondes et nous demanda de l'attendre afin qu'il puisse vérifier le registre d'état-civil de la mairie, ainsi que celui des ressortissants étrangers venus s'installer sur l'île. L'excitation de toucher enfin au but, après de longues années d'attente, montait en moi comme un fleuve en crue déborde sur le rivage. Dans le regard de mon ami, une lueur d'espoir s'animait elle aussi. L'attente fut interminable. Je fis les cent pas dans toute la pièce, rebondissant comme une balle imaginaire d'un mur à l'autre. L'homme reparut, le visage fermé et l'air gêné. Je compris qu'il revenait bredouille. Il s'excusa et nous souhaita bonne chance dans nos recherches. Nous sortîmes de l'immeuble la mine défaite, tristes.

« Qu'est-ce qu'on fait, maintenant ? demandai-je à Martín.

— On va manger, sourit-il. Ensuite, on ira demander aux gens dans la rue si, à tout hasard, ils n'ont pas croisé la petite fille de la photo.

— On n'a aucune chance », déclarai-je, nostalgique.

Il me regarda d'un air sombre, ses yeux me firent immédiatement regretter mes paroles prononcées à la hâte, sans réfléchir.

« Si on n'a aucune chance, on rentre sur le bateau et point final. Tu expliqueras à l'adolescent au fond de toi que tu n'es pas parvenu à voir la fille du soldat. Moi, je m'en fous, ce n'est pas mon problème. »

Il traversa la rue sans m'attendre.

« Martín, attends ! » criai-je, désespéré.

Il se retourna et fit volte-face, de l'autre côté de la rue.

« Qu'est-ce qu'il y a ?

— Excuse-moi. Je suis d'accord pour montrer la photo dans la rue, c'est une bonne idée. »

Il retraversa la rue et se planta devant moi.

« Nous avons perdu une bataille mais nous n'avons pas perdu la guerre, déclara-t-il solennellement, avec une certitude dans le regard qui me glaça le sang. Si j'avais baissé les bras le jour où les Franquistes ont fusillé mon père devant mes yeux, je serais mort à l'heure qu'il est, tu m'entends ?

— Oui, répondis-je timidement.

— Alors, fini de pleurer, allons retrouver ton Allemande. »

Le mystère de Martín commençait à se dévoiler peu à peu. La blessure que recelait cet homme paraissait abyssale. Mais, dans ce gouffre psychologique sans fond, il n'y avait nulle place pour le renoncement. Il décupla ma force et je redoublai d'efforts pour ne pas perdre espoir.

Cet après-midi-là, nous marchâmes des heures durant à travers la ville, montrant la photo de la jeune fille aux passants que nous rencontrions au hasard sur le chemin. Certains s'arrêtaient pour écouter notre histoire. D'autres, trop occupés par leurs soucis quotidiens, ne daignaient même pas stopper leur course folle. Tous nous répondirent d'une manière ou d'une autre par la négative. Personne n'avait aperçu Catherine Schäfer.

* * *

Au bout de quelques jours de recherche, et malgré l'espoir qui ne s'éteignait pas, nous nous allongeâmes sur le sable de la plage d'Alcaravaneras, éreintés par la marche, les pieds couverts d'ampoules. Alcaravaneras était un quartier aux allures populaires, à la mixité sociale avant-gardiste, situé non loin du port, sur la partie est de la ville. Là se côtoyaient toutes sortes de populations, des marins aux vendeurs ambulants, des bourgeois aux prostituées qui affluaient jour et nuit sur la promenade. Nous nous octroyâmes sur cette plage quelques moments de repos. Le soleil berçait la grève de ses rayons chauds. Nous sombrâmes bientôt dans un sommeil léger, en proie à la confusion de cet état dans lequel les images et les sons se mélangent anarchiquement.

Je distinguai un champ de blé dans lequel Jean le comédien hurlait des ordres au petit colonel suintant de transpiration. À côté d'eux, mon père était étendu dans l'herbe, le visage éteint, un épi de blé dépassant de sa bouche. Ma mère, qui se tenait près de lui, pleurait à chaudes larmes. Jacques était là, lui aussi, et se tenait droit face à moi. Il m'observait avec des yeux pleins de rage et hurlait : *Tout ceci est de ta faute, tout ceci est de ta faute !* Les épis de blé frissonnèrent, balayés par les bourrasques d'un orage qui grondait dans le ciel. C'est alors qu'elle apparut. Mathilde. Le regard blême, nue, elle me dévisageait en avançant vers mon frère. Elle lui prit le bras et l'embrassa. Je tournai la tête en direction de la forêt et aperçus le capitaine qui se grattait la barbe en hurlant cyniquement : *Je t'avais prévenu, petit !* Une boule d'angoisse envahit bientôt ma poitrine, l'oppressant de toute sa force. Je suffoquai. Puis, ce fut l'orage, tonitruant. La foudre s'abattit dans le champ, étendant ses ramifications gorgées d'électricité au-dessus de nos têtes. Tout le monde disparut sauf Mathilde, qui me susurrait des *Reviens, reviens, je t'en supplie* qui me brisèrent le cœur. La pluie tomba ensuite avec force. Mathilde, mélancolique, s'éloigna à travers le champ, ses longues jambes recouvertes d'épis de blé. Je hurlai « Mathilde, Mathilde », avec l'espoir qu'elle se retourne, mais plus rien, tout était noir dorénavant. J'étais perdu dans les limbes de mon inconscient.

Une petite voix chuchota dans le noir « *Holà, holà* », doucement d'abord, puis de plus en plus fort, jusqu'à ce que j'ouvrisse les yeux, effrayé comme un animal chassé. En face de moi se tenait une femme d'une trentaine d'années, aux yeux dont la couleur avait emprunté l'azur du ciel, blonde comme les épis de blé de mon rêve, ses longs cheveux soulevés par les alizés baignant les îles Canaries de leur souffle aux mois les plus chauds. « *Pesadilla, pesadilla* », prononçait-elle, l'air étonné. À côté de moi, Martín se réveilla brusquement lui aussi, plissant les yeux pour filtrer la lumière du soleil. Il se frotta le visage et me traduisit les paroles de la femme qui se tenait devant nous. *Pesadilla* signifiait « cauchemar ». Martín se tourna vers la femme et entama une conversation qu'il s'empressa de me traduire au fur et à mesure.

« Qu'est-ce que vous voulez ? demanda Martín.

— Votre ami a fait un cauchemar, répondit-elle en souriant.

— Oui, et alors, ça arrive, non ? déclara Martín agacé.

— Oui, quand notre esprit est préoccupé.

— Vous voulez quoi au juste ? »

La femme, agressée par l'air désagréable de Martín, se renfrogna subitement. Le sourire qu'elle arborait disparut aussitôt.

« Rien, répondit-elle en s'éloignant sur la plage.

— Putain de drogués ! » déclara Martín en se rallongeant sur le sable.

C'est étrange, quand j'y repense, de me dire qu'à ce moment précis, si je n'avais pas cultivé au fil des années cette intuition qui constituait selon moi ma qualité principale, rien de ce qui allait suivre n'aurait existé. La femme aurait poursuivi sa route en nous méprisant. Je me serais rallongé sur le sable comme mon ami. Fin de l'histoire. Ou le début d'une autre. Convaincu qu'il se passait quelque chose d'étrange, je hurlai *Señora*, un des rares mots que j'avais appris de l'espagnol, en direction de la femme déjà éloignée. Elle se retourna immédiatement et resta figée, nous observant avec l'indifférence de celle qui, blessée dans son amour-propre, ne daignait plus faire d'efforts. Je réveillai Martín qui maugréa dans sa barbe qu'il n'avait pas, et nous partîmes en direction de la femme immobile sur le sable.

« Attendez, madame, dis-je dans un français que Martín traduisit, pardon de vous avoir offensée. Nous sommes fatigués de marcher sous le soleil depuis des jours entiers. Excusez-nous. »

Elle sembla se radoucir, *rancune* ne faisait visiblement pas partie de son vocabulaire.

« Excuses acceptées, annonça-t-elle.

— Qu'est-ce que vous vouliez nous dire, madame ? demandai-je, impatient d'en savoir plus.

— C'est vous qui cherchez l'Allemande ? »

À ses mots, Martín et moi nous regardâmes, stupéfaits de contempler le visage de quelqu'un qui pouvait nous aider.

Sans nous l'avouer, nous avions un peu perdu l'espoir de retrouver Catherine depuis quelques heures.

« Oui, c'est nous ! répondis-je en sentant le feu intérieur reprendre de plus belle. Comment le savez-vous ?

— Vous venez de demander à une de mes... collègues, dirons-nous, si elle n'a pas vu une petite fille allemande, là-bas sur le bord de la plage, dit-elle en désignant du doigt une prostituée légèrement vêtue qui faisait le trottoir.

— Oui, c'est vrai, déclarai-je, le cœur tambourinant dans la poitrine ; vous la connaissez ?

— La prostituée ? Oui, c'est ma collègue.

— Non, je veux dire...

— Je m'appelle María, me coupa-t-elle en nous tendant la main. Je fais le trottoir moi aussi. Vous n'avez rien contre ça ?

— Non, répondîmes-nous en chœur.

— Tant mieux... Moi, je fais ça pour élever mon gosse qui habite à Malaga, sur la *Peninsula*.

— La quoi ? demandai-je niaisement.

— La *Península*, l'Espagne, c'est comme ça que les Canariens l'appellent. En vérité, je suis de Malaga. »

María sourit tristement. Il me sembla que toute la mélancolie du monde s'était donné rendez-vous dans ses yeux, les coins de sa bouche désespérément tirés vers le bas. María semblait meurtrie, abîmée par la rue. La femme voulait se livrer avant de nous éclairer sur l'histoire de l'Allemande. J'eus le respect de m'intéresser à cette malheureuse en proie au désespoir de l'existence, au drame du hasard.

« Pourquoi êtes-vous ici ? demandai-je, intrigué.

— J'ai suivi un homme il y a trois ans, répondit-elle la mort dans l'âme. Il m'avait promis de belles choses, de m'épouser, de faire venir mon petit, d'acheter une maison. Au lieu de ça, il m'a battu et mis dans la rue dès notre arrivée. Et il me surveille. J'ai profité de son absence pour venir vous parler, sinon je ne peux pas. »

Nous ne sûmes pas quoi répondre et nous nous contentâmes de hocher la tête.

« Ça fait trois ans que je n'ai pas vu mon petit garçon. Il s'appelle Manuel, reprit-elle en nous tendant la photo d'un garçon triste.

— Il est très beau, dis-je, attendri.

— Et pour l'Allemande ? demanda Martín qui n'en pouvait plus d'attendre.

— Montrez-moi la photo. »

Je tendis la photo de Catherine à María qui l'examina aussitôt et me la rendit dès qu'elle y eut jeté un coup d'œil.

« C'est bien elle, oui, je la reconnais.

— Où est-ce qu'on peut la voir ? demanda Martín, tremblant d'impatience.

— Sa mère était avec nous, il y a quelque temps… sur le trottoir je veux dire, dit-elle tristement.

— Sur le trottoir ? demandai-je, stupéfait.

— Oui. Elle ne parlait pas très bien l'espagnol, mais c'était une brave femme. Elle nous a dit qu'elle avait fui la guerre en Allemagne. Elle est venue s'installer à Gran Canaria pour oublier la mort de son mari. Elle avait des amis ici mais ils ne l'ont pas aidée. Elle s'est retrouvée sans argent. Alors, pour nourrir sa fillette, elle a commencé à se prostituer.

— Vous avez vu Catherine ? interrogeai-je.

— Oui, une fois ou deux. Quand sa mère ne travaillait pas, elle emmenait sa fille à la plage. C'est là que je l'ai vue. Une fillette magnifique, tout comme mon Manuel… »

Une larme roula sur ses joues bronzées par le soleil. Elle renifla et s'essuya le nez avec un mouchoir.

« Où est-ce qu'on peut la voir, s'il vous plaît ?

— Je ne sais pas, répondit María, elles ont disparu il

y a quelques mois de ça. Depuis, nous n'avons plus de nouvelles. Je crois qu'elles habitaient un petit immeuble de La Isleta, dans les montagnes là-haut, mais je ne sais pas où exactement.

— Et vous n'avez aucune idée d'où elles sont ?

— Non. Sa mère voulait partir quelque part. Mais où, je n'en ai aucune idée…

— Personne ne peut nous renseigner à La Isleta ? demandai-je.

— C'était une femme discrète, qui ne s'occupait que de sa fille, je ne crois pas qu'elle ait beaucoup d'amis là-bas. »

María baissa la tête, dépitée à l'idée de ne pouvoir nous aider davantage. Nous restâmes silencieux quelques secondes, imaginant la fuite de Catherine et de sa mère, le destin tragique auquel elles étaient toutes deux confrontées. Un malheureux hasard s'était abattu sur cette famille. Le père de Catherine, parti à la guerre pour venger son propre père, avait succombé aux blessures infligées par les habitants de mon village, précipitant sa femme et sa fille dans le tourbillon de la vie. J'avais moi-même assisté à sa mort, impuissant. La culpabilité commençait à résonner dans ma tête. Après tout, n'étais-je pas en partie responsable de ce drame moi aussi ? Où commencent et s'arrêtent les frontières de la responsabilité ?

La mère de Catherine n'avait laissé aucune trace autour d'elle, aucun signe, aucun indice quelconque qui puisse nous aiguiller dans une direction, rien. Où étaient-elles à présent ? Étaient-elles encore en vie ? Je n'avais plus aucune certitude, aucune branche à laquelle me raccrocher. Je songeai un instant à abandonner toute cette histoire grotesque, cette incroyable folie qui m'avait emmené dans deux pays étrangers. Quel mystérieux besoin devais-je satisfaire dans cette quête de vérité, d'ailleurs ? Mathilde était loin de moi, seule dans notre maison vide. Je ne savais même pas si ma lettre, postée en accostant à Las Palmas, était arrivée à destination. En vérité, j'étais las de tant de soubresauts intérieurs, de questionnements existentiels depuis ma plus tendre enfance, de cette accumulation de nostalgie et d'angoisse enchevêtrées dans les racines de mon être. N'étais-je finalement qu'un fou à lier dont l'existence tout entière serait animée par cette quête de reconnaissance ? Disposais-je d'un devoir de souffrance plus important que mes acolytes ? María gagnait sa vie, ou la perdait, en vendant son corps, que pouvait-il y avoir de plus dramatique que cette situation ? Martín avait contemplé le visage de son père avant de voir jaillir son sang, fusillé par les soldats du fascisme. *La vie a été respectueuse à mon égard*, pensai-je, *et je ne peux pas lui en tenir rigueur.* Le *Volcan de Timanfaya* levait l'ancre dans la soirée. Il ne nous restait plus que quelques heures pour savourer ces derniers instants de quiétude, de chaleur humaine, de soleil et d'embruns salés. Ensuite, ce serait à nouveau la mer et sa houle capricieuse.

« *¡ Muchas gracias, María !* m'exclamai-je, la remerciant en castillan.

— *Muchas de nadas*, répondit-elle avec malice, pour signifier poliment que ce n'était rien.

— On lève le camp, Martín ?

— Oui, allons-y. »

22

Nous nous levâmes et saluâmes María qui, la mort dans l'âme, nous souhaita bon voyage. Elle partit ensuite en direction du trottoir et se figea à côté de sa collègue, l'air confus, triste, l'image de son petit bonhomme trottant dans sa tête. J'imaginai le petit Manuel privé de sa maman, assis sur sa balançoire, les pieds ballants, la mine défaite. Quelle douleur est plus intense que la disparition subite d'une mère, sinon celle d'un enfant, l'un et l'autre étant intimement liés ? Je repensai à ma mère dansant dans un tourbillon de bulles, aspergeant ses sœurs d'eau savonneuse, embrassant la vie de toutes ses lèvres, dans l'intimité de son lavoir vétuste. Pourquoi le petit Manuel était-il privé du plaisir de contempler l'image de sa mère enivrée par l'existence ? Je m'arrêtai sur le chemin. Martín continua sa marche sans s'apercevoir que je ne le suivais plus.

« Martín ! » m'exclamai-je.

Il stoppa net sa course et se retourna, confus.

« Qu'est-ce qu'il y a ? demanda-t-il, l'air inquiet.

— On ne peut pas laisser faire ça…

— Laisser faire quoi ?

— Tu sais bien… María…

— Quoi, María ?

— On ne peut pas la laisser comme ça, elle va mourir ici », déclarai-je en pensant à son enfant qui l'attendait.

Martín prit un air dépité, comme s'il commençait à entrevoir par la lorgnette d'une serrure les fondations de mon plan improvisé à la hâte. Il s'approcha de moi, l'air menaçant.

« On ne peut rien faire pour elle, Paul, rien, tu m'entends ? !

— Et son gosse à Malaga, tu y penses ?

— Non, et je préfère ne pas y penser ! Ce n'est pas ton problème, mon vieux, tu ne peux pas résoudre les problèmes de tout le monde ; la vie est comme ça, elle est dure, elle l'est pour moi, elle l'est pour toi, elle l'est pour María, elle l'est pour tout le monde ! Donc, la meilleure chose que tu aies à faire maintenant, c'est de marcher jusqu'à ce putain de bateau et de penser à ta femme qui t'attend à Bordeaux !

— Je ne peux pas, déclarai-je.

— Si, tu peux, Paul ! hurla Martín, excédé. C'est fini mon vieux, tu as fait de ton mieux pour retrouver l'Allemande, tu as fait tout ce que tu as pu et tu dois être fier de toi ! Mais c'est la fin de l'histoire…

— Tu affirmais le contraire il y a quelques jours… Tu disais que rien n'est jamais fini…

— Je disais ça pour t'encourager, Paul, rien de plus. S'il te plaît, fais-moi confiance, il n'y a rien de bon pour nous si tu retournes là-bas.

— Je ne peux pas laisser faire ça », déclarai-je, plus déterminé que jamais.

Martín me dévisagea, l'air sévère. Ses yeux, plongés dans les miens, semblaient dire : *Ne fais pas ça, je t'en supplie, pense à toi, à ta femme, à ta famille, à n'importe qui, je m'en fiche, mais ne fais pas ça.* Nous restâmes quelques secondes figés face à face, immobiles. Les passants nous jetèrent un coup d'œil furtif avant de s'éclipser sur la pointe des pieds, prédisant un éventuel pugilat auquel ils ne voulaient pas se retrouver confrontés. Au bout de quelques secondes, lorsque Martín comprit que je ne reculerais pas, ses traits s'adoucirent. Le combat de coqs entre la raison et le cœur avait tourné à mon avantage. Il se frotta la tête et souffla un grand coup.

« D'accord, c'est quoi ton plan ? demanda-t-il résigné.

— Ramener María en France avec nous, déclarai-je en souriant.

— Comment ?

— Sur le bateau. »

Martín n'en crut pas ses oreilles. Il resta bouche bée, ne sachant par quel argument commencer pour me faire retrouver la raison. Une infinité d'arguments étaient plausibles, mais aucun ne serait assez fort pour me faire capituler.

« Tu es complètement fou, dit-il, désespéré.

— Je sais.

— Le capitaine ne te laissera jamais monter à bord avec une prostituée.

— On n'est pas obligé de lui dire, répondis-je, impassible.

— Ah non ? Et tu vas lui dire quoi, monsieur Je-sais-tout ?

— Je ne sais pas. J'improviserai.

— Tu vas vraiment le faire ?

— Oui, répondis-je. Je ne peux pas la laisser là. Elle m'a aidé sans y être obligée. Sans elle, nous serions toujours en train de rechercher Catherine. Je lui dois quelque chose.

— Tu ne lui dois rien du tout, vociféra Martín.

— Si, je dois l'aider à mon tour à retrouver son petit.

— Tu as complètement perdu la tête.

— Oui », répondis-je en souriant.

Je rebroussai chemin et m'engouffrai à travers les rues de la ville. Martín me suppliait d'être raisonnable, de renoncer à cette idée folle. Je volais au-dessus des pavés, exalté à l'idée de venir en aide à une âme en détresse, le cœur tambourinant dans ma poitrine. Mon corps semblait possédé par une mystérieuse force. Je mesurais à quel point le sentiment d'aider les autres me rendait vivant. Malgré ses efforts, Martín comprit qu'il ne parviendrait plus à me faire rebrousser chemin. Je l'entendis maugréer « Oh et puis merde », et le vis m'emboîter le pas, déterminé lui aussi. Mon ami saisit tout l'enjeu de cette quête, plongeant dans le bain fumant du don de soi. *C'est étrange à quel point les hommes sont manipulables*, pensai-je en le voyant changer d'avis, comme si la certitude et la persévérance d'un être pouvaient éclabousser le scepticisme des autres, les recouvrant de toute son énergie, annihilant les doutes. Nous arrivâmes bientôt à proximité de la plage et vîmes au loin María s'entretenir avec un homme, l'air désespéré. Nous longeâmes la grève en prenant soin de ne pas nous faire repérer par l'homme qui semblait agité, excité à l'idée de découvrir le corps nu de l'Andalouse, cette mère qui tentait désespérément de ne pas penser à son fils lorsqu'on la pénétrait. Nous observâmes le couple traverser la rue et s'engouffrer dans une bâtisse sombre. L'homme se frottait les mains. María maudissait de toutes ses forces le mâle qui, bientôt, pénétrerait son intimité sans vergogne.

« Qu'est-ce qu'on fait ? s'écria Martín.

— On improvise », répondis-je, avide de venir en aide à María.

Nous courûmes en direction de l'immeuble, le cœur serré d'angoisse, les veines glacées d'effroi. J'espérai que l'homme n'opposerait pas de résistance, raisonné par l'humanité de notre démarche. Je songeai à ce que deviendrait ma vie si les choses tournaient mal. Mathilde. Ma mère. Je ne les reverrais plus. Nous entrâmes dans le vestibule de l'immeuble. María et l'homme s'y trouvaient, en grande discussion avec la tenancière, une vieille dame aux allures bourgeoises, enrichie par le malheur des autres femmes. Ils se tournèrent tous dans notre direction, surpris.

« Police ! Personne ne bouge ! » hurla Martín en espagnol dans un éclair de génie.

Le visage de l'homme se décomposa, envahi par la honte d'être démasqué. Ses vices s'affichaient soudain au grand jour, devant l'autorité qui n'en était pas une. Il leva les mains et plaqua son corps contre le sol, comme un petit garçon qui se confesse devant ses parents, lassé de mentir.

« Pardon, excusez-moi, je ne voulais pas, supplia l'homme.

— Écartez-vous, hurla Martín, possédé par son personnage.

— Montrez-moi votre plaque ! s'écria la vieille dame qui, habituée aux descentes policières, se dressa devant nous.

— Un instant, balbutia Martín en faisant mine de chercher dans ses vêtements. Paul, embarque la prostituée !

— Oui, chef ! »

Je m'approchai de María et la saisis violemment par le bras. La tenancière comprit que les ordres adressés par Martín étaient en français, ce qui lui parut étrange pour des policiers espagnols.

« Suivez-moi, vous ! » dis-je avec autorité.

María s'exécuta sans opposer de résistance. Je la tirai par le bras à l'extérieur de l'immeuble. Martín fouillait toujours ses poches et en extirpa un bout de papier qu'il tendit à la vieille dame dubitative.

« Voici ma carte, Madame ! Avec les compliments de la police de Las Palmas », s'écria-t-il avant de disparaître dans la nature.

Nous courûmes à toutes enjambées dans les rues de la ville, traversant la route sans regarder, soucieux de rejoindre le bateau le plus vite possible. Nous fuîmes le danger, galvanisés par la crainte d'être rattrapés. Un vent de liberté nous soufflait dans les oreilles. *Quelle agréable sensation*, pensai-je, *quelle saveur unique*. Bien qu'essoufflés à cause du manque d'exercice, nous atteignîmes enfin le port. Nous nous réfugiâmes derrière un tas de filets de pêche étendus sur le sol. Martín s'accroupit pour reprendre son souffle. María et moi nous pliâmes en deux, les mains sur les genoux. Nous mîmes quelques minutes avant de respirer à nouveau, nos poitrines soulevées par d'immenses inspirations et expirations. María semblait stupéfaite par notre audace, bien qu'ignorante du sort qui lui était réservé, tout comme nous d'ailleurs.

« Qu'est-ce qu'on fait maintenant? demanda Martín lorsqu'il eut retrouvé un rythme cardiaque normal.

— On l'emmène sur le bateau. Elle rentre avec nous », déclarai-je dans un français que Martín s'empressa de traduire.

María me contempla, les yeux exorbités, avec ce mélange de peur et d'excitation entre lesquelles la frontière est mince. Elle fondit en larmes dans mes bras. Son corps chaud, souillé par tant d'hommes, s'abandonna au creux de mon épaule, son souffle rauque caressant mon cou. Elle murmura un « *Muchas gracias* » qui me réchauffa le cœur. La gratitude est une sensation délicieuse, dont mon âme se nourrissait pour panser les blessures béantes de l'enfance.

Il fallait dorénavant que j'arrivasse à la faire pénétrer dans le bateau, sans quoi tous nos efforts seraient vains. María repartirait vers un futur incertain, ce dont il n'était pas question. La deuxième phase de notre plan improvisé débuta. Nous arrivâmes à proximité du *Volcan de Timanfaya*. Les membres de l'équipage montaient en silence, les uns après les autres, pressés de prendre la mer et de retrouver leurs familles. J'aperçus la silhouette du capitaine en haut de la passerelle, une pipe à la bouche, comptant ses troupes comme un militaire, pressé lui aussi de retrouver son grand large. Il n'y avait aucune possibilité d'entrer sans passer devant lui. Je confrontai mon plan bancal, utopique, à la difficile réalité de la vie et de ses contraintes. Nous restâmes quelques instants à l'abri du champ de vision du capitaine, à l'ombre du bateau. Je me creusai la tête pour trouver une solution. Le capitaine attendait patiemment que tout son équipage sans exception soit entré dans le navire, sans quoi il ne lèverait pas l'ancre.

« On est cuits, déclara Martín. Il n'y a pas de solution, on doit la laisser là.

— J'irai parler au capitaine, déclarai-je, sûr de moi.

— Tu vas perdre ton travail, Paul. Être marin, c'était ton rêve, non ?

— Si je ne la ramène pas, je resterai ici avec elle, répondis-je sans l'entendre.

— Et Mathilde ? demanda Martín, les yeux exorbités.

— Elle comprendra. Je me débrouillerai. Attendez-moi ici.

— Dépêche-toi. Le bateau va bientôt lever l'ancre ! »

Je marchai en direction de la passerelle et m'arrêtai en bas de celle-ci. Le capitaine m'observait, tirant sur sa pipe de grandes bouffées qui se diluaient dans l'air lorsqu'il les recrachait. Je lui fis signe de descendre. Il ne comprit pas et je réitérai mon geste. Il s'arrêta net, intrigué, et dévala une à une les marches en bois de la passerelle.

« Qu'est-ce qui se passe, Vertune ? demanda-t-il en retirant sa pipe de sa bouche.

— Capitaine, vous allez m'assassiner… »

Son visage se renfrogna soudain.

« Pourquoi ?

— Vous vous rappelez ce que vous m'avez dit sur le bateau, capitaine. Que la vie n'est pas toujours facile, qu'on ne fait pas toujours ce qu'on veut ?

— Oui.

— J'ai compris votre message.

— C'est-à-dire ? demanda-t-il, dubitatif.

— La personne que vous voyez là-bas, près de Martín, est une femme qui m'a aidé à retrouver la trace de la famille d'un soldat qui m'a gracié pendant la guerre. Quand il est mort, j'ai trouvé une photo de sa fille près de lui et me suis juré de la retrouver.

— Et vous l'avez vue ? interrogea le capitaine, intéressé par mon histoire.

— Non, dis-je en baissant la tête. J'ai perdu sa trace.

— Quel rapport avec elle ? demanda-t-il en désignant María.

— Elle a côtoyé la femme du soldat sur le trottoir de Las Palmas.

— Vous voulez dire que c'est une prostituée ?

— Oui, mon capitaine. On l'a mise de force dans la rue pour l'exploiter. Elle n'a pas vu son fils depuis trois ans, il est resté en Espagne.

— Que voulez-vous qu'on y fasse ?

— Je veux l'emmener avec nous, capitaine.

— Vous avez perdu la tête, Vertune, on ne prendra personne sur ce bateau ! Laissez-la sur le quai et montez vite, on lève l'ancre dans dix minutes, déclara-t-il froidement en remontant la passerelle.

— Capitaine, je vous en supplie. Si elle ne monte pas, je reste ici. »

L'homme s'arrêta net. Il resta figé quelques secondes, tira une longue bouffée de sa pipe et fit volte-face.

« Vous me menacez, Vertune ? demanda-t-il froidement.

— Non, capitaine. Mais je vous en supplie, aidez-la. »

Il tira une nouvelle bouffée de sa pipe et expira une colonne de fumée, immédiatement balayée par les alizés. Il se tourna ensuite vers Martín et María, les observa quelques secondes avant de plonger ses yeux dans les miens.

« Vous avez foi en l'être humain, n'est-ce pas, Vertune ?

— Oui, capitaine.

— Vous êtes jeune et idéaliste », ricana-t-il.

Il tira une longue bouffée et contempla le foyer fumant de sa pipe.

« J'étais comme vous à l'époque, le cœur plein d'espoir, rempli d'illusions quant à la nature humaine », ricana-t-il à nouveau.

Son visage se renfrogna soudain.

« Et puis un jour, j'ai baissé ma garde. Trois types me sont tombés dessus et m'ont tabassé jusqu'à ce que je ne puisse plus me relever. J'ai failli crever sur un port. Tout ça pour une simple poignée de billets. »

Il caressa le bois de sa pipe, tira une nouvelle bouffée et plongea ses yeux noirs dans les miens.

« L'homme est cruel, Vertune, et la vie est une chienne qui bouffe ses petits lorsqu'elle a faim. Elle ne nous fait jamais de cadeaux, elle n'est pas généreuse. Mieux vaut le comprendre assez tôt pour ne pas finir comme moi. Je n'aime pas la vie, Vertune, et la vie ne m'aime pas non plus.

— Justement, capitaine, je vous offre l'opportunité de vous réconcilier avec elle ! » m'exclamai-je.

Il retira la pipe de sa bouche et fronça les sourcils, dubitatif.

« Me réconcilier avec elle ?

— Oui capitaine, en faisant renaître le jeune homme à l'intérieur de vous. »

L'homme se figea en entier, comme s'il avait contemplé le visage de Méduse, cette créature grecque à la laideur épouvantable qui paralysait ceux qui pénétraient son antre pour la défier du regard. Les traits de son visage s'assombrirent. Je regrettai l'espace d'un instant mes paroles prononcées à la hâte. Ses yeux fixaient un point imaginaire au niveau de ma poitrine, ils étaient perdus dans le vague, plongés dans un souvenir lointain d'enfance, dans lequel les odeurs, les sons et les images se mélangeaient. Le foyer de sa pipe ne fumait plus, une légère odeur de tabac mouillé flottait dans l'air. Il ralluma les braises de tabac éteintes.

« Redevenir un jeune homme, vous dites ?

— Oui, capitaine. Parce qu'un enfant croit en l'humanité. Il n'a pas encore enduré les épreuves tragiques, les coups durs du destin, la cruauté de l'homme. Le petit garçon de cette prostituée est quelque part en Andalousie, seul, et pleure sa mère tous les jours. Si vous aidez María à s'évader d'ici, capitaine, vous rendez un service à l'humanité tout entière, et croyez-moi, cette sensation vaut mieux que toutes les maîtresses du monde réunies. »

Il me fixa des yeux, éberlué par la sincérité de mes propos, la force de caractère de mon âme. Au bout de quelques secondes, il tira une longue bouffée de sa pipe.

« Vous êtes complètement fou, Vertune. Mais j'aime ça. J'ai l'impression de me voir trente ans en arrière. Faites-la monter, mettez-la dans la cabine 308, elle est vide ; je ne veux pas qu'elle sorte une seule seconde pendant toute la traversée, vous m'avez compris ?

— Oui, capitaine.

— Très bien, on lève l'ancre alors.

— Capitaine ?

— Quoi encore, Vertune ?

— Merci… »

23

Nous accostâmes dans le port de Bordeaux deux semaines plus tard. Une légère bruine tombait sur la ville endormie. De fines gouttes s'écrasaient dans les flaques, formant de petits cercles réguliers qui s'agrandissaient avant de disparaître. Le contraste avec les îles Canaries était saisissant. Nul soleil ici, nul océan, nul azur du ciel, comme si nous revenions d'un paradis lointain qu'il nous fallait désormais oublier. Nous avions, en l'espace de quelques jours, relié deux mondes parallèles, deux lieux géographiques si proches et pourtant si différents. C'était ça, la magie de la mer, pensai-je, et du métier de marin par la même occasion.

La traversée s'était opérée sans difficulté, la houle océanique nous avait octroyé quelque répit. María était restée cloîtrée dans sa cabine, pensive, pressée de rejoindre la terre ferme et de retrouver son petit Manuel. J'étais descendu dans sa cabine une fois par jour et lui avait apporté des repas qu'elle avait dévorés immédiatement, profitant de ma présence pour échanger quelques paroles dont le sens m'avait échappé. L'étincelle de la gratitude luisait dans ses yeux. Elle m'avait répété inlassablement, à chaque fois que j'avais ouvert la porte de sa cabine en vérifiant que personne ne m'eusse vu : « *Muchas gracias Paul, usted es un santo.* » J'étais donc un saint homme, canonisé pour l'occasion par la belle María qui, pour la première fois depuis longtemps, ne craignait plus qu'un homme violât son intimité. Dans l'étroitesse de sa prison bercée par la houle, María avait repris goût à la vie.

Quelques marins avaient aperçu María monter dans le navire le jour de notre départ. La rumeur d'une femme à bord avait alimenté les discussions et les fantasmes de ces hommes privés de présence féminine. Mais elle s'était tue le jour où le capitaine avait élevé la voix et expliqué que María n'était qu'une femme de ménage, grimpée à bord du bateau pour nettoyer sa cabine. Un mensonge de plus ne tuerait pas le vieil homme. Les infidélités conjugales, tellement banales dans ce métier itinérant, n'intéressaient personne. L'équipage était retourné vaquer à des occupations plus professionnelles, à mon grand soulagement. Martín, lui, m'avait demandé des nouvelles de notre amie commune de temps à autre, orgueilleux d'avoir participé à sa libération malgré ses réticences initiales. Son coup de génie dans l'hôtel de passe nous avait permis de gagner du temps sans recourir à la violence. Je l'avais félicité. Il avait haussé les épaules comme si ç'avait été évident, avec une fausse modestie qui m'avait fait sourire. En vérité, il jubilait d'être ainsi complimenté.

Nous arrivâmes donc dans le port de Bordeaux. Un troupeau de femmes, avides de retrouver leur mari, était massé sur le quai, agitant les bras pour nous saluer, nous les héros de la mer. Je tentai de discerner dans la foule la silhouette de ma femme, sans succès. Mathilde était sans doute retenue chez madame de Saint-Maixent. Les marins descendirent les uns après les autres, pressés de retrouver leur famille. Nous attendîmes, Martín et moi, qu'il n'y ait plus personne dans le bateau pour nous précipiter à travers les couloirs dans la cabine de María. J'ouvris la porte et nous la trouvâmes recroquevillée sur elle-même, le visage couvert de larmes dégoulinant le long de ses joues. Martín s'accroupit à côté d'elle et lui sourit tristement. Puis, ils parlèrent tous deux dans sa langue.

« María, il est temps de partir, dit-il avec compassion.

— Je ne sais pas où aller, j'ai peur, répondit-elle ivre de tristesse.

— Tu vas venir chez moi. Demain, on achètera un billet de train pour Malaga afin que tu puisses retrouver Manuel.

— Et s'il ne me reconnaît pas ? S'il ne sait pas qui je suis ? demanda-t-elle anxieuse. Je veux retourner à Las Palmas, laissez-moi dans le bateau, je ne veux pas sortir. »

Martín se releva sans dire un mot et frotta sa barbe naissante, dont les poils étaient à peine plus durs qu'un duvet d'adolescent. Il ne savait pas quoi répondre. María semblait bouleversée, en proie aux turpitudes de son imagination qui avaient fait germer en elle la graine du doute quant à cette aventure. Elle se tenait les genoux et se balançait doucement, bercée par le mouvement de son corps frottant le sol froid. La pauvre María, jetée sur le trottoir, n'avait jamais perdu l'espoir de revoir un jour son enfant. Elle le désirait de tout son être, de toutes ses tripes, prête à mourir pour le serrer à nouveau. Mais, alors qu'elle touchait au but, elle ne pouvait pas, elle ne pouvait plus. Quel étrange mécanisme avait fait basculer cette femme dans la peur soudaine de ne plus être à la hauteur pour son fils ?

« María, relevez-vous, murmurai-je. Ne vous inquiétez pas pour votre petit, il vous reconnaîtra. L'odeur d'une mère ne s'oublie pas, croyez-moi. »

María cessa de se balancer et tourna les yeux dans ma direction.

« Vous en êtes sûr ? susurra-t-elle.

— Sûr et certain, répondis-je.

— Je vous crois, Paul. Vous êtes un homme bon, vous savez.

— Merci María. Relevez-vous, maintenant, il faut y aller. »

Je lui tendis la main et l'aidai à se redresser. Nous sortîmes de la cabine et plongeâmes dans l'infini dédale de couloirs dont je connaissais dorénavant les moindres recoins. En sortant à l'air libre, María respira une grande bouffée d'oxygène en fermant les yeux. « *¡ Qué bueno !* » murmura-t-elle. Nous gravîmes ensuite tous trois les marches de la passerelle et nous arrêtâmes sur le plancher des vaches, à l'abri des regards indiscrets. Nulle trace de Mathilde à l'horizon. Peut-être avait-elle oublié l'heure exacte de notre arrivée. Je ne m'inquiétais pas encore. Il me tardait de la voir et de l'embrasser. Mais, avant cela, il me fallait dire au revoir à María.

« C'est ici que nos chemins se séparent, déclarai-je en contemplant le visage de celle que j'avais sauvé de la rue.

— Merci, Paul. Je n'oublierai jamais ce que vous avez fait pour moi. Un jour, je vous rendrai la pareille. »

Elle déposa un baiser sur ma joue. Ses lèvres douces et chaudes me firent frissonner.

« Prenez soin de vous, María, et embrassez votre fils de ma part. Voici mon adresse, n'hésitez pas à m'envoyer quelques photos de lui.

— Avec plaisir, comptez sur moi. Que Dieu vous bénisse, Paul Vertune… »

Je lui tendis une enveloppe dans laquelle était glissé un bout de papier contenant mon adresse postale. Elle le rangea dans sa poche. La gratitude d'une femme dévastée par la rue, anéantie par la violence masculine, s'affichait sur son visage. Elle se tourna vers Martín qui observait la scène, silencieux, ému. Ils partirent tous deux en direction de sa maison, située non loin du port. María me fit un signe de la main, articula un « *Gracias* » du bout des lèvres avant de disparaître au coin de la rue.

L'immense poids de la responsabilité s'écrasa sur les pavés du quai, coulant le long de ses interstices agrandis par les tonneaux de vin. Je me sentais apaisé, en accord avec moi-même. Quelle délicieuse sensation. Il n'y avait plus d'angoisse, plus de craintes, juste le sentiment du devoir accompli, la satisfaction de m'être sacrifié pour María. Et puis, il y avait autre chose.

La veille au soir, lorsque j'avais préparé dans ma cabine l'enveloppe, j'avais voulu en finir avec cette histoire de Catherine Schäfer. Obnubilé par l'Allemande depuis des années, j'avais pris des risques insensés au péril de ma vie, en Allemagne, en Espagne, sans penser aux conséquences de mes actes, aux risques encourus dans cette quête mystique. Les mots du capitaine résonnaient encore dans ma tête : « La vie est une chienne qui bouffe ses petits lorsqu'elle a faim. » Même si je n'en comprenais pas tout à fait la signification, je commençais néanmoins à percevoir l'origine de ces propos. Je voulais tirer un trait sur toute cette histoire et me concentrer sur Mathilde. Nous avions bien des choses à vivre tous les deux. Ma femme me manquait énormément. J'avais donc glissé dans l'enveloppe la photo de Catherine Schäfer. Comme un souvenir de notre rencontre. Lorsque l'image de la fillette avait disparu sous le papier, j'avais dû contenir mes larmes. Un chapitre de mon histoire s'achevait. Il était temps que je rentre à la maison. *Fin de mon premier voyage*, pensai-je, en espérant que tous ne soient pas aussi mouvementés.

Je tournai la tête en direction du navire lorsque je l'aperçus, sous la pluie, les cheveux mouillés, collés à la peau de son visage. Ses habits étaient trempés par l'averse qui succédait au crachin. Elle avait fière allure, ma Mathilde, même dans cette tenue. Sa longue robe épousait parfaitement la silhouette de son corps longiligne. Elle était belle, mélange de soleil et de lune, de nuages et d'étoiles. Je m'approchai d'elle et la pris dans mes bras.

« Je t'aime, Mathilde, déclarai-je en sentant son corps frigorifié.

— Moi aussi, Paul.

— Tu es glacée, rentrons vite à la maison.

— Attends. J'ai quelque chose à te dire.

— Oui ?

— Je suis enceinte. »

Le jour et la nuit ne firent qu'un, la terre et la mer s'enchevêtrèrent dans un silence absolu, les clameurs des marins épris de grand large résonnèrent dans ma tête. Et puis, tout se mélangea. L'annonce de la paternité me cueillit comme on cueille des pâquerettes en été pour en faire des couronnes. Instinctivement, je pensai à mon père et à son traditionnel épi de blé dans la bouche. J'allais à mon tour connaître le grand frisson de la naissance, de l'éducation, de l'amour filial. La vie est une pièce de théâtre que chaque génération se réapproprie en jouant ses personnages différemment, en leur donnant une nouvelle profondeur, dans le but d'améliorer le rythme de la représentation. Parfois, le public se lève et applaudit, séduit par les changements apportés. Parfois, il reste assis, ennuyé par les modifications, préférant l'original à la copie. J'imaginais déjà une pièce de théâtre splendide dans laquelle le personnage à naître jouerait un rôle important. Étais-je préparé à la paternité ? Je serrai fort mon épouse, en imaginant dans son ventre le fruit de notre amour. Nous étions trois désormais.

24

« Sortez-la vite ! s'exclama l'infirmière stressée.
— J'ai mal ! hurla Mathilde.
— C'est bientôt fini, madame, poussez, allez, plus fort !
— Aaaaah ! »

Le jour où la tête de mon enfant jaillit des cuisses de ma femme, je crus tout d'abord que j'allais tourner de l'œil. Dans un mélange d'admiration et de dégoût devant la nature à l'œuvre, je compris d'une certaine manière pourquoi mon père avait prétexté une tâche urgente le jour de ma naissance. Le flot de sang qui s'échappait du vagin de ma femme couvrait le visage de l'enfant dont je ne distinguais pas encore le sexe. L'infirmière saisit le nouveau-né, coupa le cordon ombilical et l'enveloppa dans une serviette blanche immédiatement tachée de rouge.

« C'est une fille, déclara-t-elle, un sourire aux lèvres. Félicitations !
— Merci, répondis-je, troublé par l'annonce.
— Quel est son prénom ?
— Je… Je… balbutiai-je, apeuré par le sang et les pleurs du bébé.
— Jeanne ! s'écria Mathilde. Elle s'appelle Jeanne. »

J'étais confus. Intensément confus, même. La grossesse de Mathilde s'était opérée sans entraves, sans complications.

Son ventre avait gonflé au fur et à mesure de mes départs en mer et de mes retours sur la terre ferme. Je culpabilisais de mon absence durant cette épreuve de force qu'est la grossesse pour une femme, cette traversée au pays des hormones. Mais je n'avais pas le choix, il fallait bien vivre. Mathilde arrêta de travailler les deux derniers mois, désorganisant la routine de madame de Saint-Maixent qui ne lui versa plus de salaire, vexée d'être ainsi délaissée. La bienveillance de la bourgeoise disposait de limites auxquelles ma femme était confrontée, celles de son égocentrisme maladif et de son inaptitude à concevoir le bonheur dans un autre foyer que le sien. Quand on est malheureux, on en devient jaloux.

L'infirmière frotta le petit corps frêle de Jeanne, ôtant les taches de sang qui couraient le long de ses membres et de son visage. Puis elle fit basculer le bébé en pleurs sur une balance pour le peser, l'ausculta à l'aide d'un stéthoscope, lui infligeant la batterie de tests traditionnels pour s'assurer de sa bonne santé.

Lorsqu'elle eut achevé son rituel barbare mais nécessaire, elle enveloppa Jeanne dans une nouvelle serviette et tendit l'enfant à sa mère. Mathilde la saisit, émue, et la berça pour qu'elle se calmât. L'infirmière l'aida à extirper un sein afin que le nouveau-né pût y appliquer ses lèvres. Le silence emplit à nouveau la pièce. Je m'approchai de Mathilde et contemplai le visage de ma fille. Tout était si fin chez elle : ses mains, ses pieds, sa peau, son nez, sa bouche collée au mamelon de Mathilde. Il n'y avait nulle trace de la vie qui corrompt tout, qui déforme les traits de notre visage et mutile notre esprit au gré des souffrances accumulées. C'était le début de tout. Le début de la course à la mort, du compte à rebours inexorable vers ce mystère auquel personne n'échappe, mais que tout le monde tente d'oublier à sa manière. Ma fille n'y échapperait pas elle non plus. Jusqu'alors, l'idée qu'elle puisse souffrir dans ce monde ne m'avait pas même effleuré l'esprit.

« Elle est belle, susurrai-je à Mathilde en caressant sa joue.

— Oui.

— C'est ton portrait craché, elle a les mêmes yeux que toi... »

Mathilde sourit timidement. Nous rentrâmes chez nous le lendemain, accompagnés de notre fille, et l'installâmes dans son lit d'enfant récupéré chez un voisin généreux. Ce n'était pas l'opulence de la demeure bourgeoise de madame de Saint-Maixent, mais les conditions de vie s'étaient améliorées depuis nos propres enfances. Ma fille disposait d'un privilège à sa naissance, celui de l'intimité d'une chambre individuelle. Aucune jalousie néanmoins, bien au contraire, chacun son époque et son lot d'ennuis. Le moins possible pour Jeanne, je l'espérais de tout mon cœur.

Une décennie à peine nous séparait de la guerre. Le monde entier retenait son souffle pour que l'horreur ne se renouvelle pas. Les États-Unis, fidèles à l'idéologie libérale, tentaient d'insuffler à la planète entière leur dogme basé sur les aspérités individuelles, la prise de risques et le profit à tout prix. L'Union soviétique faisait front devant cette absurdité idéologique en affichant haut et fort les valeurs inverses basées sur le collectivisme, le partage et la solidarité. La France, elle, s'engouffrait dans une troisième voie, à mi-chemin entre les deux courants de pensée.

* * *

Contrairement à ses parents ruraux, Jeanne grandit dans le dynamisme d'une cité en plein essor, une ville aux confluents de civilisations lointaines, bercée par le son des sirènes de bateau. Mathilde reprit son travail de femme à tout faire chez madame de Saint-Maixent, qui la réembaucha le jour où notre fille fut en âge d'entrer à la maternelle. Quant à moi, je fus promu sur un navire reliant l'Asie à l'Europe, m'exilant longtemps en mer, souvent plus de quatre mois d'affilée. Les deux femmes de ma vie me saluaient sur le quai du port. Elles pleuraient à chaudes larmes, inconsolables, ce qui me déchirait le cœur. C'était le prix à payer pour que mon rêve continuât d'exister. Quand le bateau accostait dans le port quatre mois plus tard, je les retrouvais, triste de constater que Jeanne grandissait sans m'attendre.

La compagnie m'octroyait deux mois de vacances afin que je profite au maximum de ma famille, rattrapant ainsi le temps perdu, avant de reprendre la route de l'océan et de ses tempêtes. Chaque été, durant la période de vacances estivales, nous partions retrouver nos familles en Bretagne. J'étais enchanté à l'idée que Jeanne découvrît l'environnement dans lequel sa mère et moi avions grandi. Elle coulait des jours heureux sur les plages de notre enfance. Elle riait aux éclats en ramassant les coquillages couverts de vase et écarquillait les yeux lorsqu'elle apercevait un crabe sur la grève. Parfois, caché derrière un arbre dans le jardin de ma ferme natale, j'observais ma fille s'émerveiller des plaisirs simples de la vie. Elle saisissait une pomme tombée sur le sol, l'approchait de ses yeux et tentait de percer le mystère du fruit, au gré de son imagination de fillette que rien n'avait encore corrompu. Derrière mon pommier, je redevenais enfant, ému de retrouver en elle certaines caractéristiques de ma personnalité.

La paternité nous offre une chance de redécouvrir notre passé, de conjurer le sort d'une enfance malheureuse ou de prolonger la volupté d'une enfance dorée. Elle n'est pas un médicament que l'on va chercher dans une pharmacie pour panser ses plaies. Bien au contraire, c'est tout l'inverse. Elle nous offre l'occasion de rajeunir, à condition de ne pas en abuser. Je sautais sur l'occasion pour redevenir un enfant, jouant avec Jeanne des heures durant, imitant les animaux de la jungle, de la banquise et du désert. Jeanne riait aux éclats lorsque j'interprétais le rôle d'un gorille se cognant la poitrine, ou d'un phoque se trémoussant sur le sol glacé de son îlot bleu, d'un rhinocéros fonçant à toute allure dans les pommiers de mon enfance. Enfin, fatigués de jouer sous le soleil, nous nous étalions dans l'herbe face au ciel, son petit corps serré contre le mien.

« Pourquoi le ciel est bleu, papa ? demandait-elle, curieuse comme son père.

— Parce qu'il voulait être ami avec la mer, répondis-je spontanément.

— Pourquoi il voulait être ami avec la mer ?

— Parce que la mer est gentille.

— Elle est gentille avec toi, la mer, papa ?

Oui, sauf quand il y a des tempêtes.

— C'est quoi des tempêtes ?

— Du vent. Beaucoup de vent qui souffle, Jeanne. »

Lorsque son esprit était satisfait de mes réponses, elle se mettait à rêver et s'endormait parfois à l'ombre des arbres du jardin. Je la prenais dans mes bras et la portais jusqu'à son lit, où elle finissait sa sieste paisiblement.

Nous profitions des grandes vacances pour rendre visite à mes frères, mariés eux aussi à des filles du coin, comme l'exigeait implicitement la tradition locale. Pierre et Guy vivaient avec leurs conjointes, non loin de la ferme de mes parents. Ils aidaient toujours mon frère aîné dans l'exploitation du champ de blé. Le progrès technique et l'apparition des moissonneuses-batteuses leur avaient considérablement facilité le travail, et l'existence de surcroît. Fidèles à eux-mêmes jusqu'à la mort, ils ne parlaient pas beaucoup et se contentaient d'acquiescer sans jamais résister, fuyant le conflit comme la peste. Jacques, lui, toujours aussi acharné dans le travail, s'était adouci avec l'âge. Père d'un petit garçon adorable, il conjurait le sort de l'autorité paternelle en chérissant son fils, attentif à ses moindres souhaits, soucieux de lui parler et de l'écouter comme cela n'avait jamais été le cas pour nous. Nos relations s'améliorèrent avec le temps, même si elles n'atteignirent jamais mes espérances, cette fraternité solidaire que nous avions touchée du bout des doigts dans le camion des Allemands, le jour où j'avais rencontré Mathilde.

Enfant, les relations fraternelles me semblaient être des refuges dans lesquels chacun de nous venait puiser de la force, comme l'eau d'un puits que l'on retire minutieusement, en prenant garde de ne jamais l'assécher. Nulle dispute entre frères, nul conflit, c'était impossible. Je pensais que mes frères seraient toujours à mes côtés, qu'ils m'épauleraient dans les turpitudes de la vie, les chagrins d'amour, les trahisons. Mais, la tête pleine d'idéaux, je déchantai vite en constatant l'attitude de ceux-ci devant mon père, plus renfermée, contrastant avec celle de nos courses folles à travers les chemins et les forêts. Je m'étais découragé, à force de subir les violences. J'étais parti. J'avais quitté le cocon familial pour voler de mes propres ailes. Même s'ils se félicitaient tous d'avoir un frère marin, rien ne serait jamais comme avant. Nous nous contentions de passer des journées entières à pêcher la palourde, à pique-niquer sur les plages, à apprendre aux enfants à faire ricocher les cailloux plats sur l'eau.

Le père de Mathilde était là lui aussi, contemplant sa fille et sa petite-fille les yeux remplis d'amour. Que n'aurait-il pas donné pour que sa femme fût encore à ses côtés ?

Enfin, l'agréable parenthèse s'achevait, le mois d'août touchait à sa fin. Nous pliions bagage et rentrions tous les trois en direction de Bordeaux. Jeanne saluait timidement ses grands-parents à travers la vitre du train. Ma mère versait quelques larmes lorsque la locomotive était loin, orpheline d'un enfant qu'elle aurait souhaité garder auprès d'elle.

« Partie, Mamie ! disait Jeanne sans trop comprendre.

— Oui, partie ! répétais-je à ma fille. On la reverra l'an prochain, d'accord ?

— Mamie, elle part tout le temps. Comme toi, papa ! »

Les enfants ont beau n'être que des enfants, ils n'en demeurent pas moins pourvus de bon sens. Et du bon sens, Jeanne en avait à revendre. Elle commençait à comprendre que son père la délaissait, qu'il était obligé de partir sur son bateau *parce que c'était son travail.* Mais que veut dire le mot *travail* pour les enfants ? Pas grand-chose, me semblait-il. J'atteignais les limites de mon rêve de gosse. Même si j'aimais passionnément mon métier, je culpabilisais tous les jours davantage de n'être pas plus présent pour ma fille. Le capitaine de mon premier bateau, fraîchement retraité, m'avait prévenu à l'époque : « Le métier de marin est ingrat, on ne voit pas ses enfants grandir. » Le vieux loup de mer avait raison. J'anticipais déjà les reproches de ma fille quant à mon éloignement cyclique. Mon père m'avait imposé son manque de communication, j'imposais à ma fille un éloignement qui mettait en péril notre relation future. La reproduction n'est pas que sociale ou culturelle, elle peut revêtir bien des formes. Je ne voulais pas choisir, égoïste à l'idée de prolonger le plus longtemps possible cette sensation de liberté.

Je repris donc la mer début septembre et revins en janvier de l'année d'après, le cœur meurtri de constater que Jeanne avait encore grandi, mais avec le sentiment d'être libre comme un poisson dans l'eau. Et puis, il y avait toutes ces rencontres que je faisais au cours de mes voyages. Il me semblait que l'humanité tout entière, malgré ses différences physiques, était une et indivisible. Seul le langage variait. De l'Afrique de l'Ouest à l'Asie, du Moyen-Orient à l'Océanie, les mêmes sourires s'affichaient partout. L'accueil chaleureux des autochtones nous réchauffait le cœur après de longs mois passés en mer. Les jours de permission, nous partions, Martín et moi, visiter les contrées reculées des territoires, parler avec les gens, découvrir leurs us et coutumes. D'une certaine manière, je parachevais les enseignements géographiques de mon instituteur sur le terrain, en mêlant la théorie à la pratique. Monsieur Duquerre aurait été fier de moi.

* * *

À plusieurs reprises, je reçus des nouvelles de María. Chaque année, elle m'envoyait une carte postale sur laquelle elle inscrivait quelques phrases en espagnol que Martín traduisait. À l'intérieur de l'enveloppe, elle glissait également une photo de son fils que je voyais grandir au fil des années. Dans ses courriers, elle n'évoqua jamais la photo de Catherine Schäfer, soucieuse de garder intact le mystère qui flottait autour de l'Allemande.

Cependant, au bout de dix ans, je ne reçus plus rien. Ce que je crus d'abord être un oubli finit par faire naître en moi de l'inquiétude. Je décidai de lui envoyer une lettre pour m'assurer que tout allait bien. L'enveloppe revint quelques semaines plus tard avec une mention apposée en espagnol : « Erreur de destinataire ». Je réitérai l'opération plusieurs fois, croyant à une erreur de la Poste. Après tout, les courriers n'arrivaient pas toujours. Ce fut chaque fois le même résultat, l'enveloppe revenait intacte, avec la même mention. Martín téléphona à la mairie de Malaga qui ne sut nous en dire davantage. La secrétaire au bout du fil nous assura qu'elle mènerait son enquête, mais elle ne nous recontacta plus jamais. María s'était volatilisée dans la nature, sans laisser de traces. Inquiet de cette disparition soudaine, je tentai à plusieurs reprises d'appeler le commissariat. Nous obtînmes même le numéro de téléphone d'un voisin mais ce furent toujours les mêmes paroles, la même rengaine. Personne ne savait où se trouvait María.

Quel étrange mystère recelait cette fuite soudaine? Pourquoi María ne donnait-elle plus aucun signe de vie? Il subsistait dans cette affaire une énigme dont je ne parvenais pas à me satisfaire. J'étais frustré de ne pouvoir mener l'enquête car, les rares moments où la compagnie m'octroyait des vacances, je rattrapais le temps perdu avec Jeanne. Mathilde décelait mon inquiétude grandissante et me rassurait comme elle le pouvait. Mais ses efforts étaient vains. Malgré mon scepticisme, je priais secrètement pour que rien ne soit arrivé à María. Longtemps, lorsque retentissait la sonnette, je marchais dans le couloir avec l'espoir secret d'ouvrir la porte et d'apercevoir le visage de María, son fils Manuel blotti dans ses bras. Je prenais une grande bouffée d'oxygène avant de tourner la poignée. Chaque fois, c'était la même déception. Les années passèrent et je me fis une raison. L'homme oublie vite. De toute évidence, María ne me devait rien. Je l'avais aidée par bonté de cœur, par humanisme, non pour qu'elle me remerciât toute sa vie en retour. Je n'étais le héros de personne. Je n'étais qu'un homme. À quoi bon vouloir révolutionner le monde quand on est incapable de se révolutionner soi-même?

Je n'avais donc plus de nouvelles de María. Avec elle s'effacèrent bon nombre de mes illusions. Nous grandissons tous un jour ou l'autre. À notre rythme. Je grandis moi aussi, grâce à elle, le jour où je compris que le monde n'était pas dessiné à mon image, mais que mon image devait s'adapter au dessin du monde.

25

17 juillet 1965. Un alignement de chiffres et de lettres. Une date quelconque. Pour le commun des mortels, ce jour-là est un jour comme un autre, anodin, sans signification. Rien à signaler non plus dans l'agenda des puissants, hormis peut-être la période de repos estival. Les jours qui passent sont comme des étoiles filantes dans le ciel. L'espace d'un instant, on s'arrête pour les contempler, fasciné par l'étrangeté de leur origine. Puis, quand elles s'évanouissent bientôt, que le spectacle n'est plus assez divertissant, on retourne vaquer à ses occupations, lassé d'admirer leurs traînées enchantées. Le 17 juillet 1965 est pourtant une date importante pour moi. L'une de celles qui bouleverse le cours de notre histoire, qui nous plonge dans un tumulte intérieur, dont on discerne à peine l'ombre naissante.

Trois semaines avant cette date, nous avions franchi le cap de Bonne-Espérance. Un épais brouillard dissimulait les côtes sud-africaines sous son voile blanchâtre, masquant cette terre que nous contemplions d'ordinaire captivés. Il me semblait discerner au loin les portes de l'océan Indien, immenses, sublimes, dressées majestueusement devant le navire, encastrées dans un mur imaginaire, leurs gonds invisibles à l'œil nu. À quelques mètres d'elles, un grincement strident vociféra son ricanement de grand-mère malicieuse, et j'esquissai une moue dégoûtée, comme lorsque le professeur faisait crisser sa craie sur le tableau. Les portes s'ouvrirent sur notre passage, brandissant fièrement leurs armoiries, sur lesquelles Poséidon et sa barbe fougueuse, semblable à celles de mon instituteur et de mon précédent capitaine, agitait son trident vers le ciel, enseignant au monde entier sa suprématie. Dans l'épaisse brume, le dieu de la mer esquissait un sourire espiègle, pour nous souhaiter bonne chance ou nous avertir d'un éventuel danger. Lorsque nous fûmes loin, les portes se refermèrent avec le même fracas et disparurent dans le brouillard.

Nous voguions désormais vers notre destination finale, la belle Saïgon. La météorologie semblait clémente, malgré la pluie qui ne cessait de s'écraser tout autour de nous, mouillant nos corps jusqu'aux os. Sur le pont, les marins glissaient sur le sol humide et juraient à haute voix, soutenant leurs membres endoloris par la chute.

L'entrée dans les eaux de l'océan Indien constituait une affaire sérieuse, soumise à un déluge de règles de sécurité et de comportements à adopter en cas d'urgence. À cet endroit du globe, l'ombre des quarantièmes rugissants planait sur les navires. Nombre d'histoires agrémentaient le mythe de cette zone balayée par les vents les plus puissants de la planète, les déferlantes les plus destructrices, les naufrages d'immenses navires retournés par l'énergie de la houle. L'inattention dans ces eaux se payait très cher. Tous les marins en connaissaient les risques. Nulle place, donc, pour le laxisme, pour l'à-peu-près. La réglementation maritime était là appliquée à la lettre et revérifiée à outrance par le capitaine.

Au fur et à mesure que les côtes africaines disparaissaient à l'horizon, je sentais poindre en chacun d'entre nous une tension grandissante, palpable, comme celle que ressentent les parents d'un enfant qui enlève les petites roulettes de son vélo. Une solidarité fraternelle se mettait dès lors en place entre les marins. Chaque fois que le capitaine annonçait l'approche d'une tempête, tout le monde courait partout, vérifiant la carlingue du bateau, les moteurs, la cargaison, revérifiant frénétiquement chacune des règles de sécurité. Le laxiste de la veille devenait subitement le maniaque d'alors.

Les cadres de la compagnie, confortablement assis dans leurs fauteuils en cuir à l'autre bout de la planète, appelaient sans arrêt le capitaine, l'inondant de questions quant à l'état de la cargaison, le harcelant d'instructions pour que le bateau arrivât plus vite. Dans tout ce flot de paroles méprisantes, *nulle préoccupation pour la santé de l'équipage*, comme le soulignait le capitaine avec ironie. Les délais commerciaux étaient plus importants que les êtres humains qui, de toute évidence, ne leur importaient guère. Nous n'étions pour eux que des pions sur l'échiquier du globe, qu'il fallait organiser le mieux possible dans la course effrénée au profit, de simples moyens d'accès à leurs névroses matérialistes.

Malgré tout, l'essentiel s'affichait sous mes yeux, cette coordination de bras musclés, travaillant dans l'ombre comme des fourmis. J'aimais cet océan malgré les risques encourus, cette étendue marine pleine de mystères et de dangers, forçant les individus à se serrer les coudes, à être solidaires comme jamais ils ne l'étaient dans d'autres circonstances.

Enfin, lorsque les côtes asiatiques apparaissaient au large, la tension desserrait peu à peu son étreinte. Nous redevenions des hommes, dont les aspérités individuelles prenaient à nouveau le dessus sur les élans solidaires.

* * *

Le 17 juillet 1965, donc, le capitaine fit retentir dans son vaisseau les sirènes annonçant un rassemblement général sur le pont. Nous naviguions depuis trois semaines sur les eaux agitées de l'océan Indien et, coupés du monde terrestre, il nous tardait d'apercevoir enfin les côtes asiatiques. Certains d'entre nous, frustrés par la traversée et son quotidien privé de femmes, projetaient ouvertement de rendre visite aux prostituées vietnamiennes. Une vanité dont je ne discernais pas bien l'origine se dégageait de leurs propos, comme si les pauvres femmes eussent été des trophées de chasse qu'il convenait d'accrocher au mur. La sirène du navire me tira brusquement d'une profonde rêverie. Martín, avec lequel je partageais la chambrée depuis une dizaine d'années, posa le livre dans lequel il était plongé, se leva et contempla la mer à travers le hublot.

« La mer est calme, déclara-t-il d'un air absent.

— Et les nuages ? demandai-je avec l'expérience d'un jeune loup de mer.

— Il n'y en a pas. La nuit ne va pas tarder à tomber.

— Tout va bien alors, juste un rassemblement de contrôle…

— Je ne sais pas, répondit Martín, sceptique.

— Comment ça ? demandai-je, intrigué.

— J'ai un pressentiment bizarre.

— Tu es devenu médium ? plaisantai-je.

— Je sens que quelque chose se prépare. Mets-toi en tenue, on grimpe. »

Je ne répondis pas. Martín parlait sur un ton neutre, beaucoup trop monocorde pour lui. L'Espagnol, qui d'ordinaire ne pouvait s'empêcher de gesticuler dans tous les sens lorsqu'il s'exprimait, demeurait sérieux près du hublot. Il semblait préoccupé. Je ne voulus pas creuser davantage. Nous revêtîmes nos tenues et nous engouffrâmes tous deux dans les couloirs du navire.

Le chaos régnait. Tout le monde courait à droite et à gauche. Des embouteillages se formaient dans les escaliers d'accès à l'étage supérieur. J'interrogeai au hasard dans la foule quelques matelots qui ne surent m'en dire davantage. Personne n'était au courant de rien. Étrange, pensai-je. Nous gravîmes l'échelle et nous retrouvâmes tous ensemble à la suivante. Nous réitérâmes à trois reprises le même ballet et finîmes par émerger à l'air libre. Dehors, la chaleur était épouvantable. L'impression d'être subitement plongé dans un four me fit suffoquer. À côté de moi, Martín semblait toujours aussi préoccupé. *À quoi peut-il penser ?* Tout autour de nous, les marins s'agitaient sans comprendre. Nous entendîmes soudain des cris provenant de l'autre côté du bateau. L'un des marins longea le couloir menant au pont, contourna la passerelle et revint quelques instants plus tard, le visage blanc comme un linge.

« Venez voir ! » hurla-t-il.

Nous longeâmes tous ensemble le couloir, excité à l'idée de découvrir ce qui se cachait de l'autre côté du bateau. Quelques mètres plus loin, lorsque nous eûmes contourné la passerelle, je notai la présence d'un attroupement sur la partie la plus vaste du pont, celle qui offrait une vue quasi panoramique du navire. Tout l'équipage était réuni là, les doigts pointés vers l'horizon. Je levai à mon tour les yeux au ciel. Ce que je découvris ce 17 juillet 1965 esquissa dans ma mémoire les contours d'une toile qui ne s'effacerait jamais.

Dans la lumière faiblissante du crépuscule, je distinguai le spectacle d'une nature époustouflante, décomplexée. Haut dans le ciel scintillait un pâle quartier de ma lune. Sa lumière blanchâtre se reflétait sur l'eau, décorant la mer de milliards de ridules scintillantes. *Grandiose*, vous dis-je. Mais le centre de toutes les attentions, ce n'était pas la lune. Bien au contraire. À l'horizon, d'immenses nuages s'amoncelaient dans le ciel, formant des spirales de mort qui grimpaient vers les étoiles. Les gigantesques trompes ainsi formées semblaient aspirer l'océan tout entier, pillant la mer de sa ressource principale, pompant l'eau qui s'envolait vers le ciel. Ce qui me paraissait étrange, c'était cette surprenante démarcation entre ténèbres et clarté, cette ligne qui s'étalait au-dessus de l'horizon, comme si la nature, dans sa grande bonté, nous imposait une limite à ne pas franchir, à nous, les petits hommes qui transgressions sans arrêt ses règles. L'avertissement semblait clair. Si nous franchissions la limite, nous serions aspirés par le chaos, confrontés à des éléments déchaînés, à nos risques et périls.

De longs éclairs chargés d'électricité déchiraient le ciel et léchaient la mer. Le grondement de leurs sons nous parvenait quelques secondes plus tard, comme le bruit d'un tambour à la peau tendue, annonciateur d'une mise à mort imminente. *Quelle extravagance,* me dis-je, *quelle beauté dans le chaos, quel décor surréaliste.* Subrepticement, j'imaginai le navire s'engouffrer dans la tempête, balayé par les vents en furie et la pluie torrentielle. N'étais-je pas devenu marin pour fuir la banalité du quotidien, pour vivre d'intenses expériences ? Nous n'avions plus d'autres choix possibles. Il était trop tard pour faire machine arrière. Le navire fonçait tout droit vers la catastrophe ou la gloire. J'en frissonnai d'avance. Nous entendîmes bientôt d'autres éclats de voix.

« On va crever ! s'exclama un marin.

— Mais non, ce n'est qu'un orage, déclara un autre.

— Mon Dieu, ayez pitié de nous.

— Arrêtez un peu de pleurer, bande de chiffes molles !

— On va traverser, ça va secouer ! »

L'humanité dans toute sa splendeur s'affichait sous mes yeux. Quand vient l'heure du danger, les hommes se livrent, sans peur du qu'en-dira-t-on.

Le capitaine se fraya un passage à travers la foule, poussant ses matelots les uns après les autres, invectivant ses hommes à tout-va. Quand il fut aux premières loges, il s'arrêta quelques secondes, époustouflé lui aussi malgré son expérience.

« C'est un ouragan, déclara-t-il, serein mais terrorisé.

— Un ouragan, capitaine ? répéta une voix étonnée par l'annonce.

— Oui. Ils l'avaient annoncé loin d'ici à la radio il y a quelques jours. Ils se sont trompés. Ces abrutis de la compagnie. Je les hais.

— On fait quoi, capitaine ? demandai-je.

— On prie », répondit-il en fixant le large.

Il se tourna vers la foule de matelots qui contemplait l'horizon.

« Messieurs, voici le moment que vous attendez tous depuis votre arrivée dans la marine, hurla-t-il en pointant le ciel du doigt, je vous présente un ouragan. C'est rare d'en affronter un, car normalement, les radios anticipent ce genre de choses, mais comme notre compagnie est farcie de trous du cul, on va devoir passer à travers ! Sachez, messieurs, que c'est un honneur que la nature nous offre, alors sachons la remercier comme il se doit ! »

Quelques cris de joie se firent entendre, rapidement noyés par le scepticisme des matelots.

« Branle-bas de combat, hurla de plus belle le capitaine. Je veux tout le monde à son poste, personne sur le pont, jamais ! Dans quelques heures ce sera la guerre ici même ; verrouillez toutes les portes d'accès au pont. Ne mangez pas parce que vous vomirez vos tripes, ce serait du gaspillage ! Ne dormez pas, vous n'y arriverez jamais de toute façon ! Ne pissez pas, vous vous ferez dessus naturellement ! Ne pensez qu'à une chose : en arrivant à Saïgon, la compagnie paiera l'intégralité des dépenses aux putes de l'équipage ! Et encore une chose… ce fut un honneur de naviguer avec vous, mes chers matelots. »

Les mots du capitaine n'auguraient rien de bon. Le son rauque de l'orage qui s'approchait résonna bruyamment, faisant sursauter l'équipage qui redoubla d'efforts pour se mettre rapidement en position. Ma demi-lune souriait toujours dans le ciel. Je lui fis un clin d'œil avant de disparaître dans ce qui serait peut-être mon tombeau, priant pour qu'elle m'entende et nous épargne. Je pensai à Jeanne, cette fillette que je négligeais depuis sa naissance, à Mathilde, cette épouse délaissée par mon rêve de gosse, à María, dont je n'avais plus de nouvelles, à Catherine Schäfer, cette gamine qui n'en était plus une, à Jean, qui perçait dans la comédie à Paris, à ma mère, à mes frères. J'espérai les revoir. De tout mon cœur.

26

Les éléments naturels sont capricieux. Parfois, lorsque la rancune qu'ils accumulent à notre égard devient paroxystique, ils s'allient tous ensemble pour nous faire comprendre que nous ne sommes que des locataires, des oiseaux de passage. En vérité, eux seuls sont les véritables propriétaires. L'homme, s'abandonnant à la vanité, néglige parfois le contrat de bail en oubliant de verser son loyer. Cette nuit-là, sur le navire, nous payâmes tous les loyers en retard de l'humanité. Nous fûmes soumis à une nature rancunière, meurtrière, sans aucun scrupule.

Quelques minutes après avoir pénétré dans le couloir, nous sentîmes les premières ondulations de houle caresser la ferraille du navire. La pluie se mit à tomber, doucement au début, puis, au fil des minutes qui s'égrenaient, de plus en plus violemment. Le bruit du vent s'immisça en sifflant dans les brèches du géant des mers, comme les jours de tempête lorsqu'il soulève les tuiles. Le tonnerre résonnait au loin et se rapprochait inexorablement. L'équipage du navire courait dans tous les sens. Certains marins hurlaient de joie à l'idée de traverser la tempête. D'autres, peureux, semblaient inquiets et ne disaient mot.

Les ondulations de houle se firent plus brusques. Le bruit du vent s'intensifia dans les couloirs du navire. Nous descendîmes dans les soutes pour vérifier la marchandise, bringuebalée par les mouvements d'eau. Tout semblait en ordre. Nous remontâmes les couloirs en direction de la passerelle, en nous cramponnant aux poignées de porte pour avancer. Où était Martín ? Nulle part je ne le voyais, ni dans les soutes, ni dans les couloirs, ni où que ce soit. L'Espagnol m'inquiétait depuis quelques heures, il semblait perturbé par une idée qu'il s'était mis en tête. Quel pressentiment pouvait bien tourmenter ainsi ses pensées ? Ce n'était qu'une tempête après tout, une grosse tempête, certes, mais rien de plus.

Le bateau tangua plus violemment cette fois-là. Il entrait de plein fouet dans la zone de turbulences et les secousses se firent plus vives. Inquiet de l'absence de mon ami, je descendis à nouveau les couloirs en direction de ma cabine, afin de m'assurer que Martín n'y était pas. J'avançais péniblement, bloqué par les secousses du navire, stagnant dans le vide en cherchant mon équilibre. Je détestais ces mouvements de houle qui perturbaient notre stabilité dans les couloirs. J'entrai dans ma cabine. Martín était assis sur son lit, les yeux tournés vers le sol, perdu dans ses pensées. Il resta figé dans cette position et ne tourna pas la tête lorsqu'il sentit ma présence. L'Espagnol m'inquiétait affreusement depuis tout à l'heure. Je m'assis à côté de mon meilleur ami.

« Tout va bien, mon vieux ? demandai-je, inquiet.

— Je vais crever, Paul, répondit-il calmement.

— Arrête tes conneries, ce n'est qu'une tempête, rien de plus…

— Non. Tu ne comprends pas. C'est le jugement dernier.

— Le jugement dernier ? demandai-je, à la fois intrigué par son mysticisme et effrayé par l'assurance de son ton.

— Oui.

— Mais explique-toi, merde. Qu'est-ce qui se passe ?

— Ce bateau sent la mort, Paul, répondit-il avec une sérénité qui me glaça le sang ; la même mort que j'ai sentie dans les yeux de mon père lorsqu'il s'est effondré devant moi, la poitrine criblée de balles. Je la renifle, elle est là, tout autour de nous, elle nous guette. »

Je sentis un soubresaut dans ma poitrine. Mon rythme cardiaque ralentit, paralysé par la terreur qui gagnait du terrain dans mes membres, mon cou, mon tronc, partout. J'étais incapable de reprendre la parole pour l'interroger sur l'origine de cette pensée funeste.

« Tu sais, Paul, reprit-il sur le même ton monocorde, tu es mon meilleur ami. Le jour où je t'ai rencontré, j'ai tout de suite senti que tu étais différent des autres. C'est ce qui m'a rapproché de toi. Et puis, il y a eu María. Tu l'as sauvée.

— On l'a sauvée tous les deux…

— Non. Je n'étais pas d'accord au début. Sans toi, elle serait encore là-bas, à errer sur les trottoirs.

— Tu m'as poussé à continuer les recherches, répliquai-je ; sans toi, je serais reparti bredouille. La vie est une affaire d'équipe, Martín.

— Peut-être, rétorqua-t-il en souriant. Quoi qu'il en soit, elle est libre maintenant.

— Où veux-tu en venir ?

D'immenses éclairs de lumière s'engouffraient à travers le hublot, inondant la cabine de leur clarté éphémère, immédiatement suivie par le fracas assourdissant de la foudre. Le chaos s'installait peu à peu dehors.

— Nulle part, répliqua Martín en forçant la voix. C'est ici que tout s'arrête, mon ami.

— Mais comment tu peux en être aussi sûr ?

— Carmen me l'a dit…

— Qui est Carmen ? demandai-je sans comprendre.

— Une fille que j'ai rencontrée il y a quelques années…

— Où ?

— En Espagne.

— Je ne comprends rien à ton histoire, Martín ; tu me fais peur, là ! Monte avec moi vers le pont ! Tout de suite !

— Après la mort de mon père, reprit-il sans m'écouter, ma vie était un chaos. Je buvais, je sortais, je couchais avec n'importe qui, j'étais effondré. Ma vie n'avait plus de sens. L'alcool était ma seule distraction, mon seul moment de plaisir. J'oubliais tout. Et puis, un jour, je suis rentré dans ce bar et j'ai rencontré Carmen. »

En prononçant ce prénom, les traits de son visage se détendirent. Je retrouvai peu à peu mon ami, exalté par le souvenir de cette femme.

« Je peux encore sentir son parfum de jasmin, reprit-il en reniflant l'air autour de lui. Nous avons couché ensemble pendant des mois entiers. Je gaspillais toutes mes économies pour être avec elle, étendu sur le matelas, nos deux corps serrés l'un contre l'autre. Sentir sa présence me faisait retrouver le sourire, l'espoir de vivre. Elle était si belle, ma Carmen. Je l'ai demandée en mariage plusieurs fois. Elle me répondait qu'elle appartenait à un autre, elle n'a jamais voulu me dire à qui.

— Je ne comprends pas, Martín. »

Le sourire sur son visage s'effaça brusquement, son corps tout entier se raidit, comme s'il changeait subitement de peau, de caractère, de pensées.

« Cette nuit-là, j'avais loué une chambre d'hôtel pour la nuit entière. Nous avions fait l'amour plusieurs fois. Elle avait fini par s'endormir, avec son odeur de jasmin sur la peau. Je la caressais doucement dans la pénombre. Elle était si belle ma Carmen, j'aurais tout donné pour qu'elle devienne ma femme. Et puis, son visage s'est assombri subitement. Son corps entier s'est raidi, comme un morceau de bois rigide. Ses yeux se sont ouverts, révulsés. Ils étaient blancs comme la neige. Ses mains m'ont pris à la gorge. Elle serrait fort, avec une violence inouïe. Et là, une voix masculine très grave a hurlé plusieurs fois : *Ton âme brûlera dans le chaos de l'océan.* Ce n'était plus Carmen qui parlait, Paul, c'était le diable. J'ai réussi à m'extraire et je suis parti en courant. Je tremblais de peur. »

J'étais stupéfait par son histoire. La tentation de le convaincre que tout ceci n'était qu'un rêve, que les fantômes n'existaient pas, qu'il y avait sûrement une explication rationnelle, me traversa l'esprit, mais je me ravisai soudain. Qui étais-je, après tout, pour douter de ses propos et les remettre en question ? Martín était un écorché vif, un rescapé de la vie.

« Quelques jours plus tard, je suis retourné dans le bar où elle avait ses habitudes, reprit-il, et j'ai demandé à la voir. On m'a répondu qu'il n'y avait jamais eu de Carmen…

— Reprends-toi, Martín, je t'en supplie, l'interrompis-je. Suis-moi !

— Je n'ai jamais compris le sens de ses paroles, reprit-il sans m'écouter. C'est pour ça que je suis entré dans la marine, pour comprendre. Maintenant, j'y suis…

— Tu es où ?

— La vie n'est qu'une illusion, reprit-il triste. Une illusion dans laquelle les amours s'étiolent, les rêves de gosse s'estompent. Les hommes sont cruels, Paul, cruels à en crever. Seules les femmes sont capables d'inverser notre spirale de mort, notre chaos intérieur. Carmen était tout pour moi. Elle me manque. Elle seule pouvait… »

Une violente secousse interrompit son discours et nous projeta violemment sur le sol. J'entendis au loin le grincement de la ferraille se tordant sous la houle déchaînée. Le son strident de la sirène d'alerte résonna dans tout le navire. Dehors, le tonnerre explosa. D'intenses flashs de lumière se succédèrent les uns aux autres, nous déchirant les cornées, les rétines, les pupilles. Une nouvelle secousse balaya la coque métallique. Nous descendîmes à toute allure puis remontâmes une pente infinie sur laquelle notre vaisseau semblât se traîner. Le niveau du sol bascula à quarante-cinq degrés de la proue à la poupe, de la poupe à la proue, nous projetant avec violence sur les lits et les armoires de la cabine.

« C'est le jugement dernier, Paul ! hurla Martín en transe. Ressens sa force, sa puissance, sa… »

Une nouvelle secousse ébranla ce décor penché, plus violente cette fois-ci. Le navire, percuté par une déferlante, se figea sur l'eau. J'eus l'impression que nous reculions. Nous avions juste eu le temps de nous agripper aux poignées des armoires, essayant de nous stabiliser sur le sol, lorsqu'une nouvelle secousse ébroua la structure d'acier. Le bruit de la carlingue qui se tordait sous la pression de la houle et du vent annonçait l'apocalypse, le naufrage imminent. Nous entendîmes des cris d'effroi dans le couloir, des râles de supplication pour que cesse ce cauchemar. L'image de ma mère priant dans sa petite paroisse jaillit dans ma tête. Je m'assis à côté d'elle et priai en silence moi aussi, pour que la vie m'accordât encore quelques années, pour que je pusse embrasser ma fille et ma femme, pour que je m'allongeasse une dernière fois dans le verger de mon enfance, à l'abri de cette furie qui faisait rage dehors.

Nouvelle secousse, nouveau son assourdissant, semblable aux bombes qui martelaient le jardin de ma ferme. Combien de temps allait-on supporter ça ? Une heure, une journée, une semaine ? La notion de temps n'a plus d'importance lorsque l'existence vacille. Seul l'instant présent compte, ce moment que nous fuyons tous d'ordinaire, en préférant nous plonger dans la douce nostalgie du passé ou la stimulante angoisse du futur.

Nouvelle secousse dans le bateau.

« Laissez-moi revoir ma fille, je vous en supplie. »

Nouveau grincement de ferraille, que se passait-il ?

« Dieu, tous les deux, on ne s'est jamais trop parlé, mais je jure d'être présent pour ma famille, j'ai compris la leçon. »

Un mince filet d'eau s'engouffra sous la porte de la cabine. Martín, allongé sur le sol, ne sentit rien. Il semblait amorphe, absent. Je pensai au *Titanic*, cet immense paquebot submergé par la mer, toutes ces personnes plongées dans les eaux glacées de l'Atlantique. *Nous avons au moins la chance de voguer dans des eaux chaudes*, me dis-je en relativisant la situation. Nous eûmes bientôt de l'eau jusqu'aux genoux. Sa température était agréable.

Nouvelle secousse. La sirène d'alerte s'arrêta. À quoi bon continuer d'émettre quand nous voguions tous vers une mort certaine, on ne peut pas lutter contre l'apocalypse.

La foudre retentit. La pluie, le tonnerre, les vagues, le vent, je ne savais plus très bien. Il me sembla que le hublot était submergé, que le bateau s'enfonçait dans l'océan. Mon Dieu, c'était la fin. Il fallait sortir d'ici à tout prix, de toute urgence. Je saisis Martín par le bras, lui envoyai une gifle en plein visage. Il se réveilla brusquement et me sourit.

« On ne peut rien faire, Paul. Le diable me l'a dit », déclara-t-il en transe.

Je le secouai avec rage.

« Tais-toi, par pitié, ferme-la Martín ! » hurlai-je.

J'agrippai son corps tout entier et le traînai de force dans le couloir. L'eau jaillissait de partout. Deux corps flottaient à quelques mètres devant nous. Nous les enjambâmes, horrifiés. Le flot de sang qui s'échappait de leur tête rougissait l'eau et se diluait entre les atomes du liquide.

Nouvelle secousse. Nous reculâmes bruyamment, agrippâmes une poignée de porte, glissant sur le sol mouillé.

« Par ici ! » hurla une voix au fond du couloir.

Je distinguai une silhouette musclée.

« Aidez-nous », criai-je.

L'homme disparut. La solidarité n'était qu'illusoire. Chacun sauvait sa peau comme il le pouvait. Nous avançâmes vers le fond du couloir, grimpâmes à l'échelle ruisselante telle une cascade. Martín glissa, je le rattrapai.

Nouvelle secousse. J'imaginai Mathilde lisant le journal chez madame de Saint-Maixent, Jeanne qui partait à l'école, ma mère frottant les vêtements dans son lavoir, entourée de ses sœurs. Pouvaient-elles imaginer une seule seconde la situation dans laquelle leur homme se retrouvait ?

Nous continuâmes d'avancer tant bien que mal, balayés par les nombreuses secousses et l'eau qui transpirait des pores métalliques du navire.

« À l'aide ! » hurlai-je sans conviction.

Il n'y avait personne dans les couloirs, hormis les cadavres flottants des malheureux qui avaient heurté violemment les murs. Où étaient-ils donc tous passés ?

La nature nous accorda quelques instants de répit. Nulle secousse pendant quelques secondes qui me parurent des heures. Nous en profitâmes pour escalader l'échelle et avancer dans le couloir supérieur. Je reconnus la silhouette musclée de l'homme devant nous. Il tentait de fuir lui aussi. *Fuir où ?* pensai-je. *Comme si, une fois à l'air libre, la partie était gagnée...* En vérité, le pire restait à venir.

« Á l'aide ! hurlai-je une fois de plus en direction de la silhouette.

— Par ici, cria-t-il en se retournant, suivez-moi !

— Où allez-vous ?

— Je... Je... ne sais pas », bredouilla l'homme troublé par ma question.

Nouvelle secousse. Le navire bascula sur le côté cette fois-ci. L'instabilité s'amplifia brusquement, mélange de désordre vertical et horizontal. Martín glissa sur le sol jusqu'au fond du couloir pendant que je m'agrippais à une porte qui s'ouvrit sous la pression de mes doigts. Je tirai de toutes mes forces et me hissai dans la cabine. Nouvelle secousse et nouveau flash de lumière à travers le hublot. Cette partie du bateau n'était pas immergée. Dans la cabine, un homme était allongé sur son lit, recroquevillé sur lui-même, les mains entre ses jambes. Il fut surpris de me voir entrer.

« Debout, criai-je, il faut sortir d'ici ! »

L'homme me fixa avec des yeux interrogateurs.

« Pour aller où ? » demanda-t-il sans que je sache lui répondre.

Je repartis en direction du couloir, laissant là l'individu, seul dans sa petite cabine. Dans le corridor, l'homme à la carrure athlétique avait disparu. Je cherchai désespérément du regard Martín, mais il n'était plus là. À côté de moi, une lampe crépita, suivie bientôt d'une deuxième, puis d'une troisième. La maladie électrique se diffusait comme la peste au Moyen Âge. Les fusibles du navire résistèrent quelques secondes, luttant contre les éléments déchaînés. L'éclairage grésilla. La lumière devint intermittente, stroboscopique. C'en était fini. Le chef des fusibles déposa un genou à terre. Noir absolu. Et nouvelle secousse, pour couronner le tout.

Je réfléchis. Il ne restait qu'une échelle à gravir et un couloir à traverser. Je connaissais le navire par cœur. Et Martín ? Où était-il ? Je hurlai son nom plusieurs fois. Seul le bruit de ferraille qui se déformait sous l'impact de la houle répondit. Martín ou la sortie ? Je choisis mon ami, sans l'ombre d'une hésitation. Je revins sur mes pas en tâtonnant, m'agrippant aux poignées de porte, escaladant tantôt la pente, résistant tantôt à la descente. L'eau s'écoulait d'avant en arrière entre mes jambes, au gré des ondulations de houle. Je hurlai à nouveau son nom. Pas de réponse. Je persistai en agitant les mains autour de moi, comme un aveugle sans canne. J'atteignis enfin l'échelle et appelai mon ami. Toujours rien.

Au moment où je m'apprêtais à descendre, la reine des secousses, du moins l'espérais-je, vint ébranler le navire, me projetant violemment contre le mur, faisant jaillir le sang de mon arcade. Je restai debout, sonné par la violence de l'impact. Mes mains couvrirent mon front ensanglanté. Je continuai à m'époumoner dans l'obscurité : « Martín, Martín, Martín ! » Sans réponse. Je ne voyais rien autour de moi, juste le noir qui envahissait l'espace de son néant. *Jeanne. Mathilde. Aidez-moi, mes amours, je vous en supplie.*

« Réponds-moi, Martín, s'il te plaît, réponds-moi ! hurlai-je terrorisé. Réponds, putain ! »

Mon cœur palpita, submergé d'émotions. Les larmes sur mon visage rejoignirent bientôt leurs cousines océaniques. L'eau s'engouffrait dangereusement à l'étage inférieur. Une descente eut été périlleuse, d'autant plus que les à-coups du navire me balançaient sur les murs sans la moindre douceur. Je ne pouvais plus rien pour mon ami. L'eau montait au niveau de l'échelle, s'engouffrant dans mon étage. Nous allions sombrer. La coque du bateau n'avait pas résisté aux secousses marines. Jamais je ne reverrais Mathilde et Jeanne, ma mère, mes amis, ma famille. Je profitai d'une inclinaison favorable pour traverser le couloir à toute vitesse, me protégeant les yeux au cas où des objets contondants auraient flotté à la surface de l'eau.

Nouvelle secousse, moins violente cette fois. J'agrippai l'échelle et me hissai à la hâte dans le couloir supérieur. Plus qu'un corridor à traverser. Je sentis le vent siffler dans mes oreilles. Une porte claquait au loin, filtrant la lumière par intermittence. Je discernais des formes et des ombres.

« À l'aide ! hurlai-je.

— Il y a quelqu'un ? répondit une voix à peine audible dans l'obscurité.

— Oui ! Je suis là ! Où êtes-vous ? »

Un éclair illumina tout le corridor et je vis, l'espace d'un instant, un homme assis par terre, quelques mètres devant moi.

« Je suis là, cria-t-il. Aidez-moi. Je suis blessé. »

J'avançai vers lui, plié en avant. L'inclinaison verticale du bateau ralentissait ma progression. Je sentis ses jambes dans la pénombre et ouvris une porte au hasard afin de nous mettre à l'abri.

« Par ici, hurlai-je en relevant l'homme.

— Merci ! rétorqua-t-il en s'asseyant.

— Où est passé l'équipage ? demandai-je.

— Je ne sais pas ! Quand la passerelle a cédé et que l'eau s'est engouffrée dans le navire, ils se sont tous précipités vers les canots de sauvetage. Ils doivent être morts à l'heure qu'il est !

— Et le capitaine ?

— Aucune idée…

— Qu'est-ce qu'on fait ?

— Rien. Que voulez-vous faire ?

— Partir d'ici ! répliquai-je. Le navire va couler ! »

Il ne répondit pas. Nous entendîmes au loin gronder le tonnerre. Une bourrasque de vent fit claquer la porte de sortie. Je réfléchis quelques secondes. L'homme attendait, impassible devant moi, scrutant mon visage comme s'il tentait de lire dans mes pensées.

« Restez là, je reviens, déclarai-je en me précipitant dans le couloir.

— Où allez-vous ? Ne me laissez pas seul ! » implora-t-il tel un enfant qu'on abandonne.

Près de la sortie, le bruit métallique de la porte qui s'ouvrait et se refermait violemment dans le courant d'air me fit tressaillir. Je m'approchai d'elle lentement, redoutant la vision d'horreur qui m'attendait dehors. Je saisis sa poignée et contemplai le paysage ravagé par la tempête. Une épaisse mousse blanchâtre s'étendait à perte de vue sur l'océan déchaîné. Les gerbes d'écume, balayées par les rafales de vent, s'élevaient au-dessus du bastingage en tournoyant. Un éclair zébra le ciel à quelques encablures du navire, étalant ses branches dans la pénombre. Les mouvements de houle semblaient irréels, exubérants, comme si la nature nous démontrait là toute sa force. Le navire, pris dans la tourmente, peinait à remonter la gigantesque pente d'eau qui se dressait devant lui. Le vacarme ambiant couvrait le bruit des moteurs. Je me demandais d'ailleurs si ceux-ci étaient toujours opérationnels. Lorsque nous fûmes à l'apogée de la pente, le niveau du sol se stabilisa. Le bateau, immobile, reprit son souffle avant de plonger dans le vide, la proue en avant. L'accélération fut brutale et le niveau du sol bascula à nouveau vers l'avant du navire.

Il n'y avait nulle part où aller, pensai-je, impossible de sortir d'ici sans se noyer. Nous étions pris au piège. Le ciel, couvert d'épais nuages, emprisonnait la lumière de la lune que je cherchais des yeux. Elle m'abandonnait. Ma lune toute-puissante. Une gerbe d'eau salée s'engouffra par l'entrebâillement de la porte et m'éclaboussa. Je n'étais plus le bienvenu. Je refermai la porte précipitamment et glissai sur le sol, adossé au métal froid. Notre unique espoir reposait sur la solidité du navire. Si nous coulions, il n'y aurait pas de survivants. Je retournai dans la cabine. L'homme tourna la tête dans ma direction et me scruta le visage avec des yeux ronds, pressé d'entendre ma décision.

« Il n'y a plus rien à faire, dis-je navré. Impossible de sortir d'ici sans se noyer. »

Il ne sembla pas déçu par ma réponse. S'il était encore vivant, c'était précisément grâce à cette déduction. Je m'allongeai sur un lit mouillé et tentai de fermer les yeux, m'isolant dans un recoin de ma tête, à l'abri des pommiers de mon enfance, près de Mathilde et Jeanne.

27

Nous fûmes ballottés par la houle des journées et des nuits entières. Combien de temps exactement, je ne saurais dire. Le temps n'avait plus d'importance. Je m'efforçais de fermer les yeux pour ne plus penser. L'homme en face de moi vomissait ses tripes. L'odeur pestilentielle répandait ses effluves dans l'atmosphère de la cabine. Ses hurlements incessants entrecoupés de pleurs me firent constater l'inégalité de notre espèce face à la mort. Mais sa présence me rassurait. Parfois, lorsque ses délires s'intensifiaient, je le serrais dans mes bras pour qu'il se tût. Ses cris d'effroi menaçaient de me faire perdre la raison. Il se recroquevillait sur lui-même, pleurant en silence, jusqu'à ce que la folie reprît peu à peu le dessus.

La journée, je contemplais le champ de ruines océaniques qui s'étendaient à perte de vue, les tourbillons d'eau et les colonnes de mousse blanchâtre qui s'entrechoquaient, semblables à des mèches de bougie qu'on embrase. Le ciel, voilé d'une brume grisâtre, n'en était plus un. Le soleil n'existait plus. Dans le navire, l'eau ruisselait des murs et des lampes. Chaque jour, son niveau augmentait davantage, inondant les couloirs, gagnant du terrain sur le monstre de métal qui livrait férocement bataille. Quand la nuit tombait, irradiant le paysage de sa noirceur, j'espérais être en vie au petit matin. Nous restâmes éveillés des jours et des nuits entières. Le manque de sommeil me faisait tourner la tête et, de surcroît, nous n'avions rien à nous mettre sous la dent. Nos estomacs criaient famine et personne ne semblait s'intéresser à notre sort.

Au bout de quelques jours, il me sembla que l'océan se calmait. Les mouvements de houle se firent plus espacés, le vent s'apaisa peu à peu. J'étais sur mon lit, épuisé. L'homme en face de moi gisait sur le dos, les yeux tournés vers le plafond. Il ressemblait à un mort allongé dans son cercueil, blanc comme le linceul que l'on glisse sur les cadavres. Il ne hurlait plus depuis des heures, résigné. Je fermai les yeux moi aussi, en espérant les rouvrir un jour. Il faisait chaud dans la cabine, l'humidité tropicale me câlinait la peau. Je sombrai peu à peu dans un sommeil profond, entrecoupé de cauchemars étranges. Un poisson géant se dressait sur le pont du bateau. Il tenait en joue l'équipage et insultait les marins en allemand. Caché derrière la passerelle, j'observais la scène, terrorisé. Le poisson ordonna à un homme d'avancer, en espagnol cette fois-ci. Martín sortit du rang.

« Où est-il ? hurla le géant d'écailles.

— Il m'a laissé tomber dans le couloir, il nous a tous laissé tomber : moi, son père, sa mère, sa femme, sa fille, María, Catherine, c'est un lâche ! répondit Martín en pointant son doigt dans ma direction.

L'équipage entier fit volte-face en souriant. Ma famille et mes amis. Le poisson s'avança vers moi, braqua son fusil sur ma poitrine.

— Retrouve l'Allemande ! »

Puis il tira. *Boum !*

* * *

Je me réveillai en sursaut, le souffle coupé, les mains sur la poitrine. Mon cœur fouettait ma cage thoracique, pompant le sang qui affluait en masse. Mes poumons, assoiffés d'oxygène, quémandaient de grandes bouffées pour calmer l'angoisse de cette illusion de mort. Je regardai autour de moi. Personne. J'étais seul. Un filet de soleil crevait le hublot, effleurant la peau de mon visage avec douceur.

J'ouvris la fenêtre ronde et emplis mes narines d'air pur. Le plan d'eau, parfaitement lisse, scintillait de mille lumières, réfléchissant les rayons du soleil qui me firent plisser des yeux. L'ouragan était passé. J'étais vivant.

Je courus dans le couloir, en prenant soin de ne pas glisser sur le sol humide. J'ouvris la porte et m'engageai dans l'allée menant au pont. Quelques marins étaient attroupés là, ébahis par le spectacle de désolation qui s'offrait à eux. La passerelle du navire était arrachée, laissant place à un trou béant dans lequel l'eau s'était infiltrée. Le bastingage, au niveau de la proue, avait succombé à l'impact des déferlantes. L'inclinaison du sol témoignait d'un surplus d'eau dans les cales, le navire penchait du côté gauche. Les moteurs ne vrombissaient plus. Nous dérivions au gré des courants marins. À l'horizon, nulle trace de secours, rien qu'une étendue bleuâtre s'étendant à perte de vue. Sur le pont, une dizaine de matelots rescapés étaient figés là, tous heureux d'être encore en vie.

« Où est le capitaine ? » s'écria l'un d'entre eux.

Personne ne répondit.

« Il faut appeler les secours ! reprit-il. Quelqu'un sait utiliser la radio ? »

Pas de réponse.

« Bon Dieu, qu'est-ce qu'on va faire ? maugréa l'homme. Où sont stockées les provisions ?

— Dans les cales, répondit un autre. Mais elles sont inondées, l'accès aux couloirs est impraticable.

— Quelqu'un sait s'il y a des cannes à pêche sur ce tas de ferraille ?

— Non, répondirent-ils tous en chœur.

— Que tout le monde cherche du fil de pêche, remuez toutes les armoires, plongez dans les couloirs, si on ne fait rien, on va tous crever ici ! » exhorta l'homme qui avait encore la lucidité de commander.

Nous nous activâmes tous ensemble, affamés à l'idée de trouver quelque chose à nous mettre sous la dent. Nous remuâmes des heures durant les armoires, les couloirs accessibles, les trousses de secours, tout ce qui pouvait contenir des objets utiles. Une odeur épouvantable flottait dans l'air. Les cadavres des marins noyés par la tempête se décomposaient en diffusant leurs émanations fétides. Le parfum de la mort pénétrait nos narines sans qu'on l'y invitât.

Je plongeai dans un corridor parsemé de macchabées, me frayai un passage entre les corps pour reprendre mon souffle. L'odeur pestilentielle me fit éructer. Impossible de respirer par le nez. Je replongeai dans l'eau croupie par la mort et nageai vers une cabine dont la porte était grande ouverte. Dans celle-ci, une poche d'air s'était formée grâce à l'inclinaison du navire. Un corps flottait à la surface. Je me dépêchai de fouiller les armoires afin de ne pas m'éterniser dans ce cimetière marin. Les objets tournoyaient autour de moi, suspendus dans l'eau, comme une cohorte de petits cosmonautes foulant le sol lunaire. Je tournai la tête en direction du dernier placard. Un rayon de soleil filtrait à travers le hublot, réfléchissant sa lumière sur un objet pendu au cadavre. En plissant les yeux, je distinguai une petite chaîne argentée accrochée au cou de l'homme. Je compris que Martín flottait devant mes yeux, la bouche ouverte, le corps en décomposition. Un hurlement de terreur s'échappa de ma gorge, formant de grosses bulles qui remontèrent en silence et explosèrent à la surface de l'eau. Je me précipitai vers mon ami, tournai sa bouche à l'air libre, comme si cela pouvait encore changer quelque chose, et découvris un visage gonflé par l'eau, tuméfié par les impacts de la tempête.

Mon estomac ne put s'empêcher d'exprimer toute son horreur. Une gerbe de bile jaunâtre jaillit de ma bouche, diluant ses effluves nauséabonds dans l'eau. Je vomis d'effroi en contemplant la silhouette déformée de mon ami. L'Espagnol extraverti, versatile, n'était plus qu'un corps sans vie, inanimé. La mort tissait là tout son paradoxe, façonnant cet être au sang chaud qui n'était plus qu'un vulgaire bout de chair glacé, jonché de boursouflures abjectes. La mort n'a que faire de notre personnalité, de notre perception de la vie, de nos joies et nos peines, de notre patrimoine, non, rien de tout cela ne l'intéresse. Elle est stimulée par quelque chose de bien plus subtil, de plus profond, cette fascination des corps inertes, choisis au hasard parmi le gibier à sa disposition.

C'en était trop, je nageai vers la sortie, étouffé par le poids d'une souffrance qui me collait à la peau. Je courus dans le couloir et m'allongeai sur le sol à l'air libre. L'angoisse m'écrasait la poitrine, ma respiration s'emballait. Au-dessus de ma tête, le ciel azur s'offrait à moi, nu, sans nuages et j'implorai son pardon. *Laissez-moi revoir Mathilde et Jeanne*, suppliai-je en silence, avec la sensation étrange de crever la surface de l'eau après une longue, très longue période d'apnée.

Un déclic s'opéra alors dans mon cerveau, activant des synapses qui, jusqu'alors, ne participaient pas à l'effort collectif. Ce jour-là, après un visionnage rapide du film de mon enfance, j'adoptai un point de vue différent, qui fit bifurquer le lit de ma rivière. Mon rêve de gosse, ce n'était pas la marine, ni le grand large et sa perpétuelle fuite vers l'horizon. Quand le marin avait déposé sa casquette sur ma tête trente ans plus tôt, ce n'était pas la liberté qui m'avait enivré, mais la chaleur d'un homme que je sentais pour la première fois de ma vie. Le marin m'avait accordé la grâce masculine que mon père me refusait obstinément. En vérité, je fuyais les fantômes de mon enfance à travers les océans chargés de souvenirs. Je tentais d'oublier sur les flots cette période de la vie durant laquelle mon cœur s'était fracassé à maintes reprises sur les rochers de l'incompréhension. Mon rêve à moi, ce n'était pas de fuir mais d'aimer. Mon rêve à moi, c'était d'être un bon père pour cette fille que je ne voyais pas grandir. Il était temps de m'occuper d'elle désormais. Il fallait à tout prix rattraper le temps perdu avec Jeanne et Mathilde. Je priai pour les rejoindre à nouveau, les serrer fort dans mes bras une fois de plus. Les chimères de mon existence se dissipèrent sur la passerelle du bateau. J'ouvris les yeux devant la vie pour la deuxième fois.

* * *

Le ciel entendit-il ma prière et m'accorda-t-il sa rédemption ou, une fois de plus, le hasard y fut-il pour quelque chose ? Je ne sais pas. Au loin, une sirène résonna. Je tournai la tête et aperçus un navire fendant l'eau dans notre direction. Je fermai les yeux et remerciai le ciel, ou le fruit du hasard. Tout est étroitement lié de toute façon. Les marins hurlèrent autour de moi et firent de grands signes vers le bateau qui s'approchait. On nous accordait à tous une deuxième chance.

Pleine Lune

Au carrefour de la vie, la plénitude s'installe parfois. Elle plane au-dessus du sol en déployant ses grandes ailes. Son envergure, observée d'en bas, paraît gigantesque. Tel un phénix qui renaît de ses cendres, cet oiseau mythologique dont je rêvais gamin, elle nous retient et nous transporte vers le ciel, à la découverte de nouveaux horizons, de nouvelles façons de penser.

Là haut, l'air est pur et le panorama époustouflant. On se surprend à respirer calmement, à rêvasser, savourant la caresse du soleil sur la peau, l'azur étendu à perte de vue, le souffle régulier du vent. L'orage d'hier s'est éloigné. Les pluies torrentielles ont cessé de s'abattre et s'écoulent désormais en une rivière paisible.

Sur le sol, quelques curieux nous observent, armés de jumelles ; ils tentent de percer le mystère de plénitude, de décrypter les hiéroglyphes de nos pyramides intérieures. D'autres ne s'y attardent pas, pris dans le tourbillon de la vie venu fragiliser la barque sur laquelle ils pagaient, souvent dans le vide.

On aimerait y rester, là-haut, pour ne plus souffrir, pour écouter le murmure des étoiles naissantes, pour contempler, les nuits de pleine lune, le sourire cosmique de l'astre vivant… Mais l'oiseau disparaît à son tour à l'horizon, en quête d'une nouvelle proie à conquérir, et les années sombres apparaissent, à l'affût du sens donné à l'épreuve du temps.

28

Les vingt-cinq années qui suivirent furent les plus sereines de ma vie. Peu de temps après notre rapatriement, un expert en assurances inspecta de fond en comble le navire. Son verdict fut sans appel. La vétusté de l'embarcation fut jugée inacceptable, elle était inapte à la pratique commerciale. La compagnie fut condamnée à verser des dommages et intérêts colossaux à l'ensemble des familles de victimes, décédées ou rescapées. Elle dut reclasser les marins qui, traumatisés par le cataclysme, souhaitèrent se reconvertir dans une autre profession. Une victoire notable du prolétariat sur le patronat, une sorte de Germinal des temps modernes. Cette situation était hautement paradoxale dans la mesure où, depuis dix ans que nous naviguions sur ce navire, personne ne s'était jamais inquiété de son obsolescence, ni la compagnie, ni le capitaine, ni les pouvoirs publics.

Parmi toutes les conclusions que j'avais tirées de l'existence, l'une d'entre elles me sauta aux yeux. Lorsqu'il s'agissait d'argent, l'homme, cette machine à penser, à s'adapter pour survivre, perdait subitement la capacité d'anticiper les catastrophes futures, ignorant sa nature propre, qui avait fait de lui ce qu'il était. Dans ses phases d'oubli, ou d'aveuglement matérialiste, la procrastination l'emportait sur l'anticipation. Autrement dit, l'argent dénaturait l'esprit de l'homme en court-circuitant ses velléités fraternelles, en annihilant ses capacités de projection dans le futur. Nous autres, les marins, étions les boucs émissaires de ce laxisme régi par des règles capitalistiques, et j'étais écœuré à l'idée de penser qu'un sort plus malheureux aurait privé ma fille d'un père et ma femme d'un mari.

En mémoire de mon ami disparu, j'entrai en résistance et devins bientôt le fer de lance de cette rébellion prolétarienne. J'assistai aux différents procès et racontai mille fois la même histoire à qui voulait l'entendre, devant le jury consterné, devant la presse bouleversée, à tel point que l'événement prit bientôt une tournure nationale. La compagnie tenta de me corrompre pour me faire taire. Je ne cédai pas aux vices de la corruption et en dénonçai les méfaits, ce qui eut pour conséquence d'alimenter encore plus la polémique autour de cette tragédie. Nous fûmes tous indemnisés encore plus lourdement et je pus, grâce à ce cadeau qui n'en était pas un, mettre assez d'argent de côté pour payer des études à ma fille.

Un soir, avant même que toute cette histoire prenne une ampleur médiatique, j'avais annoncé le décès de Martín à sa mère. La vieille dame, qui vivait seule dans un appartement lugubre, m'avait fixé des yeux, le regard vide. Elle avait hoché la tête sans assimiler l'information, vaccinée sans doute contre la douleur d'une vie qui lui échappait. Quand la compagnie nous indemnisa quelques mois plus tard, je lui tendis un chèque qu'elle glissa machinalement dans la poche de sa blouse. Nous enterrâmes Martín dans un cimetière bordelais. Sur sa tombe, je posai une stèle de marbre avec une inscription : *À mon meilleur ami, Martín.* Une pluie fine s'abattait sur la stèle, couvrant le marbre de gouttelettes qui s'aggloméraient dans les inscriptions et ruisselaient lorsque le poids de l'eau devenait trop important. Je fleuris sa tombe d'une gerbe de jasmin, en souvenir de cette Carmen dont il m'avait parlé avant de mourir.

L'amitié est un sentiment profond, proche de l'amour, mais dénué de désir charnel. Je repensai à toutes ces nuits passées dans l'intimité de notre cabine, ces histoires qu'il inventait pour rendre sa vie plus attrayante. La nuit venue, il parlait sans s'arrêter, gesticulant dans tous les sens pour égayer ses propos. Il fumait ses cigarettes au hublot et buvait son vin de La Rioja qu'il affectionnait particulièrement. Un vrai phénomène, ce type. Je nous revoyais courir dans les rues de Las Palmas avec María, fuyant des fantômes imaginaires, apeurés comme des gosses. Où était-elle, d'ailleurs, cette foutue María ? Pourquoi n'était-elle pas présente à l'enterrement de Martín, qui avait mis sa vie en péril pour l'arracher des griffes de la prostitution ? Je jurai contre l'ingratitude humaine et ce manque de loyauté qu'ont certaines personnes. N'y a-t-il pas plus beau geste que le don de soi ?

L'espace d'un instant, l'image de son cadavre me revint en mémoire. La culpabilité de n'avoir pu le sauver me fit suffoquer. Depuis sa mort, le même rêve hantait toutes mes nuits, avec ce poisson géant qui me tirait sur la poitrine. Mathilde me rassurait tendrement, ma belle Mathilde, symbole d'un amour dont la source jamais ne se tarirait. Je chassai l'image de ce cadavre de ma tête, ce corps couvert de boursouflures infâmes. Ce n'était pas le Martín que je connaissais. Celui-là chantait la vie, bougeait, dansait, suait de passion. Les larmes inondèrent mon visage. Je pris la main de Mathilde et celle de Jeanne, qui était déjà une adolescente. Je les serrai fort et m'en allai accompagné de mes deux femmes vers le bonheur qui se profilait à l'horizon. « *Gracias amigo, que descanses en paz* », murmurai-je.

* * *

Peu de temps après mon éviction de la compagnie maritime, madame de Saint-Maixent, dont le réseau était immense, me présenta à un politique de l'aristocratie bordelaise. Celui-ci, un homme au physique impeccable qui arborait d'élégants costumes en toute occasion, m'engagea comme surveillant principal du parc des expositions de Bordeaux. L'homme aux cheveux poivre et sel analysait aisément le tempérament des gens, qualité qui l'avait hissé sans doute à ce poste tant convoité d'élu de la République. Je trouvai facilement mes marques dans ce nouveau travail en perpétuel mouvement, m'octroyant parfois le temps de rêver seul dans ma cabine.

À cette époque, j'entrepris l'écriture d'un livre narrant les aventures d'un marin épris de grand large, mélange d'autobiographie et de fiction. Le soir, lorsque tout le monde était couché, je m'allouais quelques moments de quiétude à l'abri de mon bureau. Éclairé par un mince filet de lumière, j'écrivais le récit passionné de ce héros des temps modernes qui n'en était pas un, nostalgique parfois, mais heureux d'embrasser Jeanne et Mathilde tous les soirs. J'aimais cet endroit confiné, ce petit paradis de liberté dans lequel je côtoyais les muses de la création. Mon esprit tout entier, vagabondant parmi les idées et les pensées, s'amusait à sublimer le passé de manière romantique. Je trouvais un nouvel équilibre dans ma vie, comme si la pointe de mon stylo caressant les feuilles vierges solidifiait les fondations de mon être. Chaque lettre, chaque ligne, chaque paragraphe alimentaient cette soif d'expression. Puis, lorsque je n'en pouvais plus, épuisé par l'effort intellectuel, je retrouvais Mathilde et me blottissais dans les draps réchauffés. Là, j'étais heureux et je m'endormais bientôt, impatient d'écrire les nouvelles pages de mon roman, priant dans le noir pour que cette période ne s'arrêtât jamais.

* * *

Pendant toutes ces années, je profitai du temps libre que m'octroyait ce nouveau travail pour récupérer le temps perdu avec Jeanne.

L'éducation d'un enfant est une science dont la théorie et la pratique sont comme le jour et la nuit, antagonistes mais complémentaires. Sur le papier, nous esquissons le croquis d'une architecture aux formes parfaites, aux fondations solides, dans un style qui nous est propre, gothique ou romain, baroque ou contemporain. Et puis, lorsque débute le chantier, rien ne se passe comme prévu. Un ouvrier se blesse, les sacs de ciment viennent à manquer, la qualité des briques est parfois douteuse, un étage entier menace de s'écrouler. Il nous faut revoir les plans, les modifier comme on le peut, dans l'urgence, en espérant que la structure tienne en place, conformément à nos exigences.

Parfois, le somptueux monument que nous avions imaginé sur la feuille n'est en fait qu'une banale demeure, dépourvue d'originalité, se fondant dans la masse. Parfois, c'est l'inverse, la modeste construction couchée sur le papier s'avère être un chef-d'œuvre dont les professionnels du secteur nous félicitent, jalousant cette inspiration divine, ce talent qu'eux n'ont pas. Enfin, troisième cas de figure, le croquis et la réalisation sont similaires, à peu de chose près, et l'on se félicite pour ce réalisme, éloigné de la folie des grandeurs.

Avec Jeanne, c'était différent, je m'étais absenté trop longtemps pour revendiquer quoi que ce soit. Elle s'était construite dans la lumière de Mathilde et dans l'ombre de son père. Tel un photographe devant son objectif, je m'efforçais de lisser ce jeu de lumière, sans bouleverser pour autant cet équilibre féminin. Au fil des mois, je parvins à pénétrer l'univers de ma fille, à m'intégrer dans son paysage, à remonter dans son estime. Je l'écoutais avec intérêt, absorbant le flot discontinu de syllabes sans jamais lui couper la parole, sans jamais négliger ses opinions ni la convaincre du contraire. J'instaurais avec elle une relation de confiance, soucieux de prendre le contre-pied des fantômes de mon père. Je ne voulais pas que ma fille réitérât mes erreurs, qu'elle sortît meurtrie de l'adolescence, cette phase prépondérante dans la construction d'une personnalité humaine. Je redoublais donc d'efforts et de vigilance.

Un soir, confortablement installé dans mon bureau, la pointe du stylo courant sur les pages blanches, j'entendis frapper doucement à la porte. J'arrêtai mon travail et me levai pour ouvrir. Jeanne, en pyjama, se tenait debout devant moi, les yeux rougis par les larmes qu'elle venait de verser.

« Qu'y a-t-il ma chérie ? demandai-je, le cœur lourd de contempler mon enfant triste.

— Papa, j'aimerais te parler de quelque chose.

— Bien sûr, tout ce que tu voudras ; assieds-toi, je vais te chercher une couverture. »

Je tirai d'un placard une couette épaisse et en enveloppai ma fille.

« Alors, raconte-moi, que se passe-t-il ?

— Je crois que je suis amoureuse, déclara-t-elle en baissant la tête, honteuse.

— Mais c'est magnifique, pourquoi pleures-tu ?

— Parce que ce garçon ne m'aime pas. »

Je contemplai le visage de ma fille, endolori par ce sentiment complexe qu'est l'amour. Les adolescents ont cette insouciance dans les yeux que les adultes perdent avec l'âge, tiraillés par le quotidien difficile, les casseroles de déception et de peine qui s'accumulent derrière leurs dos. Dans la lumière de la petite lampe, je crus reconnaître Mathilde quelques années plus tôt, assise à l'ombre de l'arbre sous lequel elle cousait patiemment. L'angoisse du temps qui passe trop vite me reprit soudain, ce maudit temps que rien n'arrête, qui détruit ou embellit tout sur son passage, selon les points de vue. Le mien oscillait comme les courbes d'une sinusoïdale se répétant à l'infini : tantôt nostalgique, tantôt enthousiaste, tantôt dépressif, tantôt exalté. Au prix d'un effort surhumain, je contins les larmes de mélancolie qui ne demandaient qu'à rouler le long de mes joues.

« Comment sais-tu qu'il ne t'aime pas, Jeanne? demandai-je d'une voix tremblante.

— Il ne me voit pas, je suis transparente à ses yeux.

— Est-ce une raison suffisante pour affirmer qu'il ne t'aime pas ? » interrogeai-je, dubitatif.

Jeanne fut troublée par la question. Elle leva la tête et plongea ses yeux en amande, semblables à ceux de ma femme, dans les miens. Elle réfléchit quelques secondes, comme si d'autres zones de son cerveau considéraient la situation sous un nouvel angle.

« Oui… enfin, je crois. S'il m'aimait, il me dévorerait des yeux comme je le fais !

— Peut-être qu'il ne réagit pas de la même façon que toi. Peut-être que sa manière d'aimer est différente, qu'il ressent des choses mais ne veut pas les étaler au grand jour.

— Tu crois ? demanda-t-elle.

— Bien sûr. Certaines personnes fuient le regard des autres par peur d'être démasquées. Regarder quelqu'un dans les yeux, c'est se laisser pénétrer d'une certaine manière, c'est se mettre à nu et admettre ses fragilités. Certains hommes détestent ça, mon cœur, parce qu'ils ne veulent pas montrer leur sensibilité, leur part de féminité. Ce n'est pas bien vu dans le monde des adultes.

— Mais alors dans ce cas-là, ça veut dire qu'il m'aime lui aussi ?

— C'est à toi de le découvrir, sans avoir peur de tes sentiments, en stimulant chez lui cette part de féminité enfouie, déclarai-je en priant pour que le garçon en question soit effectivement amoureux de ma fille.

— Comment veux-tu que je fasse ça ?

— En laissant parler ton cœur. Réfléchis à une manière de lui faire comprendre ce que tu ressens.

— Et s'il ne m'aime pas ? demanda-t-elle gênée.

— Dans ce cas, ce n'est pas grave, tu auras fait de ton mieux. Ce sera douloureux au début, mais ça passera, et tu sortiras plus forte de cette expérience. Et puis, entre nous, comment ne pas aimer une fille comme toi ? Regarde-toi, tu es splendide, intelligente. Vraiment, je serais ce garçon, je ne réfléchirais pas longtemps, crois-moi ! »

Nous rîmes tous les deux de bon cœur. *Quel bonheur de voir ce sourire sur son visage, d'entendre les rires de ma fille*, pensai-je. Je me sentais merveilleusement bien à ses côtés, épanoui, fier de moi, rayonnant de bonheur dans ce rôle de père qui m'allait si bien. La porte du bureau s'ouvrit et la tête de Mathilde se glissa dans l'entrebâillement.

« Que manigancez-vous tous les deux ? interrogea-t-elle malicieuse.

— Rien. On discute, comme deux adultes civilisés. »

De nouveaux éclats de rire s'échappèrent de nos gorges.

« Tu tombes bien, Mathilde. J'allais raconter une histoire à Jeanne, repris-je.

— Une histoire ? s'offusqua Jeanne. J'ai passé l'âge d'écouter des histoires, papa !

— On ne passe jamais cet âge, ma chérie, crois-moi, plaisantai-je. Assieds-toi près de nous, Mathilde. »

Ce soir-là, je racontai à ma fille mon enfance, mon adolescence, mon rêve de devenir marin un jour, ma rencontre avec sa mère qui, elle non plus, ne m'avait pas regardé au début. Je lui racontai l'histoire de l'officier allemand, ma rencontre avec lui dans le bois, sa mort prématurée et la photo de sa fille, l'armée et Jean le comédien, notre escapade en Allemagne, ma déception, puis mon voyage à Las Palmas, Martín, María, les photos de son fils Manuel, mes voyages aux confins de la planète, la tempête qui ôta la vie à mon meilleur ami, et puis, mon projet d'écriture. Jeanne me contemplait avec des yeux admiratifs, se tournant vers sa mère qui hochait la tête pour confirmer la véracité de mes propos, moi l'affabulateur, le romancier en herbe. Lorsque j'eus fini, Jeanne m'assomma de questions, subjuguée, oubliant le garçon dont elle était amoureuse, elle qui avait pourtant passé l'âge d'écouter des histoires. Elle voulut à tout prix connaître le fin mot du récit, offrit de m'aider à retrouver cette Catherine Schäfer dont j'avais perdu la trace en Espagne. Et María, où était-elle ?

« Il faut remuer ciel et terre pour les retrouver, papa ; ton histoire est magnifique, digne d'un roman, écris-la ! »

Je souris en distinguant dans ses yeux la même étincelle de vie que la mienne, la même volonté de passer à l'action, la même persévérance. Un enfant est une somme de chromosomes, de mécanismes scientifiques, de théories barbares dont le sens m'a toujours échappé. Jeanne Vertune était un savant mélange de ses deux parents, à la fois calme et passionnée, intelligente et naïve, mystérieuse et expressive. La vie m'avait offert un cadeau inestimable, une fillette aux yeux scintillants qui perpétuerait la trace d'un amour dont elle était le fruit.

29

Au détour d'une rue bordelaise, une affiche attira mon attention. Celle-ci, placée sur la devanture d'un magasin, exhibait le sourire béat de deux têtes qui me semblaient familières. Je m'approchai de la vitrine et contemplai le bout de papier.

À VOS ORDRES, COLONEL !
PIÈCE DE THÉÂTRE
ÉCRITE ET INTERPRÉTÉE
PAR JEAN BRISCA ET MARC DANTOUGE

Au fur et à mesure que mes yeux roulaient sur les lettres, je fus stupéfait de constater qu'il s'agissait de mes deux amis parisiens, les comédiens de la caserne. Ils étaient en tournée dans toute la France et jouaient leur pièce le soir même à Bordeaux. Je me rendis au guichet du théâtre, situé non loin de là, afin d'y acheter trois billets. Je voulais faire une surprise à mes deux amis, me glisser dans les loges à la fin du spectacle pour leur présenter Mathilde et Jeanne.

L'attente durant l'après-midi me parut interminable. Je trépignais d'impatience à l'idée de parler avec eux de tout et n'importe quoi. Les deux comédiens jouissaient désormais d'une popularité nationale. J'espérais que le succès n'avait aucunement altéré leur philosophie de vie de l'époque. Ils faisaient maintenant partie du gratin parisien, du *show-business*. Je doutais que mes deux amis aient pris la grosse tête au point de ne pas me reconnaître, ou pire, de m'ignorer. Ce n'était pas leur style. Mais peut-être avaient-ils changé ? Je voulus en avoir le cœur net et emmenai le soir même les deux femmes de ma vie au théâtre.

Nous nous assîmes au troisième rang et attendîmes que le spectacle commençât. Jeanne semblait impatiente de connaître une partie de mon histoire et, surtout, de parler avec deux acteurs célèbres. Elle avait préparé une petite feuille afin de récupérer leurs autographes et crâner auprès de ses amies. Un filet de lumière illuminait son visage de jeune adulte, rayonnant. Elle avait traversé l'adolescence sans drames ni tumultes, du moins le laissait-elle paraître. La grosse partie de l'iceberg se situe sous la surface de l'eau, il est nécessaire de plonger pour en admirer ses formes sous-marines. Le rôle de père m'avait appris que, quels que soient nos efforts, nous ne pouvons jamais connaître parfaitement nos enfants. On aimerait pourtant creuser leurs mystères, découvrir sur un écran de cinéma le fond de leurs pensées, pour anticiper les catastrophes, les aider à prendre du recul grâce à l'expérience acquise. Mais c'est impossible. Ils conservent leur part d'énigme, de blessures enfouies, de joies et de peines.

Les trois coups annonçant le début du spectacle résonnèrent dans la salle. Tous les sons se turent et les regards se tournèrent en direction de la scène. Le rideau se leva et je découvris bientôt la silhouette élancée de Jean, déguisé en colonel pour l'occasion. Le comédien avait vieilli. Les traits de son visage n'étaient plus les mêmes, esquintés par l'énergie de ses spectacles. Les rires fusaient de part et d'autre de la salle. Jeanne et Mathilde s'esclaffaient, elles aussi, touchées par le jeu d'acteur de mon ancien acolyte, qui hurlait des ordres aux autres comédiens. Il me sembla discerner le petit colonel de notre ancienne caserne. Qu'était-il devenu lui aussi ? Le long fleuve de la vie lui avait-il épargné son lot de souffrances ? Était-il encore vivant ? Les parcours de vie des uns et des autres m'avaient toujours intrigué. J'y distinguais l'empreinte d'une force invisible poussant ses pions sur un échiquier gigantesque, calculant les millions de possibilités pour parvenir à ses fins. Néanmoins, une chose m'avait toujours échappé. Quel était le but de cette force ? Quelle était sa finalité ? Quel sort nous réservait-elle, à nous autres les humains, perchés sur notre caillou trop étroit pour contenir les milliards d'habitants qui couvraient sa surface ? J'aurais souhaité comprendre la signification de tout ceci, en percer le mystère, en découvrir l'intérêt. Mais quelque chose s'y opposait. Une énergie cosmique, située à des milliards d'années-lumière, avait la mainmise sur l'échiquier.

« Papa, ça va ? murmura Jeanne dans l'obscurité.

— Oui, merci ma chérie, je pensais à autre chose.

— Tu pensais à Catherine ?

— Non. Ne t'inquiète pas. Regarde le spectacle. »

Jeanne tourna la tête en direction de la scène, amusée par mon tempérament rêveur. Marc et Jean entonnaient un hymne satirique à l'égard de l'armée. Les spectateurs rirent de plus belle. Leur spectacle plaisait, cela ne faisait aucun doute.

Quelques minutes plus tard, lorsque les comédiens abordèrent la chute de la pièce, le passé refit soudain surface. Le colonel, qui maltraitait ses subordonnés, se retrouva coincé avec deux types inanimés sur le sol. Des bruits de pas résonnèrent dans les enceintes de la salle. Ne sachant plus quoi faire, le colonel regarda le public, terrorisé, et s'évanouit sur le sol. Le quiproquo, comique, fit éclater de rire les spectateurs qui applaudirent cet éclair de génie dont j'avais été l'auteur vingt ans plus tôt, dans la caserne miteuse de la région parisienne. Les deux comédiens s'étaient inspirés de notre histoire pour en faire une pièce de théâtre. J'applaudis moi aussi à tout rompre, le cœur réchauffé par ce clin d'œil du passé.

Jean et Marc saluèrent la foule qui se dispersa peu à peu. Le peuple rentrait chez lui, ayant profité de la parenthèse enchantée pour se détendre avant de reprendre le chemin de sa chaumière où, cyniques, les turpitudes de l'existence patientaient au coin du feu. Je me levai, accompagné de Jeanne et Mathilde, et frappai à une porte sur le côté de la scène. Un homme fit son apparition et me regarda des pieds à la tête.

« Qu'est-ce que vous voulez, monsieur ? demanda-t-il avec arrogance.

— J'aimerais voir Jean et Marc, s'il vous plaît.

— Tout le monde aimerait les voir, répondit-il, antipathique.

— Oui mais moi, je suis un ancien ami de l'armée.

— C'est la première fois qu'on me la fait, celle-là, ricana-t-il. Un ami de l'armée… n'importe quoi ! »

Il referma la porte violemment. Le souffle du mouvement me caressa les joues. Je tournai la tête en direction de Mathilde et Jeanne, atterrées par un comportement si dénué de politesse. Je frappai à nouveau. Le même homme revint.

« Encore vous ? menaça-t-il avec le même air hautain.

— Écoutez, je vous jure que je connais les deux comédiens, demandez-leur, dites-leur que Paul Vertune aimerait les voir s'il vous plaît.

— Paul Bertrune ?

— Vertune, Ver-tune.

— Je reviens », déclara-t-il agacé.

Nous attendîmes quelques minutes en silence. Des pas pressés résonnèrent dans le corridor derrière la porte. Celle-ci s'ouvrit et nous découvrîmes la silhouette de Jean Brisca.

« Paul ! s'écria-t-il. Quelle bonne surprise ! Comment vas-tu ? »

L'homme enroula autour de moi de grands bras chaleureux.

« Très bien ! Et toi, depuis toutes ces années ? répondis-je, touché par l'accueil.

— En pleine forme, comme tu le vois, déclara-t-il en souriant. Mais qui sont ces magnifiques demoiselles à tes côtés ? Laisse-moi deviner, la fameuse Mathilde ?

— Oui, enchantée, répondit ma femme, surprise.

— Quelle mémoire ! rétorquai-je, admiratif. Et voici ma fille Jeanne.

— Quelle beauté ! déclara Jean. Vous n'avez jamais songé à devenir comédienne, mademoiselle ?

— Euh... non, répondit Jeanne troublée par la question. Enchantée.

— Bon, suivez-moi dans les loges, Marc sera content de vous voir ! »

Nous suivîmes l'homme à travers les coulisses et arrivâmes dans une loge étroite où Marc se démaquillait. Il me reconnut tout de suite et m'enlaça dans ses bras lui aussi. Ils nous servirent des cafés chauds et signèrent un autographe sur la feuille de Jeanne. Il s'ensuivit une longue conversation pendant laquelle nous nous racontâmes nos passés respectifs depuis la caserne. Une incommensurable chaleur humaine se dégageait des deux comédiens, qui me réchauffa le cœur. Tous les deux n'avaient pas changé. Il me semblait faire un bond en arrière d'une vingtaine d'années dans cette petite loge, dans laquelle le vent de l'amitié s'engouffrait en sifflant.

« Tu as retrouvé l'Allemande ? demanda Marc lorsque notre périple lui revint en mémoire.

— Ah, oui, au fait, cette Allemande ? renchérit Jean qui se rappela soudain.

— Non, aucune nouvelle, répondis-je, déçu. J'ai failli retrouver sa trace dans les îles Canaries mais elle s'était évaporée. C'est du passé tout ça maintenant…

— Dommage, rétorqua Jean, j'aurais bien aimé connaître le fin mot de cette histoire.

— Tu voulais t'en servir pour la chute de ta prochaine pièce ? » plaisantai-je.

Les deux hommes rirent de bon cœur. Nous échangeâmes nos numéros de téléphone respectifs. Les deux comédiens nous invitèrent à Paris. Nous les remerciâmes avant de nous éclipser dans les ténèbres du théâtre vide.

Ce soir-là, je fus heureux de constater que l'étincelle qui scintillait dans leurs yeux était toujours intacte. Mes amis conservaient une foi inébranlable en la vie, un optimisme dépassant les frontières de l'imagination. Ils vivaient leur passion artistique, leur rêve de gosse, celui-là même qui brillait dans mes yeux depuis le jour de ma naissance.

30

Après des années de travail acharné, de nuits entières d'écriture, de réécriture, de reformulations, j'achevai enfin mon premier roman. Un éditeur bordelais, intéressé par mon manuscrit, décida de publier le livre. Un jour, au détour d'une rue, je plongeai mes yeux dans la vitrine d'une librairie et aperçus sur une étagère en bois mon livre, dressé fièrement parmi tous les ouvrages. L'image de mon instituteur me revint en mémoire, ce petit homme aux lunettes rondes et à la barbe hirsute qui avait garni mon cerveau de connaissances. À la fin du livre, je ne manquai pas de le remercier, à titre posthume. De ce bouquin, j'obtins un petit pécule qui me permit d'offrir aux deux femmes de ma vie quelques vacances. Nous partîmes en Andalousie deux semaines, profitant d'un soleil magnifique pour nous prélasser sur les plages espagnoles.

J'étais heureux. Réellement heureux. Un homme comblé à tous points de vue. Sur le plan personnel, ma vie était idyllique. Professionnellement, mon travail ne me passionnait guère mais me permettait d'écrire des romans le soir. Enfant, je n'aurais jamais imaginé pareil bonheur, pareille plénitude. Qui aurait misé une seule pièce sur Paul Vertune, ce gosse aux mains abîmées par les épis de blé ? Je mesurais le chemin parcouru, parsemé d'obstacles, de critiques, de méchanceté mais aussi de joies, de moments tendres et d'amour. L'existence est bipolaire, elle devrait prendre des cachets.

Et puis, je bénissais le ciel de m'avoir aiguillé d'une quelconque manière vers ce pays. La France. Ses couleurs bleu, blanc, rouge. Son drapeau flottant au-dessus de la capitale. Paris la sublime, ornée de prestige, traversant les âges, orgueilleuse d'être le centre du monde culturel, l'apogée d'une réflexion philosophique unique. Son histoire m'envoûtait lorsque je m'y plongeais, tous ces grands personnages qui l'avaient gouvernée, ses artistes, ses écrivains. Il me semblait que l'Hexagone recelait un mystère trigonométrique dont un géomètre d'essence divine gardait le secret. En France, tout était possible. Je caressais du bout des doigts l'édifice de la méritocratie républicaine, sur laquelle l'État avait déposé sa première pierre. Mon pays n'était pas simplement mon pays, c'était ma vie, ma culture, mon sang. Je chérissais cette solidarité que nous construisions tous ensemble, bien loin de la folie capitaliste qui sévissait outre-manche. *Merci Marianne, je t'aime de tout mon cœur.*

Mathilde et Jeanne s'aspergeaient d'eau devant moi, enivrées par le rythme de vie espagnol, ses tapas et ses rues bondées de gens souriants, récemment libérés du franquisme. Le soleil brillait haut dans le ciel. Ses rayons apposaient des sceaux rougeâtres sur la peau des baigneurs qui, trop occupés à édifier des structures de sable, négligeaient leur épiderme. Les plages andalouses ont cette magie que les autres n'ont pas, cet ensoleillement permanent dont les nuages n'osent briser la routine.

« Papa, viens nous rejoindre ! hurla Jeanne au loin.

— J'arrive ! » répondis-je en saluant ma fille.

Je me levai de la serviette, le corps engourdi par la délicieuse caresse du soleil, et me dirigeai vers les deux femmes assises à l'orée de l'eau, les jambes allongées dans le sable. De légères vaguelettes couvraient et découvraient le rivage, chatouillant ainsi leurs voûtes plantaires offertes à la mer. Lorsque l'eau leur léchait le bout des orteils, elles poussaient de petits gloussements de joie semblables à des rires d'enfants émerveillés. Le va-et-vient des cailloux roulés sur la grève offrait une sensation agréable, comme un murmure à peine audible. Je m'assis à côté d'elles sur le sable mouillé, et étendis mes jambes dans l'eau. La température de la mer était divine. Depuis l'accident du navire, quelques années auparavant, je n'avais pas revu la grande bleue. Son parfum ne me manquait guère. Mais ce jour-là, entouré de Jeanne et Mathilde, je passais un délicieux moment d'intimité, me détendant à l'abri du tumulte de la ville, resserrant un peu plus les liens de notre famille. Nous nous sourîmes tous les trois.

« On est bien ici, dit Jeanne d'une voix à peine audible.

— Oui, répondit Mathilde.

— Papa ?

— Oui, ma chérie ?

— Merci pour ces vacances. »

J'aurais souhaité capturer dans les mailles d'une épuisette les paroles de ma fille, le sourire de Mathilde, le soleil irradiant notre peau, le son des vaguelettes, le murmure des cailloux, le ciel azur, la mer calme et chaude, les mouettes agitant leurs ailes au-dessus de nos têtes, la ligne d'horizon, le panorama, ce morceau de vie tout entier. Je l'aurais glissé dans une bouteille et caché à l'abri des regards indiscrets, dans un coffre par exemple. Et puis, lorsque la nostalgie des années passées m'aurait assailli, j'aurais plongé ma tête dans la bouteille pour contempler à nouveau ce petit monde, voir, écouter et ressentir cette émotion furtive qui, un jour, pointe le bout de son nez avant de détaler sans crier gare, sans prévenir.

Le bonheur est fugace, pensai-je, *éphémère. Lorsqu'on le caresse un jour du bout des doigts, qu'il est tel un chien docile qui se laisse faire, on aimerait le museler pour le garder près de nous, pour ne plus qu'il détale au loin, pour ne plus lui courir après, en désespérant de ne jamais plus caresser sa tignasse. Mais il ne se laisse pas faire. Il résiste l'animal, exécrant le cuir de sa muselière, préférant le doux parfum de la liberté, l'incertitude de la nouveauté. Il est comme ça, le bonheur : solitaire, bohème, il préfère voguer vers de nouveaux horizons plutôt que de s'empâter au coin d'un feu. Il profite des caresses et se retire en silence, sur la pointe des pattes, jusqu'à disparaître complètement comme un ingrat. Il y aura toujours quelqu'un pour le caresser. Il n'a que l'embarras du choix.*

Le bonheur, en fin de compte, il est à notre image, c'est un éternel insatisfait. Notre meilleur compagnon. Sur cette plage andalouse, il était là, assis à côté de nous, sa langue dépassant de sa bouche, ses yeux pleins d'amour plongés dans les nôtres. Nous caressions tous les trois sa robe de poils soyeuse. Quelques jours plus tard, lorsque nous rentrâmes à Bordeaux, il prit la poudre d'escampette. Nous le perdîmes des yeux. Il disparut dans la nature. Une fois de plus.

31

Le téléphone sonna.

« Allô ? répondis-je.

— Paul ?

— Oui, c'est moi. Qui est à l'appareil ?

— C'est Jacques.

— Jacques ! Comment vas-tu ?

— J'ai quelque chose à te dire, répondit-il d'une voix tremblante.

— Oui ?

— Maman est morte, ce matin. »

On n'y croit jamais au début. On tente de se persuader du contraire, de ne pas entendre. *C'est impossible qu'elle soit morte. Je l'ai appelée avant-hier et tout allait bien.* Et puis d'ailleurs, comment imaginer un seul instant que la Terre puisse tourner sans elle ? *Ce n'est pas possible*, on le répète en boucle dans sa tête, *pas possible, pas possible...* Puis, quand le doute s'installe, quand la phrase que l'on répète perd de sa consistance, on commence à admettre l'effroyable vérité. *Oui, c'est possible.*

On pense toujours être préparé à la mort d'un proche. On a du temps pour y réfléchir, pour imaginer ce que serait la vie sans cette personne. Parfois, sur l'oreiller avant de s'endormir, on esquisse différents scénarios, en y associant des émotions, des souvenirs, en espérant que cela n'arrive jamais, sans s'avouer qu'en une fraction de seconde, la fiction peut devenir réalité.

Le jour où j'appris la mort de ma mère, une partie de moi disparut avec elle. Un ectoplasme se détacha de mon corps et s'envola dans les cieux, aspiré par le néant. Il planait au-dessus de ma tête, répandant ses effluves blanchâtres dans la pièce, son odeur de renfermé, de mort. Je le contemplais en train de flotter dans l'air, impuissant, incapable de saisir sa robe blanche sur laquelle étaient projetés en vrac tous les souvenirs de mon enfance. J'étais là, ma silhouette d'enfant propulsée sur cet écran de fortune comme dans un cinéma. Je tenais la main de ma mère en marchant, je la serrais fort, sa main, très fort.

Nous fûmes plongés tous deux dans le verger de mon enfance, accroupis sur le sol pour ramasser les fruits, nos pieds mouillés par la rosée du matin. Il flottait dans l'air une fragrance divine. Le parfum de ma mère s'accordait avec les odeurs fraîches des légumes du potager.

Puis cette image s'estompa peu à peu pour laisser place au lavoir de mon enfance, aux jeux de savons et de bulles, aux mouvements de corps de ces femmes oubliant d'être de respectables épouses.

Le projectionniste changea à nouveau de pellicule et m'offrit un nouveau décor, puis un autre, et un autre, le film accéléra subitement sa course, projetant sur le voile les vestiges de mon passé. Les larmes ruisselèrent sur mes joues.

Je lâchai le combiné et m'affalai dans un canapé. J'entendis Jacques hurler mon nom dans l'appareil : « Paul ! Paul ! Tu es encore là, Paul ? » Non, Paul n'était plus là. Ce fut l'explosion de tristesse. Ma poitrine oppressée par l'angoisse m'empêchait de respirer. Je suffoquai. Mes sanglots résonnèrent bruyamment dans la pièce.

Mathilde, alertée par les cris de désespoir, apparut bientôt dans le salon. Elle comprit sans rien demander. Je me blottis dans ses bras en ouvrant la bouche pour que l'oxygène circulât dans mes poumons atrophiés, comme un poisson rouge se débattant dans son eau croupie. Ma mère était morte. Envolée. Disparue. Je ne la reverrais plus.

La disparition d'un proche est comme une petite mort, une subite fuite en avant de tous nos sens. Je me réfugiai dans les bras de ma femme pour y puiser toute sa bienveillance, son amour. Ce même amour que m'avait offert ma mère des années durant et qu'elle ne m'offrirait plus jamais.

* * *

Nous partîmes, Mathilde, Jeanne et moi, le lendemain matin, et arrivâmes tard dans la soirée à Sarzeau. Sur le quai obscur de la gare, Jacques nous attendait, la mine défaite, les mains dans les poches. Il semblait absorbé dans ses pensées, comme si la mort de notre mère avait ravivé chez lui les fantômes de l'enfance, les souvenirs éparpillés aux quatre coins de sa mémoire. Quand le train s'arrêta et que ses freins crissèrent sur les rails, il grinça des dents et se boucha les oreilles.

Nous descendîmes du train. Jacques, lorsqu'il nous aperçut, se précipita à notre rencontre en ouvrant des bras chaleureux. Il embrassa galamment Mathilde et Jeanne avant de m'enlacer. Je fus surpris par ce sursaut d'humanité de mon frère, lui qui n'avait eu de cesse de réprimer ses envies et de contrôler ses gestes. Il prit nos bagages et nous partîmes en direction de sa maison, située non loin de la ferme de mes défunts parents, à Kerrassel.

Sa femme, Muriel, se tenait sur le perron de la porte et fumait une cigarette. Lorsque la voiture de son mari s'engagea dans l'allée bordée de fleurs, elle écrasa son mégot sur le sol et se précipita à notre rencontre. Il y avait chez cette femme, disgracieuse au premier abord une humanité qui suintait de tous les pores de sa peau, une extraversion naturelle contrastant avec le caractère renfermé de mon frère. L'équilibre de leur couple était basé sur un antagonisme qui sautait tout de suite aux yeux. Jacques puisait chez sa femme cette ouverture aux autres qui lui faisait cruellement défaut. Muriel, elle, puisait chez son mari cette capacité à contenir ses émotions en toutes circonstances, à ne pas être emporté dans leur tourbillon.

Muriel nous embrassa tendrement et nous présenta ses plus sincères condoléances, comme c'était la tradition dans pareilles circonstances. Elle prit nos bagages et disparut bientôt avec Mathilde et Jeanne. Plus tard, nous soupâmes tous les cinq. Une ambiance mortuaire enveloppait le repas de sa tristesse. Nous ne dîmes pas grand-chose, au grand dam de Muriel, mal à l'aise avec le silence. À la fin du dîner, nous la remerciâmes poliment pour le couvert. Jeanne et Mathilde montèrent à l'étage se coucher. Muriel embrassa son mari avant de disparaître elle aussi.

Nous nous retrouvâmes, Jacques et moi, autour de la table, gênés par l'absence de nos femmes qui, d'ordinaire, faisaient la discussion.

« Tu veux un whisky ? demanda Jacques. Moi, je vais en prendre un.

— Volontiers, répondis-je en pensant à notre mère. »

Il se leva, partit en direction du somptueux buffet en acajou qui ornait son salon, glissa une main dans le meuble et sortit une bouteille à peine entamée. Il fit ensuite glisser le liquide brunâtre dans deux verres qu'il déposa sur la table. Il alluma une cigarette.

« Tu fumes, toi ? demandai-je, curieux.

— De temps en temps, répondit-il, pour les bonnes occasions. Ou les mauvaises. Tu en veux une ? »

Malgré mon écœurement pour le tabac, du fait que les pièces exiguës des navires étaient constamment enfumées, je me surpris à répondre par l'affirmative. J'allumai une cigarette et fis rougir son foyer de cendres en toussotant. Jacques m'observait, amusé, dans les volutes de fumée qui formaient une brume épaisse autour de nous. Il but une gorgée de whisky et reposa le verre. Un silence sourd envahit la pièce. Les aiguilles de l'horloge en profitèrent pour chanter, avec leur traditionnel rythme sans talent, sans folie aucune, juste la mesure du temps, répétitive, similaire.

« Nous sommes orphelins, déclara-t-il en caressant du doigt l'arrondi de son verre.

— Oui, répondis-je, désemparé.

— Tu l'aimais, maman, n'est-ce pas ?

— Oui… Pas toi ?

— Si, bien sûr, répondit-il désarçonné. Mais je veux dire, de tous, tu étais son préféré.

— Je ne sais pas. Ça n'a plus aucune importance de toute façon. »

Jacques finit son verre d'une traite et grimaça, secoué par la rugosité de l'alcool. Il brandit la bouteille et fit à nouveau couler le liquide distillé dans son verre.

« Elle parlait beaucoup de toi, reprit-il. Je crois que, d'une certaine manière, elle n'a jamais accepté que tu t'en ailles. Tu étais toujours son petit Paul. C'était dur pour elle.

— Pour moi aussi, Jacques.

— Alors, pourquoi tu es parti ? »

Le ton de sa voix flirtait avec le reproche. Mon frère voulait manifestement régler ses comptes. Il ruminait depuis des années le souvenir du jeune homme rentrant de sa caserne, annonçant à la famille qu'il s'exilait à Bordeaux pour devenir marin. Je n'avais aucune envie de me disputer avec lui, d'étaler nos histoires de famille un jour de deuil. Mais dans la vie, il faut parfois saisir son courage à deux mains, afin que les émotions ne restent pas en suspens dans l'atmosphère comme un orage qui menace d'éclater.

« Je suis parti parce qu'il n'y avait plus rien de bon pour moi ici, répondis-je. Je voulais fuir les champs de blé.

— Les champs de blé ou le souvenir de papa ?

— Pourquoi tu me demandes ça, Jacques ? demandai-je, agacé. Tu ne crois pas qu'on a déjà assez souffert, tous ? Papa m'a détesté toute sa vie, depuis le jour de ma naissance ; il m'a toujours traité comme un moins que rien ! Que croyais-tu, que j'allais aimer un père aussi froid ?

— Non, je…

— Tu étais son préféré, le préféré de la famille, de tout le monde. Tu crois que c'est facile pour un gosse de se construire dans l'ombre de son grand frère ? »

Jacques but une autre gorgée de whisky et reposa son verre sur la table. Il baissa la tête, acculé dans les souvenirs de son enfance. Il caressa nerveusement son verre et alluma une autre cigarette. Le carillon de l'horloge sonna l'heure des règlements de compte de la vie, ceux qui laissent des traces à tout jamais ou esquissent les contours de la rédemption. Nous y sommes tous confrontés un jour ou l'autre.

« C'est vrai que je n'ai pas toujours été tendre avec toi, reprit Jacques.

— C'est du passé, tout ça », répondis-je, touché par ses aveux.

Il se servit un troisième verre de whisky, comme si l'alcool lui octroyait la force de s'ouvrir et délier ainsi le nœud entortillé de son esprit plein de remords. Il en profita pour remplir mon verre à nouveau.

« Tu sais, reprit-il, en dépit des apparences, papa n'a pas toujours été très tendre avec moi non plus. Il était exigeant et autoritaire. Et contrairement à toi, personne ne me défendait.

— Je sais, répondis-je, maman m'a toujours protégé de lui. Mais je n'en veux à personne. Je suis parti pour m'éloigner de tout ça.

— Oui. Je t'ai admiré pour ton courage, avoua-t-il, les yeux plongés dans son whisky. Tu es le seul à avoir osé partir loin d'ici.

— Merci.

— Ça t'a plu, de travailler dans la marine ?

— Oui, pendant un temps. Maintenant, je m'occupe de Jeanne et Mathilde, et je suis bien plus heureux.

— Tant mieux, répondit Jacques en tirant une bouffée sur sa cigarette. Demain, on enterre maman, et avec elle tous les démons de notre enfance.

— Oui, répondis-je la mort dans l'âme. D'ailleurs, il se fait tard, on devrait peut-être aller se coucher. »

Nous nous levâmes de nos chaises et ramassâmes les verres posés sur la table. Il flottait un parfum de nostalgie dans la pièce, comme si le passé avait apposé ses empreintes digitales sur les murs, les meubles, le sol et le plafond. Les gestes saccadés de mon frère trahissaient son esprit torturé de regrets, de remords. Il me fit de la peine. Je ne sus pas quoi dire pour le réconforter. L'eau de la vie avait coulé sous le pont de nos âmes. Elle avait patiemment érodé ses fondations, lissant pourtant la pierre jusqu'à faire disparaître les fissures apparentes. Je saluai mon frère et partis en direction de l'escalier.

« Paul ? m'appela Jacques.

— Oui ? » répondis-je en faisant volte-face.

Jacques s'approcha de moi, les jambes chancelantes, la respiration haletante, comme s'il s'apprêtait à courir la finale du cent mètres aux Jeux olympiques. Il était favori, la foule n'attendait que sa victoire, une énorme pression pesait sur ses épaules. Il se figea face à moi, les yeux humectés de larmes s'agglomérant sur leurs contours. Il voulut dire quelque chose mais s'enroua, comme si les mots ne voulaient pas sortir de sa bouche, que les sons restaient bloqués au niveau de ses cordes vocales. Allait-il enfin prononcer les paroles que j'attendais ? Celles que mon père ne m'avait pas dites, qu'il avait emportées dans sa tombe pour l'éternité.

« Bonne nuit, déclara-t-il en me serrant dans ses bras.

— Bonne nuit, Jacques. »

Je montai les escaliers d'un pas lourd. Jacques m'observait tout en bas. Un soupçon de déception se glissa dans mes pensées, que je parvins à chasser en imaginant les draps chauds dans lesquels Mathilde m'attendait.

Il est une chose agréable que l'on apprend avec la vie, c'est le recul. Je n'étais plus en quête de quoi que ce soit dorénavant. Je préférais entretenir l'amour pour mes deux femmes plutôt que d'espérer encore des mots tendres de ma famille. Après tout, Jacques avait fait un effort ce soir, il s'était excusé pour son comportement. C'était déjà ça. Je me glissai dans les draps et me blottis contre le corps chaud de ma femme.

Cette nuit-là, je dormis mal, craignant le moment où, le jour suivant, je découvrirais le corps blanc et sans vie de ma mère allongée dans sa dernière demeure. L'image de mon père dans son cercueil me revint en mémoire, jusqu'au trou vide du cimetière municipal et à son corps froid que nous contemplions avec mes frères, plus fascinés par la mort que tristes de le perdre. Cette fois-ci, c'était le tour de ma mère. L'immense roue du hasard s'était arrêtée sur elle.

Au petit matin, lorsque nous partîmes en direction du funérarium, le paysage qui défilait sous mes yeux revêtit une teinte particulière, comme s'il avait perdu de son éclat. Je reconnus les lieux de mon enfance, les bosquets, les ardoises sur les toits, le golfe et ses bateaux bercés par la houle, les herbes hautes dans lesquelles nous jouions mes frères et moi, les champs de blé et leurs épis dressés fièrement. Mais, dans ce décor au parfum d'insouciance, un élément manquait à l'appel.

Devant le funérarium, je reconnus le père de Mathilde que je saluai chaleureusement, mes frères Guy et Pierre, mes cousins et cousines, des amis de la famille. Tout le monde était réuni là, pour rendre un dernier hommage à ma défunte mère.

Nous pénétrâmes dans le bâtiment. Un employé nous indiqua la chambre mortuaire dans laquelle elle gisait. Les murs étaient sombres. Seul un mince filet de lumière filtrait à travers les rideaux. Je repensai à ces rites funèbres indonésiens auxquels j'avais assisté un jour, où la mort était célébrée comme une deuxième naissance, un passage obligé vers une réincarnation agréable. Tout le monde dansait, chantait. Les couleurs s'affichaient partout, jamais de noir. La mort était belle, là-bas. Ici, c'était différent. Jeanne, tendue à côté de moi, serrait fort ma main.

« Tu es prêt, papa ? demanda-t-elle gentiment.

— Oui, je crois.

— Très bien, allons-y. »

Nous nous engouffrâmes dans un corridor qui sentait la mort, semblable à ceux de mon navire pris dans la tourmente des flots, dans lesquels les corps s'entassaient. Une odeur particulière flottait ici, une odeur de fin de vie, âpre, râpeuse. L'employé s'arrêta, de même que notre groupe composé de mes frères et de leur famille. Il ouvrit la porte. Au fur et à mesure que les gens pénétraient dans la pièce devant moi, je sentis mon cœur s'emballer, mes mains devenir moites, mon estomac se nouer.

Parfois, nous subissons certaines situations, nous sommes confrontés à des échéances tragiques, des réalités que l'on ne peut fuir, même pas dans l'imaginaire, ou difficilement. J'aurais souhaité qu'un aigle gigantesque plantât ses griffes dans mon dos et m'emmenât loin d'ici, dans le ciel et les nuages, à l'abri de l'épouvantable scénario dont j'étais l'acteur principal. Je voulais fuir à tout prix, fuir la banalité de cette réalité écrasante, son manque de tact, ses souffrances, fuir comme je le faisais depuis toujours dans les champs de blé, les navires, l'écriture de mes romans. J'aurais souhaité être un cosmonaute, foulant le sol de ma lune, ma belle lune qui brillait dans le ciel à la nuit tombée. Mais la réalité dépasse souvent la fiction, c'est bien connu.

Lorsque je sentis la main de ma fille m'entraîner dans la pièce, je retins mon souffle, comme un plongeur qui s'enfonce dans l'abysse océanique.

32

Ma mère gisait là, la peau à peine blanchie, les traits de son visage détendus, comme ceux de mon père en son temps. Je m'approchai d'elle et la contemplai, caressant sa peau froide, remettant en place une mèche de cheveux qui glissait sur son oreille. Ma mère était coquette et n'aurait pas admis qu'on ait une mauvaise image d'elle, surtout la dernière.

La mort m'avait toujours paru étrange à contempler. Il me semblait que les corps gisant devant moi se réveilleraient bientôt et repartiraient vaquer à leurs occupations domestiques, comme si de rien n'était. Une farce en quelque sorte. Je n'arrivais pas à concevoir que tout s'arrêtait là, à cet endroit, à ce moment, que c'en était fini, pour de bon. Peut-être un problème dans le logiciel de mon cerveau, ou simplement l'immaturité d'un enfant n'ayant jamais voulu grandir ni contempler la réalité en face. Celle-ci dispose d'une tristesse que l'imagination gomme, distord à sa guise ou sublime avec du recul.

J'embrassai le front de ma mère, versant quelques larmes dessus, qui roulèrent dans son cou. Il me sembla entendre sa voix au loin, m'appelant, prononçant mon prénom, de plus en plus fort : *Paul, Paul...* Je tendis l'oreille pour écouter plus attentivement le son dont l'origine m'échappait. *Paul, Paul...*

répéta la voix de ma mère. La folie l'emportait-elle sur la raison ? Mon imagination me jouait-elle encore des tours ? Je fus pris d'une irrémédiable envie de courir vers elle, de la rejoindre pour l'éternité. Je glissai à l'oreille de Mathilde un « Je reviens » qu'elle accueillit avec une moue dubitative.

Je sortis de la pièce d'un pas pressé, puis du funérarium, guidé par une indicible force, la voix de ma mère résonnant au loin dans la lumière. Je courus à travers les champs de blé, empruntai un chemin boueux dans lequel je manquai de m'étendre sur le sol. Rien ne pouvait entraver ma course, pas même les officiers allemands me demandant mes papiers, ni les bombes martelant la terre autour de moi, ni le fracas assourdissant du tonnerre s'abattant sur mon navire. Non, rien. Je courais vers elle, vers ma mère qui était encore en vie là-bas.

Je longeai la route du golfe baignée du cliquetis des navires bercés par la houle, puis m'engouffrai dans les chemins de ronces garnies de mûres avec lesquelles elle cuisinait ses tartes. Après quelques minutes de ce marathon effréné, je reconnus le chemin de mon enfance, celui du lavoir dans lequel ma mère s'extasiait et je m'engouffrai dans celui-ci. Mes larmes n'étaient plus des larmes, mais des perles de vie s'écrasant sur le sol, semées à la hâte comme les miettes de pain du Petit Poucet.

J'aperçus au loin le lavoir de mon enfance. Ma mère était là, virevoltant dans un tourbillon de bulles, et je m'arrêtai pour l'admirer. Elle tournait sur elle-même, les bras tendus, les yeux rivés vers le ciel, un sourire éclairant son visage jeune, à peine érodé par le temps. Je riais moi aussi, tel cet enfant que je n'avais cessé d'être. Nous sommes toujours les enfants de nos mères, quel que soit notre âge.

C'est étrange combien toutes les époques peuvent subitement se mélanger dans nos têtes parfois, comme si le temps perdait de sa consistance, de sa réalité. Ma mère s'écroula bientôt sur l'herbe, moquette moelleuse et verdoyante, dressée sur le sol telle une nappe sur la table d'un repas dominical. Elle s'étala sur le gazon en soupirant de plaisir, de lassitude aussi. Sa poitrine ondulait au rythme des bouffées d'oxygène qu'elle inhalait pour reprendre son souffle. Une peau douce comme la jeunesse tapissait son corps, ses jambes étaient repliées sur elles-mêmes. Mes mains s'agitèrent frénétiquement, leurs paumes s'entrechoquant avec violence sans que je puisse les contrôler. J'applaudis ma mère une dernière fois, avant qu'elle ne revêtît son costume de bois. Elle se redressa sur son séant et s'assit en tailleur devant moi. Elle saisit une pâquerette dont la couronne dépassait au-dessus de l'herbe et l'attacha à son oreille. Un sourire illumina son visage, dont la douceur contrastait avec celui de sa chambre mortuaire.

« Paul, mon chéri, viens t'asseoir ici, comme quand tu étais petit », dit-elle d'une voix apaisée.

Elle me fit signe d'approcher et je m'assis sur l'herbe mouillée. L'humidité pénétra mes habits, tachant le costume cravate dont je n'avais que faire. Les hommes se glissent dans des costumes pour cacher leur véritable identité, masquer la fragilité de leur être, ne pas se découvrir de peur d'être découvert. J'ai toujours détesté en porter.

« Alors, ça y est, maman? cette fois-ci, c'est la fin? demandai-je triste.

— La fin? répondit-elle. Ce n'est que le début…

— Le début de quoi?

— D'une nouvelle aventure…

— Mais tu t'en vas, tu me laisses seul? »

Elle ne fut pas troublée par la question et plaça sa main sur mon genou.

« Je ne te laisserai jamais seul, mon ange. Et puis, Mathilde et Jeanne sont là.

— Oui mais… et toi ? demandai-je inconsolable.

— Je dois partir…

— Je ne veux pas…

— Il le faut. Tout le monde s'en va un jour.

— Pas toi, maman…

— Si, moi aussi. Mais n'aie pas peur, Paul, ce qui nous lie est plus fort que la mort. Les êtres passent mais leurs souvenirs continuent de flotter dans l'air comme les nuages dans le ciel. Il suffit juste d'être attentif à leur présence, à leurs odeurs, à leur magie. C'est tout.

— Maman ?

— Oui ?

— Je t'aime.

— Moi aussi, je t'aime, mon chéri. »

L'image de ma mère s'estompa peu à peu devant moi. Son visage était éclairé d'une sérénité nouvelle, d'une sagesse dont la mort seule connaît le secret. Elle ne fut bientôt plus qu'un mirage dont les contours se dissipèrent, comme une brume déchirée par les rayons naissants du soleil. Je me retrouvai seul, plongé dans le chaos des émotions qui s'étiolaient, dans la confusion des sentiments enchevêtrés les uns aux autres, mélangés anarchiquement.

J'avançai ma tête au-dessus du lavoir et contemplai mon visage reflété par le plan d'eau lisse. Des rides se formaient partout, aux commissures de mes lèvres, au coin de mes yeux, sur les traits de mon front. Mes cheveux perdaient du terrain sur la vie, tombant sous le joug d'une calvitie naissante qui exhibait ses entrées des deux côtés de mon front. Au-dessous de mes yeux, deux cernes noirs témoignaient de longues nuits sans sommeil, dans les navires d'abord, dans mon bureau d'écrivain ensuite. La peau de mon cou se flétrissait à vue d'œil, amollie par les vicissitudes de l'existence, comme un barbillon de poule fermière. Le visage de l'enfant qui souriait quarante ans plus tôt dans cette grosse flaque n'était plus qu'un lointain souvenir. J'avais vieilli. Atrocement vieilli. Mais je me sentais moins tourmenté, moins sujet à ce florilège d'émotions qui m'assaillait gamin, plus apaisé dorénavant. Ce qui est paradoxal avec le temps, c'est qu'il érode la peau du fruit en même temps qu'il assainit son noyau. *La jeunesse est belle*, me dis-je, *mais la vieillesse est un puits de connaissances, de souvenirs, de sagesse.* Quand on est gosse, on veut grandir vite. Quand on est plus âgé, on veut redevenir des enfants. L'humanité se construit sur un paradoxe, vous dis-je, depuis le début de cette histoire. Il n'y a là aucune logique.

Je touchai l'eau glacée du lavoir, faisant naître à sa surface de grands cercles successifs, déformant le plan d'eau lisse. Mon visage se troubla dans le reflet du miroir aquatique. Mes mains plongèrent dans l'eau, se creusèrent comme des louches et recouvrirent les murs du lavoir de grandes éclaboussures. Je riais aux éclats moi aussi en inondant l'obsolescence de cet endroit. La technologie ne cessait de s'étendre aux confluents de cette civilisation en mal de vivre. Je repensai à ma mère une dernière fois et lui rendis le plus beau des hommages, celui de faire renaître, l'espace d'un instant, ce jeu puéril qui la rendait si heureuse.

Enfin, fatigué de jouer le rôle de cette femme illuminée de joie, je repartis dans le chemin boueux, le sourire aux lèvres, fier d'avoir conjuré le sort, avant d'enterrer ma mère dans le cimetière municipal, à côté de son défunt mari.

33

Au début des années quatre-vingt, Jeanne rencontra l'homme de sa vie, se maria avec lui et tomba bientôt enceinte. Neuf mois plus tard, un petit être pointa le bout de son nez. François, un garçon cette fois-ci. La tradition familiale reprenait le dessus. Mathilde et moi venions de franchir un nouveau cap. Nous étions grands-parents dorénavant. L'enfance est insouciante, l'adolescence est cruelle, la paternité est un chemin sinueux dans lequel il s'agit de ne pas glisser, la grand-paternité, elle, est un épanouissement.

Quelques mois après l'enterrement de ma mère, il nous avait fallu décider du sort de la ferme de mes parents. Un agent immobilier était venu visiter la maison et m'avait parlé d'une demeure qui était en vente non loin de là pour une bouchée de pain. Le propriétaire, un Anglais fortuné qui n'avait pas d'enfants, souhaitait vendre au plus vite son bien dans lequel il ne venait qu'une fois par an. L'agent immobilier nous avait fait visiter la maison et, lorsqu'il nous avait parlé du prix de vente, nous nous étions regardés, Mathilde et moi, ébahis. Deux heures plus tard, après avoir téléphoné à la banque pour nous assurer de leur accord, nous étions les heureux propriétaires d'une maison secondaire dans le golfe du Morbihan. La ferme de mes parents avait été vendue à un agriculteur qui avait repris l'ensemble de l'exploitation agricole. Jacques étant dorénavant maire du village et conseiller régional, mes deux autres frères pêcheurs associés, la vétuste demeure ne nous était plus d'aucune utilité. En revenant à Bordeaux, nous avions obtenu de nos employeurs respectifs des congés supplémentaires chaque été afin de profiter pleinement de notre résidence secondaire.

Jeanne, devenue avocate à la cour de Bordeaux, déposait pendant les grandes vacances le petit François qui grandissait à vue d'œil. Le garçon était infatigable, curieux, avide d'apprendre encore et toujours, de découvrir de nouveaux territoires, de nouveaux lieux de pêche. Il marchait toujours avec un grand sourire et posait d'incessantes questions.

« Papy, pourquoi les vers luisants brillent dans la nuit ?

— Parce qu'ils captent la lumière du soleil toute la journée.

— Aaaah… Et pourquoi ils font ça ?

— Parce que c'est leur rôle d'illuminer la nuit.

— Aaaah… C'est comme les phares des voitures, alors ?

— Oui, sauf que c'est plus naturel et que ça fait moins mal aux yeux. »

François hochait la tête, convaincu du bien-fondé de mes explications. Il se retrouvait plongé dans une sorte de méditation. Puis, lorsque l'information était emmagasinée dans son cerveau, l'enfant reprenait de plus belle.

« Mais alors, si on mettait des vers luisants sur les phares des voitures, peut-être que ça ferait moins mal aux yeux ?

— C'est possible… Mais ça n'éclairerait pas bien, il y aurait des accidents.

— Mmmh… Alors, il faudrait en mettre des milliers sur les phares ; peut-être que ça marcherait, hein, papy ?

— Oui, peut-être », répondais-je en souriant.

L'enfant apprenait très vite, il me surprenait davantage chaque année. Un soir, alors que nous rentrions du port du

Logéo en marchant, il s'arrêta sur le chemin bétonné qui longeait la plage recouverte par la marée haute.

« Papy, qui c'est Catherine ? » demanda-t-il, les yeux brillants.

Je m'arrêtai subitement devant lui, ne sachant plus quoi dire.

« Euh… c'est une amie, répondis-je la voix tremblante.

— Maman, elle m'a raconté une histoire avec Catherine et María qui étaient en Espagne et qui cherchaient une petite fille dans un port.

— Oui, c'est moi qui ai raconté cette histoire à maman quand elle était petite, répondis-je soulagé.

— Papy ?

— Oui mon chéri ?

— Tu crois qu'un jour elles vont retrouver la petite fille dans l'Espagne ? » demanda-t-il d'une voix triste.

J'eus un pincement au cœur en repensant à l'officier allemand à terre, à la photo de Catherine, à la vieille dame en Allemagne, à l'auberge de Las Palmas, à María, à Martín.

« Bien sûr qu'elles vont la retrouver.

— Maman, elle dit que l'histoire s'arrête dans le port et qu'il n'y a pas de suite, rétorqua-t-il d'une voix déçue.

— C'est parce qu'elle l'a oubliée, tout simplement, répondis-je sans me méfier de l'intelligence du petit.

— Toi, tu la connais, papy, la suite ? »

Non, je ne la connaissais pas. Durant toutes ces années, le temps avait peu à peu effacé le souvenir de la petite fille sur la photo et les traits du visage de María, disparue sans explication. Je distinguai dans les yeux de mon petit-fils tout le mystère planant au-dessus de cette histoire, toute l'inquiétude de ne pouvoir y mettre un point final, de lui donner une fin heureuse. Les enfants ont un besoin de rêver que les adultes enfouissent avec l'âge. François ravivait en moi les vieux démons, cette enfance que je caressais à nouveau grâce à lui l'été venu.

Je ne voulus pas inventer une suite. Je ne voulus pas lui mentir. Je ne répondis pas. Nous rentrâmes tous deux la tête basse, privés d'une fin heureuse qui aurait enchanté notre nuit. En me couchant ce soir-là, j'espérai un jour connaître la vérité sur cette quête que j'avais entreprise gamin. Mais comment faire ? Toute cette histoire n'était plus qu'un lointain souvenir, un espoir abandonné parmi tant d'autres.

34

Nous marchions comme tous les dimanches dans le parc bordelais. Nous profitions de cette balade pour bavarder de notre vie. Nous étions à la retraite depuis peu et passions six mois de l'année près de notre fille à Bordeaux, les six autres mois dans notre résidence secondaire du Morbihan. Nous étions heureux, elle et moi. Quarante ans de vie commune, ce n'est pas rien tout de même. Les racines de notre amour étaient plus solides que celles d'un baobab vieux de milliers d'années. L'amour est la plus belle des choses sur terre, la seule et unique façon de parvenir à l'épanouissement de l'être, à cette sagesse éloignée des futilités qui nous polluent l'existence.

Sur le chemin goudronné, Mathilde flancha une première fois. Sa silhouette vacilla dans le vide et je la rattrapai, paniqué à l'idée qu'il pût lui arriver quelque chose.

« Tout va bien, mon amour ? demandai-je, inquiet.

— J'ai la tête qui tourne, je préfère rentrer », répondit-elle, les membres engourdis.

Nous rentrâmes chez nous et je l'allongeai dans la chambre. Elle s'endormit aussitôt, fiévreuse, *sans doute un refroidissement*, pensai-je.

Le lendemain, son état ne s'était pas amélioré et je décidai d'appeler le médecin. Celui-ci, inquiet de voir sa patiente à demi-consciente, la fit hospitaliser en urgence. Nous partîmes en ambulance, sirènes hurlantes à travers la ville, ces mêmes sirènes que l'on entend parfois au coin d'une rue, qui nous font grincer des dents lorsqu'on imagine la pauvre victime étendue à l'intérieur. Cette fois-ci, la victime, c'était Mathilde, ma femme, ma raison de vivre. Je sentais l'existence vaciller sur son piédestal, se disloquer par morceaux entiers. Ce n'était plus une simple tempête océanique qui menaçait à l'horizon mais, une fois de plus, le sourire de la grande faucheuse qui emporte tout sur son passage, sans distinction d'âge aucune.

Nous arrivâmes à l'hôpital et Mathilde fut transportée dans une chambre. On lui fit toute une batterie d'examens, ces choses de la vie réelle que mon cerveau n'a jamais pu assimiler. Au bout de quelques heures d'une attente insupportable agrémentée de cafés, un homme vêtu d'une blouse blanche s'approcha de moi et me fit signe de le suivre. Nous entrâmes dans une pièce blanche dont le mobilier était minimal. Le bureau de l'homme était parsemé de photos de famille, sa femme et ses enfants sans doute, moments de vie capturés par l'objectif d'un appareil photo.

« Monsieur Vertune, déclara-t-il nerveusement, asseyez-vous, je vous en prie.

— Merci, répondis-je en m'asseyant sur une chaise.

— Comment allez-vous ?

— Un peu angoissé, je dois l'avouer.

— Oui, déclara-t-il en plongeant ses yeux dans les miens. Je comprends.

— Comment va ma femme ?

— Elle se repose pour le moment.

— Très bien. Quand est-ce qu'elle pourra sortir ?

— Monsieur Vertune, je dois vous dire quelque chose.

— Oui ?

— Votre femme a passé une série d'examens approfondis tout à l'heure.

— Et ? »

L'homme se leva et saisit une fiche noire qu'il glissa sous la lumière d'un tableau blanc. Il me sembla apercevoir un crâne humain. Il prit dans sa main droite une sorte de petit bâton qu'il pointa sur l'écran.

« Vous voyez cette tache ? demanda-t-il.

— Oui.

— C'est une tumeur maligne, monsieur Vertune. Dans le cerveau de votre femme.

— Une tumeur ? rétorquai-je, horrifié par la nouvelle.

— Oui.

— Un cancer, vous voulez dire ?

— En quelque sorte, oui.

— Et c'est grave ?

— Écoutez, je dois vous dire la stricte vérité. C'est une tumeur située dans un endroit inaccessible du cerveau, elle est inopérable. Nous ne pouvons rien faire pour elle.

— Il n'y a pas de traitement possible ? demandai-je, les yeux exorbités.

— La chimiothérapie risquerait de la tuer à son âge, pour un résultat qui est très incertain, pour ne pas dire nul.

— Mais, alors, elle n'a plus aucune chance ?

— Aucune, monsieur Vertune, je suis désolé.

— Combien de temps lui reste-t-il à vivre ?

— Deux mois tout au plus, la tumeur est très développée. Je suis vraiment navré, nous ne pouvons rien faire pour elle. »

Je contemplai le tableau sur lequel le cerveau de ma femme exhibait ses contours. Et sa tache, blanche, immense. Deux mois. Comment était-ce possible ? Qu'avais-je fait de si cruel dans la vie pour mériter un tel sort ? On m'avait pris mon père jeune, mon meilleur ami, ma mère, et maintenant ma femme. Pourquoi le malheur se répandait-il ainsi autour de moi ? Qu'allais-je devenir sans elle, ma Mathilde, ma couturière aux mains d'or ?

Nous sortîmes de la pièce et je rentrai chez moi, désespéré, en espérant que le diagnostic du médecin ne fût qu'une grossière erreur. Elle n'était pas si âgée après tout. Nous avions tant de choses à faire tous les deux, tant de moments à partager. Mathilde découvrirait ce monde si vaste que j'avais parcouru pour conjurer le sort d'une enfance triste, les sourires des populations indonésiennes, les tambours du carnaval de Rio de Janeiro, les plages de Fuerteventura baignées de soleil, où les autochtones se réunissaient le soir autour de barbecues. Le long sablier de la vie n'avait pas encore écoulé tout son fluide. Il nous restait quelques années à vivre, grâce au progrès de la médecine et de toute cette civilisation apaisée.

L'humanité semblait avoir compris la leçon, enfin. Mathilde ne pouvait s'en aller, ce n'était pas possible. Son éternel optimisme vaincrait le mal qui rongeait en silence son cerveau. Nous reprendrions bientôt le chemin de notre Bretagne natale, accueillant l'été notre petit-fils, batifolant avec lui dans les champs de blé dans lesquels je riais maintenant, loin du mal-être de mon enfance, vacciné à jamais contre les tiges contondantes. Nous pique-niquerions à nouveau sur les plages, pêcherions des palourdes tous les trois, ramasserions des tourteaux, des bigorneaux, des couteaux et autres crustacés destinés au festin du dimanche midi. Nous nagerions encore jusqu'aux piquets de la plage de Kerrassel, ces pointes de bois fièrement dressées au large, délimitant les parcs à huîtres vers lesquels nous nagions enfants en faisant la course. Mathilde s'amuserait encore avec son petit-fils, lui préparerait ses goûters, malgré son âge flirtant désormais avec l'adolescence. Elle cueillerait avec lui les framboises du potager, viendrait nous trouver dans le jardin et s'écrierait « À table ! » en souriant. Elle se promènerait avec nous sur le port du Logéo dans le crépuscule enivrant de l'été, couperait des bambous afin d'en faire des sarbacanes, contemplerait la lune majestueuse dans le ciel nous glissant des clins d'œil bienveillants.

Pour la première fois de ma vie, je refusais de croire que le futur était un temps de la langue française appartenant à l'imaginaire, créé par des artistes frustrés de la simple réalité du passé et présent. Je l'avais pourtant employé toute mon existence, pour m'extirper de l'affreuse vérité de la conjugaison, de son irascible besoin de figer le temps pour qu'il soit semblable aux numéros de matricule des soldats dans leurs tranchées de Verdun : sans importance, sans affect, sans poésie. Mathilde, elle, n'était pas un simple numéro, pas une simple combinaison de temps composés. Elle était ma femme, ma lumière dans la nuit. Elle ne pouvait s'éteindre. Elle était immortelle, tout comme l'étoile de notre rencontre brillant encore dans le ciel. Tout ceci n'était qu'une immense farce.

Tous les jours, j'allais voir ma femme et restais près d'elle du matin au soir, accompagné de Jeanne qui délaissait son travail. Au début de sa maladie, il me sembla que le diagnostic était erroné. Mathilde se portait à merveille et marchait sans problème dans le parc jouxtant l'hôpital. Malgré les conseils des médecins, elle voulut tenter une chimiothérapie, puis une radiothérapie, notions barbares que seuls les scientifiques en blouse blanche comprennent, et non les ignares de mon espèce. Peu à peu, les vertiges se firent de plus en plus fréquents, les nausées de plus en plus vives, les hurlements de plus en plus effrayants. Mathilde me faisait atrocement peur. Son existence vacillait, cela ne faisait aucun doute.

Le soir, après les visites, je rentrais à la maison et m'asseyais dans le jardin. Le potager de notre échoppe bordelaise, minutieusement élaboré par les doigts de fée de ma femme, attendait avec impatience que son architecte revînt entretenir ses formes. Elle aimait par-dessus tout ce petit coin de terre qui lui rappelait la Bretagne et ses vastes espaces. Elle y avait passé des moments heureux, plongeant ses mains dans le noir de la terre, suant à grosses gouttes lorsque le soleil cognait son front. Je contemplai son chef-d'œuvre, effondré à l'idée de naviguer sans gouvernail dans cet océan d'incertitudes qu'est la maladie.

Un jour, alors que j'étais à côté d'elle, le médecin vint me trouver.

« On arrête le traitement, monsieur Vertune, dit-il avec cette implacable logique de scientifique que j'exécrais par-dessus tout.

— Très bien, répondis-je, comprenant néanmoins que l'acharnement thérapeutique ne servait plus à rien.

— Il ne lui reste que quelques jours. Emmenez-la dans un endroit qui lui est cher pour qu'elle finisse sa vie. L'hôpital loue des fauteuils roulants si vous le souhaitez. »

J'eus envie de gifler le médecin, de le rosser comme les habitants de mon village les soldats allemands. Le capitalisme, même dans les moments les plus sombres de la vie, affichait sa cruauté, son ignominie, sa barbarie. Un jour, l'équilibre du monde serait bouleversé. La magie de l'être humain renverserait la dictature nauséabonde de la rentabilité et de ses chiffres. Mais ce n'était encore que des phrases au futur, une utopie de plus. L'éveil des consciences n'était pas encore à l'ordre du jour.

Nous installâmes Mathilde dans un fauteuil et sortîmes de l'hôpital.

* * *

Le soleil, pâle, tombait lentement dans la mer à l'horizon. Comme chaque soir, l'astre du jour capitulait. Au bord de la crique du port du Logeo, il n'y avait pas âme qui vive. J'avais installé Mathilde devant le golfe et les îles de son enfance. Elle ne parlait plus depuis quelques jours, ses cordes vocales résignées, tout comme ses membres. Nous étions là, dans cette même crique où, quarante-trois ans plus tôt, je lui avais demandé sa main. Nous étions si jeunes à l'époque, pleins d'énergie, d'entrain. L'avenir nous ouvrait grand ses portes. Mais la vie avait filé sans jamais s'arrêter. Aucun petit caillou ne s'était glissé dans le mécanisme pour enrayer son élan. Nous savourions malgré tout le paysage. Mathilde était assise sur son siège de métal, moi dans le sable. Je serrais fort sa main. Nous avions accompli tant de choses tous les deux.

« J'ai été heureux avec toi toutes ces années, Mathilde », dis-je sans espérer de réponse de la part de ma femme.

Il n'y en eut pas. Mathilde était trop faible pour parler. Je sais néanmoins qu'elle entendit ma phrase, le résumé d'une vie tout entière. La simplicité de quelques mots vaut mieux que les discours de politique sans fin qui, au final, ne veulent rien dire.

Mathilde s'éteignit cette nuit-là. Nous l'enterrâmes près de sa mère, dans le cimetière municipal où mes parents reposaient eux aussi. Monsieur Blanchart, dont l'énergie de vivre était telle que la mort n'osait l'approcher, pleurait en silence à côté de moi. Le cruel destin de sa fille était lié à celui de sa femme, comme si le cancer se perpétuait au fil des générations tel un héritage sinistre. Je repensai à la petite couturière assise à l'ombre de son arbre, manipulant sa pelote de laine et ses aiguilles. Jeanne et François pleuraient eux aussi. Quant à moi, j'errais telle une ombre dans les décombres de notre vie commune. Le jour où Mathilde mourut, je perdis mon sourire, celui qu'on m'avait reproché toute ma vie, celui que j'arborais depuis ma naissance.

35

Je me trouvais là. Ou plutôt mon corps se trouvait là. Mes pensées, elles, étaient ailleurs, perdues vers l'horizon. L'océan s'étendait à perte de vue devant moi. Mon terrain de jeu, mon histoire. J'étirais mes racines dans le bleu de la mer comme les arbres dans le noir de la Terre. Il y avait quelque chose de magique là, d'inexplicable, d'irrationnel. Chaque fois que l'énergie de vivre s'épuisait, je venais recharger la batterie de mon âme en contemplant cette étendue d'eau dont les vagues venaient lécher la grève.

Bien des fois, je m'étais demandé quelle nature pouvait être plus belle que mon océan, sans jamais trouver de réponse. Quinze années durant, je l'avais écumé dans ces cargos chargés de marchandises, à la recherche de mon passé, fouillant ses moindres recoins avec minutie, pour finalement découvrir une vérité qui m'échappait. Je l'avais déserté, écœuré par son inconsistance, sa dangerosité. Mais voilà, maintenant, tout était différent, Mathilde était morte et je revenais volontiers le dévorer des yeux, pour combler le gouffre béant laissé par la disparition de ma femme. En vérité, ce ballet d'éléments naturels en perpétuel mouvement m'enivrait comme le vin enivre les soûlards. J'étais devenu un ivrogne, avide de ses embruns salés, accro à son parfum iodé, ses remous, ses formes gigantesques. Je le contemplais des heures durant, assis sur le sable, seul, absent. Tous les jours depuis la mort de Mathilde, c'était le même manège. Je me levais le matin vers neuf heures, prenais un petit-déjeuner et venais m'installer sur la plage jusqu'au crépuscule. Peu importait le temps. Je venais tous les jours, oubliant de vivre, tantôt bercé par la bruine, tantôt par les rafales de vent, tantôt par le soleil ou les nuages. Chaque jour qui se levait était nouveau, comme un produit qu'on sort de l'emballage. J'essayais de ne penser à rien, ou plutôt, j'évitais de penser à Mathilde. À tout prix. La moindre pensée égarée faisait jaillir un torrent de larmes, qui roulaient le long de mes joues, s'accrochaient aux poils de ma barbe et se frayaient un chemin dans mon cou. La douleur me broyait les tripes, celles d'un corps usé par la vie, fatigué de lutter contre le destin tragique. Mathilde était mon sang.

Parfois, sur la plage, les badauds marchaient les pieds dans l'eau. Ils jetaient du pain aux oiseaux et s'extasiaient à chaque fois que ceux-ci plongeaient pour attraper leur repas. Je me demandais parfois lequel de ces deux animaux nourrissait l'autre. Certains d'entre eux me saluaient parfois, sans que je ne leur fasse de signe en retour, trop occupé à ne pas penser, à fuir la réalité hostile.

Lorsque la nuit tombait, que j'apercevais parfois au détour d'un nuage ma lune toute-puissante, ma lune pleine et silencieuse, je lui adressais un sourire, à elle, uniquement à elle. Elle m'accompagnait depuis l'enfance et je lui vouais un respect profond, à la limite du culte, comme les Incas avec le soleil. Contrairement à son homologue diurne brillant de mille feux, fier, arrogant, je trouvais la lune plus discrète, plus apaisante, plus tranquille. Elle n'avait nul besoin de briller, nul besoin d'étaler toute sa vantardise, son énergie. Elle se glissait simplement dans le ciel la nuit, lorsque tout le monde dormait, de sorte que seuls les insomniaques pouvaient la voir, sans signes ostentatoires, sans prestige. On pouvait l'admirer sans se faire mal aux yeux, elle se mettait à nu, au contraire de l'astre du jour qui écartait nos rétines lorsqu'on tentait de percer son mystère. Elle était mon astre, ma divinité. Elle apaisait les turpitudes de mon âme de ses reflets pâles sur la mer, de ses cratères discrets, de ses formes multiples qu'elle revêtait au gré de ses cycles, comme ceux de ma personnalité. Je me reconnaissais en elle. Ma lune. Mon caillou d'enfance perché dans le ciel.

Enfin, lorsque la température tombait et que je commençais à avoir froid, je me levais et rentrais chez moi. Là, je m'étalais sur le lit et rêvais de ma Mathilde encore en vie, de ses plats cuisinés qu'elle concoctait des après-midi durant, de ses éclats de rire estivaux sous les pommiers du jardin, de notre amour qui n'avait jamais eu de frontières. Jeanne s'inquiétait de mon sort. Elle m'appelait et je lui assurais que tout allait bien. La période de deuil est un moment où l'on apprécie la solitude. Ma fille m'encourageait à écrire à nouveau mais je n'en voyais pas l'utilité. Ma source d'inspiration s'était tarie. Mathilde n'était pas seulement ma femme, c'était ma muse. Mais elle s'était envolée dans le ciel.

* * *

Ce petit manège dura un an, une longue année pendant laquelle je restai des heures devant l'océan. J'aurais pu continuer à observer le large jusqu'à la fin de ma vie, pour ne plus penser, pour rejoindre ma femme le plus vite possible. Mais, là encore, le destin ne voulut pas en savoir davantage. Il me tira par le col et me fit subitement revenir à la réalité. *La vie n'est pas finie*, semblait-il me dire.

36

Kerrassel, Morbihan, 1992

J'étais allongé sur mon lit lorsque la sonnette retentit. Je fus tout d'abord surpris. Je n'attendais personne. L'horloge du réveil indiquait vingt heures trente. Je me levai dans la pénombre et regardai par la fenêtre. Devant la porte, un homme brun, d'une quarantaine d'années tout au plus, attendait en costume impeccable. Son visage ne m'était pas familier. *Un commercial, sans doute.* J'enfilai une veste à la hâte et marchai en direction de l'entrée. J'ouvris la porte et me retrouvai nez à nez avec l'individu souriant.

« Bonjour, monsieur Vertune, dit l'homme avec un accent espagnol.

— Bonjour. Je peux vous aider ?

— Oui, répondit-il en me regardant droit dans les yeux.

— Je vous écoute…

— Je voulais vous dire merci.

— Comment ?

— Merci du fond du cœur », dit-il en fondant en larmes.

* * *

L'homme s'effondra sur le sol à genoux et s'accrocha à mes jambes. Je trouvai la position embarrassante et vérifiai autour de moi que personne n'assistait à cette scène étrange. Il sanglotait en s'agrippant à moi. Je sentais son front contre mes cuisses. Ses larmes mouillaient mon pantalon. Qui était cet homme ? Et pourquoi se comportait-il ainsi ? Il semblait désemparé sur le sol et me fit mal au cœur.

« Venez par ici, Monsieur », déclarai-je en le relevant.

Je l'agrippai par le bras et le fis rentrer dans mon salon. Il s'assit sur un canapé et se prit la tête dans les mains. Il tenta de réprimer de petits sanglots étouffés. Je m'approchai de lui et lui tendis un mouchoir.

« Calmez-vous, monsieur. Qu'est-ce qui ne va pas ? demandai-je, compatissant.

— Excusez-moi, balbutia-t-il, ce n'est rien, juste l'émotion de vous voir.

— De me voir ? Mais comment ça ?

— Vous ne me reconnaissez pas, hein ? balbutia-t-il en se mouchant.

— Non, qui êtes-vous ? »

L'homme essuya ses larmes, se reprit un peu et s'installa plus confortablement dans le canapé. Je ne l'avais jamais vu, j'étais sûr de moi. Que diable pouvait-il bien faire dans mon salon ?

« Vous êtes sûr que vous ne vous souvenez pas de moi, monsieur Vertune ? dit-il toujours avec cet accent espagnol.

— Mais non, je ne sais pas, vous êtes un ami de Martín ? répondis-je en concluant que son accent était proche de celui de mon ami décédé.

— Non, je ne connais pas de Martín.

— Alors, qui êtes-vous ?

— Je suis Manuel, le fils de María. »

Je me figeai de tout mon être. Mon cœur s'arrêta brusquement, le sang dans mes veines ne circula plus l'espace d'une seconde. Le fils de María ? Le petit garçon de la balançoire ? L'orphelin d'une mère jetée sur les trottoirs de Las Palmas ? Je n'en croyais pas mes yeux. Je m'approchai de lui et le contemplai quelques secondes. Sur le visage du jeune homme, les traits de sa mère apparurent peu à peu : les mêmes yeux, les mêmes lèvres, la même forme arrondie de visage.

« Ma... Ma... Manuel, balbutiai-je en lui touchant le visage.

— Oui, monsieur Vertune, répondit-il en souriant timidement.

— Mais comment diable m'as-tu retrouvé ? Et ta mère, où est-elle ? Qu'est-ce qui s'est passé pendant toutes ces années ? Où étiez-vous ? m'écriai-je, les réponses à ces questions m'ayant échappé pendant tant d'années.

— Asseyez-vous, monsieur Vertune, je vais vous expliquer, c'est une très longue histoire. Avant que je commence, est-ce que vous pourriez me donner un verre d'eau s'il vous plaît ?

— Bien sûr », dis-je en partant dans la cuisine.

Je versai un peu d'eau dans un verre que je lui tendis aussitôt.

« Excusez-moi pour les pleurs, monsieur Vertune, beaucoup de souvenirs sont remontés quand je vous ai vu, déclara-t-il.

— Ce n'est pas grave, appelez-moi Paul, s'il vous plaît.

— Très bien... Paul... Votre voisine à Bordeaux m'a donné votre adresse ici et je suis venu. La route a été longue.

— Et María ? » demandai-je impatient.

Le visage de l'homme s'assombrit aussitôt. Je compris que ma question ravivait des blessures enfouies.

« Ma mère, continua-t-il, est revenue un jour quand j'étais petit. Elle était heureuse. Je me rappelle encore de ce jour comme si c'était hier. J'étais dans le jardin de mes grands-parents à Malaga et elle est arrivée en courant vers moi. Elle m'a pris dans ses bras et m'a promis de ne plus jamais me laisser. »

Le regard de Manuel était perdu dans les souvenirs de son passé, en quête de toutes ses sensations. Son récit était empreint d'une nostalgie que je ressentais moi aussi en évoquant tous ces souvenirs, les souvenirs d'une vie entière, de María, de Mathilde, de toutes ces rencontres qui avaient fait de moi ce que j'étais aujourd'hui.

« Elle m'a longtemps parlé de vous, Paul, reprit-il, de votre rencontre sur la plage d'Alcaravaneras. J'y suis allé l'année dernière. C'est une belle plage…

— Comment ça se fait que vous parliez si bien le français ? demandai-je, intrigué.

— J'ai effectué ma scolarité dans un collège français à Malaga, c'était une manière pour elle de vous remercier pour ce que vous aviez fait, c'est pour ça que je parle français maintenant, ou que j'essaie…

— Vous vous débrouillez très bien, répondis-je, attendri. Mieux que moi en espagnol… »

L'homme esquissa un sourire lui aussi.

« Et puis, ma mère m'a raconté l'histoire de Catherine Schäfer quand j'étais adolescent. Elle a conservé la petite photo de l'Allemande que vous aviez glissée dans l'enveloppe sur le port de Bordeaux.

— Ah oui ?

— Avec le temps, elle a commencé à culpabiliser de n'avoir pu vous aider dans vos recherches. Elle n'en dormait plus la nuit. Elle me répétait sans arrêt que vous l'aviez aidée au péril de votre vie et qu'elle s'en voulait de ne pas avoir été à la hauteur.

— Mais je ne lui demandais rien en retour.

— Je sais. Mais ma mère s'est mis en tête de retrouver

l'Allemande. Elle a téléphoné partout à Las Palmas pour avoir des informations, dans les hôtels, à la mairie, c'est devenu une obsession pour elle de vous aider. Elle voulait vous faire une surprise pour vous remercier de votre geste.

— Elle a découvert quelque chose ? demandai-je, intrigué.

— Elle ne pouvait pas enquêter depuis Malaga. Alors, un beau jour, elle est repartie là-bas.

— À Las Palmas ?

— Oui. Elle a remué ciel et terre. Elle a même engagé un détective privé avec ses économies. Elle s'est démenée pour trouver l'Allemande. Tenez, voici toutes les lettres qu'elle m'a envoyées pendant l'année 1965. Elle y résume ses recherches. »

Il me tendit un petit paquet dans lequel plusieurs enveloppes étaient entassées les unes sur les autres. Je le saisis et l'examinai attentivement.

« Au bout de quelques mois, n'ayant aucune piste sérieuse, elle est repartie voir ses anciennes collègues, dit-il en baissant la tête.

— Vous le saviez ?

— Non, je l'ai découvert par la suite. Mais je ne lui en veux pas. Ma mère était une personne admirable, déclara-t-il la tête haute, avant de s'interrompre. Une des prostituées sur le port l'a reconnue et lui a indiqué une maison dans le quartier de La Isleta. Elle s'y est rendue. Je n'ai plus jamais eu de nouvelles d'elle ensuite.

— Qu'est-ce qu'il lui est arrivé ? demandai-je, horrifié.

— Sur la dernière lettre qu'elle m'a envoyée, elle a noté l'adresse de la maison. Je m'y suis rendu deux mois plus tard, j'étais inquiet de ne plus avoir de nouvelles.

— Et qu'est-ce qui s'est passé ?

— Un homme a ouvert et je lui ai demandé s'il avait vu ma mère. Il m'a fait rentrer dans la maison et m'a assommé violemment. Quand je me suis réveillé, j'étais attaché à une chaise, avec du sang partout sur la chemise. L'homme se tenait debout devant moi et m'a posé des questions sur María et la mère de Catherine, il voulait savoir pourquoi tout le monde les recherchait. Et puis, il est parti et m'a laissé seul dans la pièce. J'ai hurlé pendant des heures jusqu'à ce qu'un voisin alerte la police. Quand ils sont arrivés, l'homme avait disparu.

— Qui était-ce ?

— L'ancien proxénète de ma mère. Je crois que l'homme n'avait pas supporté qu'elle s'échappe dix ans plus tôt et, quand il l'a reconnue, il l'a tuée, tout comme il avait tué la mère de Catherine parce qu'elle planifiait de s'échapper elle aussi. On a retrouvé le corps de trois femmes dans le sous-sol de sa maison, coulés dans le béton. Voilà pourquoi elle n'a plus jamais donné de nouvelles. Peu de temps après, les cadavres ont été remontés à la surface. Nous avons enterré ma mère dans le cimetière de Malaga.

— Je suis navré, Manuel, c'est affreux. Tout ça par ma faute…

— Non. Ce n'est la faute de personne. Ma mère avait foi en la vie, foi en vous, Paul. Elle voulait juste vous aider, comme vous l'aviez fait. »

Un long silence envahit l'espace. Je repensai à la belle María, défiant le danger pour retrouver l'Allemande à ma place, soucieuse de m'aider à son tour. Je culpabilisai à l'idée de l'avoir entraînée dans toute cette histoire, en glissant la photo de Catherine Schäfer dans l'enveloppe pour me débarrasser de mon passé encombrant. Ce geste, anodin, l'avait plongée dans une quête perdue d'avance. Souvent, je m'étais emporté en pensant à elle, dénigrant son ingratitude, sans connaître l'affreuse vérité. Pendant toutes ces années, María était morte, comme Martín, ma mère et Mathilde dorénavant. Les cadavres se succédaient dans le crépuscule de ma vie, et je constatai chaque jour davantage mon incapacité à maîtriser le phénomène.

« Il y a autre chose dont je veux vous parler, Paul, reprit Manuel.

— Oui ? répondis-je tristement.

— Après la mort de ma mère, je suis retourné à Malaga. Je suis rentré dans la police là-bas. Peut-être pour venger sa mort, qui sait ? Je suis devenu lieutenant à force de travail. Pendant des années, j'ai beaucoup repensé à toute cette histoire. Et puis, il y a deux mois, je suis reparti à Las Palmas en vacances pour me souvenir d'elle. J'ai visité l'île de fond en comble, c'est magnifique, vous connaissez ?

— Juste Las Palmas, déclarai-je, rien de plus que la ville.

— Dommage, l'intérieur de l'île est magnifique. Le Roque Nublo surtout, un immense rocher qui se dresse sur les hauteurs, on y voit toutes les îles Canaries lorsque la météo le permet. C'est sublime. Bref, je suis passé au commissariat et j'ai profité de ma plaque de lieutenant pour pénétrer les archives judiciaires. J'ai retrouvé les traces de l'enquête et toutes les pièces à conviction. Dans un petit sac plastique, il y avait une enveloppe avec la photo de Catherine et votre adresse. Je les ai glissées dans ma poche. C'est grâce à ça que je vous ai retrouvé. Tenez, je vous les rends. »

Il me tendit la petite photo en noir et blanc de l'Allemande qui me rappela les souvenirs de mon enfance, la libération et le lynchage sur la place publique des officiers allemands, le sourire de Mathilde. J'eus un pincement au cœur en repensant à tout ça.

« Une dernière chose, reprit-il. Dans le sac plastique de la mère de l'Allemande, il y avait une quittance de loyer avec son adresse. Elle n'habitait pas dans le quartier de La Isleta mais à côté, à Guanarteme, en face de la plage de Las

Canteras. Je m'y suis rendu. Une vieille femme m'a ouvert la porte. C'était la propriétaire des lieux depuis quarante ans. Elle louait une chambre de temps à autre aux gens de passage. Elle se souvenait très bien de l'Allemande, Martha, m'a-t-elle dit.

— Oui, c'est ça, Martha ! dis-je en repensant à l'écriteau sur la porte à Francfort.

— Elle m'a dit que Martha avait une fille, Catherine. Elle mettait de l'argent de côté pour partir en Argentine. Elle avait des amis là-bas qui pouvaient l'aider.

— En Argentine ? rétorquai-je, intrigué.

— Oui. Quand Martha n'a plus donné signe de vie, la vieille femme a pris l'enveloppe contenant l'argent et les informations. Elle a écrit une lettre à la famille en Argentine. Ils ont répondu quelques semaines plus tard en lui proposant d'y envoyer la fille. Ce qu'elle a fait.

— Catherine Schäfer était en Argentine pendant toutes ces années ?

— Oui. Et vous savez quoi ? J'ai téléphoné au consulat d'Espagne en Argentine en prétextant que j'avais besoin d'informations pour une enquête au sujet d'une certaine Catherine Schäfer. Ils ont investigué de leur côté et m'ont envoyé cette enveloppe il y a deux semaines. Tenez, je vous la remets, ceci est votre histoire, Paul. »

Je saisis l'enveloppe et glissai mes doigts à l'intérieur. Dans celle-ci, au milieu d'un texte écrit en espagnol dont je ne saisissais pas le sens, il y avait une adresse : *Catherine Schäfer, 180 Avenida Luis María Campos, Buenos Aires.*

« Elle est toujours en vie ? interrogeai-je.

— Oui. *La vida da muchas vueltas*[1], déclara-t-il en souriant.

— Merci, Manuel.

1. Traduction : « La vie est pleine de surprises. »

— Merci à vous d'avoir sauvé ma mère, Paul. »

Le passé resurgit tout à coup, toutes ces questions sans réponses, tous ces moments laissés en suspens à cause de l'incompréhension. La vie m'offrait une nouvelle chance, celle d'en finir avec cette quête infantile, ce rêve de gosse qui me taraudait depuis des décennies. Je regrettais que Mathilde et Martín ne fussent plus en vie pour jubiler à mes côtés.

J'appelai ma fille et lui racontai l'histoire. Elle en fut ébahie. Manuel resta dormir à la maison et partit au petit matin après m'avoir serré dans ses bras. Il m'invita à prendre quelques vacances en Andalousie où je serais reçu comme un roi, en mémoire de l'amitié avec sa mère. Le lendemain, nous achetâmes trois billets d'avion pour Buenos Aires. Jeanne et François venaient avec moi. J'allais pouvoir mettre un point final à toute cette histoire. Mon petit-fils serait content.

37

L'avion volait au-dessus de l'océan. Depuis le hublot, je distinguais les lumières éparses des bateaux sous forme de petits points blancs. Les équipages de marins devaient dormir à cette heure-ci, bercés par le rythme de la houle qui, je l'espérais pour eux, était paisible. Sur le plan de vol affiché devant moi, la position de l'avion décrivait une ligne droite entre Paris et Buenos Aires. Nous étions situés à mi-chemin. À côté de moi, François dormait paisiblement. La tête du garçon fatigué par le voyage débordait de son siège et s'écrasait sur mon bras. Jeanne, elle, lisait un livre et jetait un coup d'œil de temps à autre à son petit, remettant en place sa couverture afin qu'il ne prenne pas froid.

Depuis le départ, j'étais fasciné par l'univers étrange de l'aéronef qui s'élevait à plus de dix mille mètres d'altitude et volait à une vitesse démesurée. Le décollage m'avait surpris par sa puissance, le bruit de ses moteurs, son accélération soudaine pour quitter la piste et s'envoler dans les airs. Je contemplais le paysage dehors, fasciné par la beauté de la Terre à cette altitude, les méandres des fleuves sculptés dans la roche, les gigantesques montagnes qui n'étaient plus d'ici que des collines sans importance. Puis, quand nous quittâmes de vue la terre en contrebas et que je vis au loin l'océan Atlantique se dresser fièrement, j'eus un pincement au cœur en repensant à toutes ces années passées dans la marine. Je reconnus le détroit de Gibraltar, affichant ses falaises abruptes et ses plages dorées, les côtes marocaines aux couleurs ocre, et, plus loin, les îles Canaries. Lanzarote. Fuerteventura. Gran Canaria. Tenerife.

Je ne pus m'empêcher de penser à María et à Martín, à nous trois courant dans les rues de ce gros caillou qui exhibait ses formes arrondies quelques kilomètres plus bas. *Le temps passe si vite*, pensai-je. Les chapitres de ce grand livre s'enchaînaient les uns après les autres, les pages se tournaient sans que nous ne puissions en relire les passages importants. D'en haut, la vue était splendide.

La nuit pointait le bout de son nez à l'horizon, arborant son manteau infini d'étoiles. La lune semblait accrochée dans le ciel, en lévitation, elle était pleine, pleine comme ma vie, mes joies et mes peines, mes rêves et mes renoncements, mes gloires et mes échecs. Mathilde me manquait. Elle constituait la grande absente de ce voyage, elle qui s'intéressait tant à mon histoire. *Tôt ou tard, je reprendrais le chemin de l'écriture*, pensai-je. Je me demandais si Catherine Schäfer habitait bien à cette adresse, s'il n'y avait pas erreur sur la personne. Je n'avais pas eu le courage d'appeler le numéro, de peur d'être déçu. Et puis, il y avait bien longtemps que je souhaitais découvrir l'Argentine, autant faire d'une pierre deux coups.

Une hôtesse s'avança dans l'allée et me proposa un rafraîchissement ; sa chevelure était relevée en chignon, ses yeux en amande avaient des airs rieurs. Je déclinai la proposition et m'assoupis en rêvant de ma femme, ma douce femme perchée là-haut dans le ciel.

* * *

L'avion atterrit quelques heures plus tard. François et Jeanne étaient réveillés à côté de moi. Le garçon avait dormi tout le long du voyage, il était impatient de connaître comme moi la fin de l'histoire. Les roues de l'aéronef heurtèrent violemment le sol, secouant les passagers qui applaudirent, rassurés. Nous descendîmes dans l'aéroport bruyant et récupérâmes nos bagages. Une horde de taxis nous apostropha, vantant les mérites de leur compagnie, pas chère et rapide. Jeanne, qui parlait espagnol, négocia avec l'un d'entre eux, et nous partîmes en direction de notre hôtel.

De longues autoroutes encombrées défilèrent sous nos yeux fatigués, exténués par le voyage. Notre chauffeur parlait sans s'arrêter et Jeanne acquiesçait poliment en espérant qu'il se taise. Aux alentours de la ville, les bidonvilles étiraient leurs morceaux de tôles fragiles. D'immenses tas de détritus jonchaient le sol un peu partout, répandant leurs effluves insalubres. Les habitants, défavorisés par la cruelle sélection de la naissance, tentaient de subsister comme ils le pouvaient, dans la crasse des taudis aux couleurs sombres. C'étaient eux, les laissés pour compte du hasard de l'existence, ces gens que l'on regarde parfois au coin d'une rue et que l'on ignore cruellement. Au fond, ce ne sont pas eux qui nous font peur, mais l'ombre planant autour de chacun d'entre nous, qui nous rappelle sans cesse qu'un drame de la vie peut nous jeter sur les routes, sans le moindre sou. Pour fuir cette réalité, nous pratiquons l'omerta silencieuse, que personne n'ose briser.

Le taxi s'arrêta à un feu rouge à l'entrée de la ville. La silhouette d'un homme mutilé avançait entre les voitures, de grandes béquilles soutenant son corps meurtri. Les automobilistes l'ignoraient lorsqu'il tapait à la vitre, ils ne daignaient pas lui jeter le moindre regard, lui offrir ne serait-ce qu'un simple élan de compassion. Le taxi avança lorsque le feu devint vert, comme si la couleur de l'espoir nous offrait une chance de nous enfuir de là, loin de cet homme triste, que le rouge sang du feu nous avaient obligés à contempler quelques instants.

« *Buenos Aires*, déclara le chauffeur en pointant du doigt une avenue qui se dressait devant la voiture. *¡ Avenida Nueve de Julio !*

— *Gracias* », répondis-je poliment.

Le chauffeur bifurqua dans une rue adjacente, tourna à plusieurs reprises dans des rues qui se ressemblaient toutes et s'arrêta bientôt devant notre hôtel.

« *¡ Ya estamos, chicos !* [1], déclara-t-il, fier de lui.

— *Gracias* », répondis-je à nouveau.

Nous descendîmes de la voiture, prîmes nos bagages et entrâmes dans l'hôtel. Une hôtesse enregistra nos passeports et nous remit les clés de nos chambres. Je lui demandai poliment si l'adresse de Catherine Schäfer se situait loin d'ici. Elle me répondit qu'elle se trouvait « à quelques pâtés de maison à peine ». Nous montâmes dans nos chambres et nous reposâmes quelques heures.

Le soir venu, j'emmenai ma fille et mon petit-fils dans un restaurant où les danseurs de tango nous offrirent un spectacle d'une beauté rare. Nous applaudîmes, séduits par leur démonstration de grâce. Nous rentrâmes à l'hôtel et nous endormîmes. Le lendemain serait un grand jour.

1. Traduction : « Nous y sommes, les enfants ! »

38

Ce jour-là, il faisait très chaud. Le soleil martelait la capitale argentine de ses rayons féroces, plongeant la ville dans une fournaise étouffante. Le matin, nous marchâmes dans les rues de Buenos Aires, fleuries par d'impressionnants jacarandas recouvrant les routes de leurs couleurs mauves. François s'extasiait devant les arbres aux branches garnies de fleurs qui s'écrasaient sur le sol. Quelques musiciens jouaient sur le bord des rues, heureux d'être libres malgré la précarité de leur situation. *Il fait bon vivre ici*, pensai-je.

L'après-midi, nous décidâmes de partir en direction de l'adresse indiquée par Manuel. En entrant dans l'avenue Luis Mar*í*a Campos, je sentis tout le poids des années s'abattre sur mes épaules, tous ces chemins empruntés au gré des rencontres, des choix, des humeurs. Les fleurs de jacarandas, frappées par les rayons du soleil, s'asséchaient en répandant leurs effluves sucrées dans l'air. Lorsque nous fûmes devant le numéro 180 de l'avenue, mes jambes flageolèrent et je dus me soutenir au portail pour ne pas tomber. Jeanne me retint par le bras.

« Ça va, papa ? demanda-t-elle anxieuse.

— J'ai peur Jeanne, rétorquai-je, le cœur pris dans un étau.

— Tu veux qu'on s'en aille ? Ce n'est pas grave, tu sais…

— Non, je veux la voir. Mais j'ai peur que tout remonte à la surface. Toutes ces années à la chercher, toutes ces personnes rencontrées sur le chemin. J'ai peur qu'elle ne veuille pas m'écouter. Ou pire, qu'elle se moque de toute cette histoire idiote. »

Ma fille, qui ressemblait de plus en plus à sa mère, plongea ses yeux dans les miens.

« Papa, cette histoire, c'est ton histoire. Peu importe ce qui se passe aujourd'hui, tu es allé au bout de tes rêves, comme tu l'as toujours fait. On est tous très fiers de toi, tu sais. »

Je me souvins du visage de María dans le bateau, à notre arrivée à Bordeaux, la belle María tétanisée à l'idée de retrouver son fils. Je l'avais rassurée gentiment, tout comme le faisait ma fille. Les rôles ne sont jamais gravés dans le marbre. Ils varient au gré des situations.

« Et mon père, Jeanne, tu penses qu'il serait fier de moi aujourd'hui ? »

Elle figea ses yeux dans les miens et déclara avec une assurance froide.

« Ton père a toujours été fier de toi, papa. Mais il n'a jamais su trouver les mots pour te le dire. »

Je contemplai le visage de ma fille sans douter une seule seconde de ses paroles. Jeanne avait raison. Mon père était fier de moi malgré sa haine. Je le compris enfin, à des milliers de kilomètres de ma terre natale, sur le continent des grandes révolutions, l'image du Che flottant au-dessus de la ville. Pourquoi diable ne m'avait-il rien dit, préférant mourir en emportant son secret dans sa tombe plutôt que de livrer sa fierté d'avoir un fils différent des autres, plus sensible, plus instruit. L'ego est le cancer de la vie, une maladie du cœur lorsqu'il n'est pas maîtrisé.

Ce jour-là, je sonnai à la porte du numéro 180, bien décidé à en finir avec tout ça, à conjurer le sort des années, à exorciser une bonne fois pour toutes les démons de mon enfance, de mon adolescence, de ma vie tout entière. Quelques secondes plus tard, une femme vint nous ouvrir. Jeanne fut l'interprète de la discussion.

« Bonjour, que puis-je faire pour vous ? demanda-t-elle en souriant.

— Bonjour, je cherche Catherine Schäfer, dis-je avec assurance.

— Oui, c'est ma mère, elle est là ; qui dois-je annoncer ?

— Paul Vertune et sa famille.

— Elle vous connaît ?

— Non. Mais moi je la connais depuis très longtemps.

— Ah, très bien. Ne bougez pas. »

Elle disparut derrière la porte et revint quelques secondes plus tard. Elle nous fit signe de rentrer. Je serrai la main de Jeanne et de François. Nous suivîmes la jeune fille dans un couloir. Mes mains étaient moites, mon cœur battait la chamade, tambourinant dans ma poitrine de toutes ses forces. La jeune fille de la photo était là, derrière ses murs. Je l'avais cherchée des années durant, en priant pour qu'il ne lui soit rien arrivé.

« Ma mère est dans le jardin, elle vous attend, je vous laisse y aller seul, monsieur », dit la demoiselle qui semblait avoir compris l'importance de cette visite.

Jeanne et François s'arrêtèrent. Je levai les yeux vers le visage en larmes de ma fille.

« C'est ton histoire, papa, ta vie, tes rêves, accomplis ton destin. On est tous très fiers de toi. N'est-ce pas chéri ? demanda-t-elle à François.

— Oui. La petite fille du port, elle va retrouver son père. C'est ça, la suite de l'histoire », déclara-t-il rayonnant de joie.

J'embrassai ma fille et mon petit-fils, ému, pendant que la jeune fille nous regardait, n'osant dire un mot. Je m'avançai dans le couloir, les mains tremblantes, la démarche chancelante. Je serrai la petite photo de l'Allemande qui m'avait accompagné pendant toutes ces années. La vie est une grande roue qui nous prend dans sa nacelle, nous entraîne tout en haut pour contempler la vue panoramique et nous fait redescendre tout en bas pour mesurer la chance que l'on a eu. À cet instant précis, à l'entrée du jardin, je me sentis tout en haut de la grande roue.

Et je la vis. Catherine Schäfer, la petite Allemande de la photo, étendue sur une chaise longue à l'ombre d'un arbre. Elle avait vieilli mais je la reconnus immédiatement. C'était bien elle, oui. Tout se mélangea subitement dans ma tête ; je repensai à ma naissance, au curé et au prêtre, à mon père, aux longs dimanches passés à ramasser des palourdes avec mes frères, aux odeurs marines qui nous embaumaient les narines, au lavoir de mon enfance, à mon instituteur, aux champs de blé, leurs têtes d'or balayées par la bise océanique, au parfum de ma mère, au regard de mon père, son cercueil qui s'enfonçait dans la terre, aux années noires, à la guerre, aux bombes qui martelaient le sol, aux officiers allemands, au père de Catherine qui mourait devant mes yeux, au temps qui défile et jamais ne s'arrête, à Jean, au colonel, au service militaire, à Francfort et notre escapade, à Mathilde, ma belle Mathilde traversant les âges et les époques, à notre rencontre, à nos longues promenades le long du golfe, à nos embrassades d'adolescents complexés, à ma demande en mariage, à Bordeaux, à notre maison, à notre vie commune, à Jeanne, à Martín, au bateau, au naufrage, à mon roman, à l'Andalousie où nous avions été si heureux l'espace d'un été, à la mort de Mathilde, à María, à Manuel, à la vie, à la mort, à tout ce qu'elle nous donne et nous reprend. Tout se mélangeait, tout. Les émotions ne furent bientôt plus qu'un tourbillon dans lequel mon corps entier se retrouva plongé, dans l'œil du cyclone de l'existence, balayé par les déferlantes et les vents marins. Je pleurais à chaudes larmes.

Catherine Schäfer se leva, décontenancée. Elle avait les mêmes yeux que son père, bleus comme l'eau de la mer, débordant d'humanité. Alors que j'avançai vers elle, je me dis que mon existence entière était semblable aux cycles de la lune : tantôt sombre, tantôt éclairée, criblée de cratères béants qui, lorsque j'y regardais de plus près, esquissaient un large sourire.

Épilogue

Kerrassel, Morbihan, 2009

C'était un jour de septembre. Un jour de canicule, bizarrement, comme si la boucle de la vie revenait à son point de départ, les grandes aiguilles de l'horloge fatiguées d'avoir couru une vie durant. On aurait juré que tout était identique, que les éléments naturels s'étaient donné rendez-vous, comme quatre-vingts ans auparavant. Le soleil écrasait le paysage, craquelant la terre de plaques, asséchant les feuilles d'arbres qui imploraient la pluie. Une légère bise océanique rafraîchissait de temps à autre cette fournaise, caressant nos joues rougies. Tout le monde se tenait là, devant le trou béant dans lequel le cercueil de Paul Vertune, mon grand-père, glissait doucement. Les hommes, élégamment vêtus malgré la chaleur, ne se cachaient plus derrière leurs costumes et pleuraient à chaudes larmes, pas des larmes de crocodiles, non, mais de véritables larmes, lourdes de sens. Tout semblait identique. L'histoire se confondait en détail, comme elle le fait toujours dans sa hâte. Paul Vertune glissait vers son destin.

Ma mère, Jeanne, cherchait du réconfort dans les bras de son mari. Elle était orpheline désormais, orpheline d'une passion amoureuse qui n'avait jamais connu de frontières. Le grand livre de la vie s'achevait, rangé dans une bibliothèque secrète au milieu de ses milliards de frères jumeaux. Je m'appelle François Lasserre. J'ai vingt-neuf ans. Je suis le petit-fils de Paul Vertune. Le jour où mon grand-père s'est éteint, j'ai décidé de prendre la plume et d'écrire son histoire.

À la fin de sa vie, il perdit la mémoire à cause d'un mal lugubre, d'une maladie le privant peu à peu de son passé, arrachant telles des mauvaises herbes les souvenirs de sa vie. La maladie d'Alzheimer est une étrange infirmité, paradoxe d'une espérance de vie qui s'allonge, comme si le corps lâchait la main de l'esprit dans le sentier du temps qui passe. Paul Vertune ne reconnut bientôt plus sa fille, ni moi, ni qui que ce fût d'ailleurs. Il erra telle une ombre sur un mur.

Nous dûmes l'installer dans une maison de retraite, incapables de contenir la violence de ses propos, la résistance qu'il opposait à l'hygiène corporelle, son corps refusant obstinément qu'on violât son intimité. Parfois, lorsque j'allais le voir, dans le parc jouxtant l'établissement, je contemplais toutes ces personnes âgées assises sur leur siège de métal, attendant la mort comme les Parisiens attendent le métro, sur le quai sale et bruyant. Je haïssais cet incommensurable gâchis, ce puits sans fond de connaissances, de sagesse, creusé là sous mes yeux, auquel les sociétés occidentales, soi-disant civilisées, n'attachaient plus guère d'importance.

Quant à mon grand-père, il contemplait des heures durant le ciel de son enfance, les plages recouvertes de goémon, les pommiers de sa ferme natale, sans comprendre ce qu'il faisait là. Parfois, lorsque la maladie lui octroyait un soupçon de lucidité, ses yeux s'illuminaient subitement. Je ne sus jamais à quoi il pensait pendant ces instants. Ses incompréhensibles paroles ne traduisaient plus les images de son esprit. Mais je suis sûr qu'il revoyait tous les personnages de sa vie, tous ces petits héros que nous sommes tous à notre manière, vous qui me lisez, assis dans votre canapé, dans le métro, ou ailleurs, peu importe.

Paul Vertune avait foi en la nature humaine, ce qui peut paraître candide aux yeux de ceux qui sont pleins de désillusions. Il avait compris dès sa naissance que le bien et le mal voyagent en chacun d'entre nous, telles deux valises que les hommes remplissent à leur guise. Mon grand-père avait compris que l'humanité se construit sur un étrange paradoxe, un antagonisme qui nous manipule dans l'ombre. Lui avait préféré cultiver la lumière plutôt que de se réfugier dans l'obscurité.

Le curé se pencha sur la tombe de mon grand-père et fit un signe de croix. Les gens défilèrent les uns après les autres pour lancer des fleurs dans le trou. Parmi tous ces gens, je reconnus María, Martín, Mathilde, Manuel, Jean, Marc, Jacques, Catherine, ma grand-mère, le capitaine du bateau, tout le monde était là. Le souvenir de l'homme ravissait les visages barbouillés de larmes. Paul Vertune avait non seulement réussi sa vie, mais également sa mort. Les deux sont étroitement liés.

La cérémonie s'acheva et les gens rentrèrent chez eux. Je restai là, assis à côté de la tombe de celui qui m'avait ravi le cœur de tant d'histoires. J'étais, comme lui en son temps, absorbé dans mes pensées. Lorsqu'on est là-haut, perché dans notre tête, le temps s'échappe sans nous attendre.

Le crépuscule envahit bientôt le cimetière, puis la nuit. Il n'y avait plus un bruit autour de moi. Je décidai de rentrer et marchai dans le chemin obscurci par les ténèbres. Machinalement, je levai la tête au ciel et je la vis. *LaLune* était pleine, mélancolique. Elle venait de perdre son plus fidèle compagnon.

Les Livre des Possibles

ERIKA SWYLER

Simon Watson a pour seule compagnie le chant de l'océan et ses livres bien-aimés. Bibliothécaire, il vit dans la maison familiale qui tombe en ruine. Sa mère est décédée des années plus tôt et sa sœur Enola est constamment en voyage à travers le monde. Un jour, il reçoit un mystérieux colis, un livre très ancien aux pages abîmées par l'eau. Au fil de sa lecture, il découvre l'histoire d'Adam et Evangeline, qui se sont aimés deux siècles plus tôt d'un amour impossible. Adam était un garçon étrange et Evangeline, peau pâle et longs cheveux noirs, était sirène de cirque. Tout comme la mère de Simon... Page après page, il découvre une terrible vérité : le 24 juillet est un jour fatal pour toutes les femmes de sa famille. Et, alors que la date fatidique approche, il apprend que sa sœur Enola va rentrer à la maison. Simon va tout faire pour la sauver du sort que le destin semble lui avoir réservé...

Un livre magistral sur le pouvoir des livres et le destin.

editions-terranova.com

Achevé d'imprimer en septembre 2017
sur les presses de la Nouvelle Imprimerie Laballery
58500 Clamecy

Dépôt légal : septembre 2017
N° d'impression : 709040

Imprimé en France

La **N**ouvelle **I**mprimerie **L**aballery est titulaire de la marque Imprim'Vert®